U0478896

有一种力量，叫文学；
有一种美好，叫回忆；
有一种感动，叫青春；
有一种生命，在鲁院！

鲁迅文学院「百草园」书系

明月如霜

郭 艳 ◎著

清淡的生活面相中透露出怅惘氤氲的伤感，女性自我审视的叙述中坦露润泽丰盈的心境。在阴郁而明亮的日子里，女性依然会执着于诗与思的低吟。

江西高校出版社
JIANGXI UNIVERSITIES AND COLLEGES PRESS

图书在版编目（CIP）数据

明月如霜 / 郭艳著. -- 南昌：江西高校出版社，2021.1
（鲁迅文学院"百草园"书系）
ISBN 978-7-5762-0513-8

Ⅰ.①明… Ⅱ.①郭… Ⅲ.①中篇小说—小说集—中国—当代②短篇小说—小说集—中国—当代 Ⅳ.①I247.7

中国版本图书馆CIP数据核字(2020)第229186号

出版发行	江西高校出版社
社　　址	江西省南昌市洪都北大道96号
总编室电话	（0791）88504319
销售电话	（0791）87919722
网　　址	www.juacp.com
印　　刷	北京一鑫印务有限责任公司
经　　销	全国新华书店
开　　本	700mm×1000mm　1/16
印　　张	12.75
字　　数	180千字
版　　次	2021年1月第1版 2021年1月第1次印刷
书　　号	ISBN 978-7-5762-0513-8
定　　价	45.00元

赣版权登字-07-2020-1234

版权所有　侵权必究

目录 Contents

明月如霜……………………………………… 1
牌楼　阳光…………………………………… 25
绿衣黄里……………………………………… 31
第三性………………………………………… 66
帝乙归妹……………………………………… 149
青铜鼠人……………………………………… 162

明月如霜

一

当记忆无法再现
往事如烟飞散
丝丝缕缕
暗藏到
一个叫做成熟的袋子里
我们背着这个袋子
开始
上路

　　林卿站在伏虎寺的花园里，园子里到处都是皖地的丹桂，她凑近了缀满金银花蕊的桂枝，使劲闻着，一会儿又放开桂枝，悄然立在桂花树下，作临风屏息状，无论怎样，她都找不出童年的那股甜香，那种悠悠远远又摸得着的味道。她轻轻地吸了一口气，或许香味被收到那个叫成熟的袋子里了。光阴收走了无数的记忆和影像，成熟就是丧失很多味觉、嗅觉的过程。我们历人世沧桑而踏雪无痕，臭皮囊隐遁无形，随风消逝。林卿拖着行李箱，慢慢走在伏虎寺的园子，父母生活在这个花园般的中学校园，还算是安度晚年，也有着几个老友互相解解闷，总比跟着自己在北京租房子住要强很多了。伏虎寺的熟人都哪里去了？林卿没有见到一个自己认识的人，倒也暗暗松了口气。当年让自己窘迫的事情也被时光收走，遇见老师的紧张尴尬也免了。时光有她的慈悲处，毕竟让林卿长大，甚至于变老了，许多压迫自己的事情烟消云散了。一丝失落掺杂着一丝轻松，秋天的阳光倒是比二十年前要明亮很多。林卿忍不住又凑到一株桂花树的花蕊上，使劲闻着，还闭上了眼睛。回家看到父母幽怨的眼神，林卿不免有几分自责，自己没有嫁出去成了一个很大问题，这种问题可以提到不孝的高度，只是自己不愿意正视罢了。林卿暗暗发誓，一定要带个未婚夫回家。林卿临走之前，爸妈没有说什么，唯一嘱咐林卿：走之前，去看看表姐。

　　表姐住在县城边上，十年前的表姐只是老实点，生了七个女儿，送走了三个之后，竟然有些疯癫了。林卿小时常常和这个表姐一起玩的，自从表姐结婚之后，只听到母亲唠叨说，表姐夫一个劲地让表姐生儿子，又没有儿子命，又是那么实在的一个人，这样生孩子人会傻的！林卿二十年里不停地考试，把自己考成一个老处女。表姐二十年一直致力于生个男孩，辗转在皖地的各个城市打游击。林卿已经十多年没见过表姐了，心里自然很怕见面，担心自己言语失措闹出什么尴尬来。临行前一天，林卿去了表姐家，穷人的孩子早当家，四个女儿都还算爽利明白，表姐夫还盖起了一幢两层小楼，门窗还没有安好，粗糙的预制板支起了楼体的框架。表姐坐在一楼客厅的木凳上，穿戴得还算整齐，但显然不认识自己了。小凤说，妈妈现在还认得钱，给她钱就高兴，到处藏钱。表姐夫筋肉粗壮不减当年，满头白发下是一张古铜色的脸，当爹又当妈的辛酸难以言语。表姐夫告诉林卿，自己的补鞋生意还不错。一家人很高兴，要留林卿吃饭。林卿多年前对表姐夫的厌恶和轻蔑悄悄散去，在心里叹了口气。林卿对小凤说，要是你妈不疯，现在多好！想着这个，又忍不住心里怨恨起表姐夫，担心自己说出什么不好的话来，只好丢下点钱落荒而逃。林卿在电话里告诉晓厣，自己的表姐真的有些不正常了，都认不出自己的女儿，当然也不认识自己了。唉，如果当时表姐信了教，会不会就不疯了？林卿一面问晓靥，一面信手画了个十字。晓靥说，我会替她祷告的，我这段时间祷告非常灵验。晓靥正在忙着招呼唱诗班的孩子们唱诗，她告诉林卿自己正在南堂的那棵菩提树下，孩子们正在唱诗……电话里远远传来圣诞颂歌，飘飘渺渺的，像是在另一个世界。挂了电话，林卿静静地坐在老家的沙发上，眼前浮现出圣像悲欣交集的神态。那是半年前第一次跟晓靥去南堂，林卿坐在长椅上，不会祈祷，闭上眼睛，随着教堂的唱诗声，隐隐默念着无声的祝福。在林卿睁开眼睛的一瞬间，似乎看到疯表姐拿着一百元钱，正在寻找藏钱的地方，脸上是欣欣然的喜色，没有一丝悲苦。

　　林卿让晓靥来火车站接自己，带的行李太多，总得找人帮一下。燕晓靥在出站口，接到林卿和两个大箱子，不禁连连责备，怎么就像个打工妹似的，带这么多行李，还不找一靠谱的劳力。林卿心里埋怨爸妈给自己塞了太多吃的，可是因为没有嫁出去的缘故，竟然没有勇气拒绝。心里打定主意，要将吃食全部送给晓靥。林卿对着晓靥笑了笑：“给你从老家搬了一堆解思乡之苦的东西，一会儿连箱子一起拿走。"清晨六点，北京二环路还算清静，晓靥边开车边说："你好意思吗？每次让我这个中年妇女接送，好歹找个愿意拉你的青壮年。别以为我不敢说你，有什么人惦记着你，就趁早吧！"林卿在火车上没有休息好，头疼得厉害。晓靥是这个世界上唯一能够当面和自己谈婚嫁的人，随她发发牢骚吧。早上四点半起床赶到北京站的人，是有权利对自己发脾气的。到了林卿的家，晓靥进门换上拖鞋，一转眼进了厨房。厨房水龙头哗啦的响声中，晓靥说："你的房子越来越像储藏室了，怎么跟个老鼠似的，什么东西都拖回来存着？"林卿已经习惯了晓靥的调侃，回答说："女检察官，你在教堂接受圣父的垂顾，回到尘世也不悲悯一下人间怨女，倒还刻薄我。"晓靥说："今晚老公孩子远在北海道，本姑奶奶就照顾一下你这剩女，给你做一顿大餐啦。"林卿陷在沙发里，不愿意动，又睡不着，拿起了回家前看的《南方与北方》，随手翻开，竟然是黑尔小姐和桑顿先生第一次见面的情形，工厂主桑顿正在大骂偷着吸烟的工人，像一头发疯的狼。南方穷牧师女儿黑尔小姐拿出精神贵族的范儿，义正词严地教训起资本家代表桑顿。晓靥从厨房伸出头来："看什么呢？快来端菜。"林卿说："你还记得上大学的时候……"晓靥回答，大学时代的事情，大多忘了，别说是《南方与北方》，就连东南西北都分不清楚。你要是多下下厨房，肯定早就嫁出去了。林卿很想问晓靥，嫁出去真的像她那样过得心满意足？心满意足还去教堂？所谓幸福的婚姻都是相似的，至少表面上呈现出相似的幸福吧。就像自己老爸老妈互相埋怨了一辈子，依然会幸福地执子之手，与子偕老一样。半个小时后，晓靥安静地坐在餐桌旁，看着林卿吃。林卿埋头吃了好一会儿，发现晓靥看自己。晓靥说："能够这样看着你吃东西，也让我欢喜。呵，还是跟个孩子似的吃法，拣自己喜欢的一口气吃下，真羡慕你！"林卿很奇怪："晓靥，难道你会专拣自己不喜欢的吃？"晓靥很体谅地笑了笑："林大小姐，嫁出去了，说得好听点叫如归，说得直白点，就是泼出去的水，成什么形状，自然要看盛水的容器了。有了这种心思，要想这个容器盛水不漏且保温，可不是一件任性而为的事情。吃法自然就不同了。"林卿喝了口汤，找不着所谓容器的意义，伴随着紫菜蛋汤的鲜味，无以应对。

二

庄则是一栋破败的公寓，隐藏在海淀无数幢居民楼之间，像一滴跌跌撞撞的水珠悄然融入夜雨，瞬间渗入干燥的地面，在地图上无法查阅。庄则公寓旁的学院极其出名，络绎往来着大大小小的真假学者，成批的学位从这里批发打包，发售到各个城市，若市的门庭不亚于任何一个巨型卖场。林卿每日穿越在庄则公寓和学院之间，从狭窄破旧的楼道移步到学院的主楼。她经过散发恶臭的垃圾桶，看到几只寻食的乌鸦，这里的乌鸦很多，悠然地拉屎和叫嚷着。如果是早上十点出门，对面楼道面南的背风处，时常坐着一个白发老太，满是皱纹的脸安详宁静，无声处飘动着岁月的阴影。整齐向后梳理的白发暗示着曾经俏丽的发髻或者精致的发型。林卿每每看到这个精致的老太，都会提前感受一下自己凄凉的晚景。第二天一早，林卿接到师妹锦瑟的电话。锦瑟躺在宿舍的床上，椎间盘突出又犯了，让林卿过来。林卿很无奈，锦瑟毕竟是自己唯一的师妹，导师又不在国内，只得赶了过去。林卿骑车到了博士公寓楼，宿舍里很安静，林卿从包里拿出刚买的奶茶和果冻，递了一杯奶茶给锦瑟，坐在床边看锦瑟皱着眉头喝奶茶。四年前还是人见人爱的一个柴火妞，非得念什么博士，跟着导师后面哭了好几次，才算读上了博士。博士论文无论如何写不出来，延期一年，又落下个腰疼的毛病。林卿想说，导师明明知道你不是做学问的人，干嘛还答应你读博士。话到嘴边变成了："锦瑟，何苦这样读什么学位？赶紧找人嫁了算了。"锦瑟吃得高兴起来，"林卿姐，你说我不读书找谁嫁？好好读书的，不会赚钱。会赚钱的又有几个真读书？做小三感觉自己不够风尘，做后妈也风险太大。好好谈场恋爱吧，又找不到愿意和我一起浪费时间的人。博士论文食之无味，弃之可惜，不干这个，不知道干点什么。我没有考各种证书，中学教师的父母又没有人脉，应聘工作肯定没有好结果的。好歹在学院混着吧，就是爸妈实在老得快了点。"林卿笑了笑："童刚不挺好的。"林卿已经让童刚过来接锦瑟去医院做理疗了，一个好好的女孩没嫁人，倒落下腰痛的毛病。童刚坐公交车过来的，到了学院附近才找了一辆出租车。童刚扶着锦瑟从床上下来，锦瑟自然有些难为情，心里埋怨林卿怎么让童刚过来。童刚对林卿说，医院已经联系好了，现在过去就可以理疗。林卿把锦瑟托付给童刚，自己匆匆赶回学院，下午还有两节课。林卿上完课已经筋疲力尽，现在的学生熟悉国内外的各类考试、各色旅游路线和流行元素，就是不明白自己想要什么。下课了，一个学生追上来问林卿考研的事情。大二女生穿着热裤，深色眼影上盛开着两丛茂密的假睫毛，胸前的贝壳项链闪着锐利的光。林卿一时无语，没有勇气问她为什么考研，只是说自己还没有招生资格。

三

林卿回到家，锦瑟已经被童刚送回来，两个人正等着她一起吃晚饭。晚饭是童刚做的，四菜一汤，典型的淮扬风味。童刚说："林卿姐，你们家拐角就有一家特别好的综合市场，综合市场比超市便宜，菜又新鲜，那里还卖各种海鲜。"锦瑟一脸快意地吃着家乡菜，不住地说，"啊，真想不到童刚会这样'贤惠'呢。"童刚很有些自得地喝着啤酒，从来瞧不上自己的锦瑟到头来还不是心比天高，身子比什么都弱吗。童刚告诉林卿，锦瑟的理疗需要每周做三次。林卿让锦瑟晚上就住在自己这里。锦瑟说，自己能走动了，还是回宿舍吧。林卿其实有着大龄剩女常见的洁癖，当下很宽慰地对童刚说："锦瑟就交给你，早点送她回宿舍吧。"林卿送走了两人，独自一人在水槽里慢慢地洗着一大堆碗碟。人真是奇怪的动物，人和人之间的信任也有着无法解释的因缘。童刚大四上学期没有通过林卿的考试，林卿从来不和学生有什么课下的接触，最初因为是年轻女教师，后来竟然形成了一种惯性，不大适应和学生建立亲密的关系。一天，一个小个子男生站在林卿面前，诺诺了半天，总算说明白了自己没有通过林卿老师的考试，可是自己又的确非常需要这个学分，自己会在寒假好好复习，希望补考的时候，林卿老师高抬贵手。林卿看着童刚一身廉价的运动装，脚上是一双干净却依然廉价的运动鞋，不知道为什么竟然没有教训这个叫童刚的学生。只是沉吟了一会儿，问了他在哪个系，告诉他自己会留心的。半年之后，童刚给林卿打了个电话，说考上公务员了，谢谢她。自此，每逢节日，林卿都会收到童刚的问候短信，很守时又很恭谨，想想自己有什么资源可被童刚利用呢？难得还有这样的学生。林卿倒渐渐习惯了和童刚说些琐事，今天锦瑟的事情一来，林卿就想到了童刚，总算是个可以办点实在事的男人。

光阴无痕，寸寸挪移，一转眼已是冬天。一个周日的上午，林卿从破败的公寓里走出来，难得的白云蓝天，乌鸦也袅袅婷婷地站在路边的枝丫上，没有聒噪。林卿习惯性地看了看对面楼道，老太太和猫咪都没有出现，一只游荡的黑狗趴在垃圾桶旁边伸着懒腰，不屑地看了她一眼。林卿穿越到学院的教学楼，阳光从教室东边的窗户照进来，今天林卿要讲"西北有高楼"。教室里倒是坐满了人，名册上的名字和现实中的人她基本无法对上号，眼前大多是不到三十岁的年轻人，俗称"八零后"，都是来替"高管们"上课的。林卿也是替课，她替自己的老师王译铭老先生上古代文学课，向一群商人兜售文学产品。林卿打开课件，从钟嵘的"一字千金，惊心动魄"开始。讲到关于理想，林卿停顿了一下，在这个课堂上讲"理想"是否合适？正在她沉吟的片刻，坐在第一排的一个男生举手提问，带着放肆不屑的微笑："有高楼还如何'清商随风发'，还是青青河畔草中的'空床难独守'说得诚恳，我们蜗居且独守。"大家轰然而笑。林卿的脸自然有些挂不住，拿出叶嘉莹的话来反驳："古诗十九首是讲情、人生无常和逐臣怨妇的。"在一个传统中国，还有美人和俊才守得住寂寞，甚至于坚辞不够资格的赏爱，比如李白辞去翰林院仕诏，杜甫辞去司空参军，陶渊明更是如此，这种难得守住的寂寞是一种严重的人生考验。青青河畔草中的女子习惯于灯红酒绿，在"守"与"不守"之间徘徊而已。不能怀疑西北有高楼中女子的存在，正如我们不能认为所有女子都和青青河畔草中女子是同类。林卿突然没有了谈理想的勇气，回到具体诗句的鉴赏，感觉自己是个复制词句的机器，机械地拷贝众多关于"西北有高楼"的阐释，唯独没有她自己最想说的。可是，她最想说的是什么呢？一堂课又结束了，林卿结束了无数堂课，又开始了无数堂课。站在众人面前，林卿使劲地说着讲着，时常处于词不达意的失重状态，甚至于常在睡梦中口干舌燥，却无法表达自己。

林卿"从西北有高楼"的课堂上走下来，想着自己也蜗居且独守，独自一人在零下十度的冷空气中孑然而行。她拿出手机看了看，才四点半，天就如此黑了。冬至夜长，月明霜重，一年中最短的日子。在这个城市，冬天并不比其他季节更为难受。冷的时候，多穿点衣服，林卿时常把自己包裹在一堆臃肿的羽绒制品中，穿着两件羽绒服活动在北京的冬天。她依然保持着大学时代的路线，一成不变地坚持老处女的习惯。从操场的侧门进入，从正门出来，之后挪步到学院的锡杖泉边，跑道上长跑的胖妞依然穿着那件红色的短袖运动衫，浑圆的四肢机械地做着圆周运动，不觉天色已晚。有目标的生活还是令人羡慕的，哪怕目标是去掉一斤赘肉。看看结冰的湖面，数数湖边的行人，大概也耗费一个小时了。一个人自然很寂寞，也很自在。四季在傍晚显示出最为真实的特性，冬季的夜晚犹如黑巨人的影子，悄无声息地压在心口上。湖边弯曲的小道上有路灯，冬夜暗黑如沉郁的潭水。林卿怕黑，她快步走到人影晃动的街道，长长舒了口气，隐匿在灯火中的孤独，她还是可以忍受的。

　　林卿住在两室一厅的套房里，房间里堆满了各色物品，客厅里挂着几幅印象派的油画，很精致的复制品，是在法国留学时雅克送给林卿的，雅克高大干爽明朗，法国古堡中的雅克满足了林卿对于异质文明的种种幻想。可惜亲爱的雅克只爱男人。金色团花的亚麻布沙发上凌乱地放着几本线装书和一本近期的《中国国家地理》。林卿打开落地灯，重重地倒在沙发上，头有些不同寻常地疼。没想到会在高管班的培训课上见到石经仑。林卿看到石经仑，一瞬间有穿越的感觉，石经仑现在是个有钱人，中国当下盛产富翁，中国到底是有些钱了。想到石经仑，有着一丝小小的惊喜掺杂的开心，一瞬间又转念，他又不过是多年前的一个幻影罢了。石经仑和她自己又能有什么关系？想着今天是冬至，林卿靠着沙发上开始给父母打电话。没有结婚的女儿有义务时刻向老父母汇报自己的行踪，取得某种形式上的安慰和安全感。其实已婚妇女被老公生活牵着鼻子走的日子，其方向性和安全性才值得警醒和怀疑。只不过中国的父母总有出嫁如归的心态，天真地认为女儿嫁出去就有了归宿。林卿一面给爸妈报告自己今天的吃喝拉撒，一面在心里暗暗嘲讽自己的这种行为。听到老妈一如既往的声音，林卿的心才安定下来，电话那边故弄玄虚的背景音乐中，还能够听到诸如"局座，据可靠的线人……"，老两口竟然百年不遇地一起在客厅看谍战片。挂了电话，林卿轻轻地笑了笑，整个民族的战争被折腾成几个间谍的翻云覆雨，真是娱乐至死。走到书桌前坐下，继续做自己的也没有多少乐趣的课题。林卿申报了国家和学院的若干课题，都没有批下来，只好跟着自己七十岁的老师后面做一些子课题，好歹也算是课题吧。林卿洗了个澡，倒了杯波尔多，坐到电脑前，随手打开邮件。她看到了雅克的邮件，雅克最近和自己的男友分手了，很郁闷，就想起了林卿这个红颜知己。

林卿开始给雅克写回信。

亲爱的雅克，我最近很好，给生意成功的商人们上课。尽管他们中的大多数派自己的秘书来上课，让我感到很受侮辱，但这工作却是我最近最大一笔收入。如果你在这里，我会请你吃饭的。

我很想帮助我的疯表姐，就是我六年前和你提起的那个可怜的人。那时我刚刚结束高考，父亲带着我去省城玩，在回去之前，父亲突然想起来，躲避计划生育的表姐一家其实就在省城。二十年前，我十六岁，我第一次看到了城市的"贫民窟"。那是皖地的一个城市，在垃圾和流浪狗的包围中，有着一排排搭建起来的简易平房。在平房前面的水池边，一个两岁左右的小女孩正趴在地上玩，几只鸡在一旁追逐打闹着。水池里的水泛着绿色，里面漂着塑料袋和动物粪便。表姐租住了一间房子，父亲带着我走进去，我没有看清楚屋子里的东西，就退了出来。我对这种生活的厌恶之情远远大于同情，我选择飞快地逃离，甚至于没有看清楚那个趴在地上的小女孩长什么样子。我认为他们咎由自取，痛恨让表姐生孩子的表姐夫，也恨不争气的表姐竟然对此毫无反抗。我满脸义正词严的愤怒，心里却恐惧无比：这样的生活会不会找上我？既然我和表姐都是同样的人，为什么她的悲惨命运我就不会遇到呢？跑得越远越好，我主动远离一切和表姐有关的事情，这种远离是以对表姐一家极其轻蔑的态度表现出来的。以至于母亲在转述表姐生活的时候，不得不掩饰自己暴露无遗的痛心疾首。我拼命读书，书自然读得比一般男孩子都好，我要用实际行动远离表姐的不堪命运。十年来，我读完了中国所有的学位。比我大十岁的表姐，在三十岁之前辗转七个城市的"贫民窟"，一口气生了七个女儿，她的丈夫最终将其中的三个送给了不知名的收养者。等到表姐回到老家的时候，已经目光呆滞，几乎疯了。最近十年，表姐整日坐在家中，或者趁家人不注意的时候，冲到野地里疯跑，过着一种没有自我的日子。十月份我回了一次老家，见到了表姐，实在非常难过……

酽酽的睡意掠过键盘，葡萄酒、散步、西北有高楼、哂笑，这些让林卿手足酸软。三十六岁的时候，一日的长度远远长于十六岁。幸好，睡意悄然而至。

四

年度课题申报又开始了，林卿心里犹豫着到底报不报？根据自己往年的经验，报了也白报，可是毕竟不甘心，这个课题导师很欣赏，他是学院仅存的几个不识时务的老学究之一，系里少壮派前一段时间拿出的学术抄袭成果，让他老人家心灰意冷，一气之下，去了伦敦女儿家。王老此时正在阴暗潮湿的伦敦，自然没有办法照顾到她。林卿早上到了系办公室，提交了课题申请，一边和系主任任茂打了个招呼。任茂眼前飘过林卿身上特有的薰衣草香味，黑色的巴布瑞风衣里面飘出一丝苹果绿的裙角，墨绿色的小丝巾衬出象牙色的肌肤。任茂很有摸摸象牙色的冲动。

林卿的办公室是一个里外两间房的套房，她和四个男同事共用一个办公室。李宇信在办公室外面的套间看书，林卿冲着李宇信打了个招呼，李宇信随手递给她一个麦当劳的快餐袋，里面是热乎乎的汉堡。林卿接过汉堡狠狠地啃了起来，心里想着如何跟任茂提自己申报课题的事，怎么开口就这么难呢？林卿在那里一言不发，闷闷地啃着汉堡。

李宇信合上书问林卿："系里的课题报了没有？"

林卿看着李宇信，点了点头："不过，可能还是会没戏的，王老师又不在国内。"

"王老先生在这里，只怕会更不好，这样敏感的时候。"

林卿说："敏感什么，你还真相信任茂的话，王老师会抄袭？"

李宇信没有回答，依然看着林卿，墨绿色丝巾的结扣松开了，舒缓地搭在曲线优美的肩膀上，李宇信不寻常地直视着象牙色的脸蛋。真的那么在乎课题？他心里想着，象牙色很快就会变成青色，苍白色。他低下头，开玩笑的口吻："课题有什么好做的，你缺钱花？"林卿看了看李宇信，好脾气地笑了笑："你还真说对了，没有课题，连回去看父母的机票钱都没有，只得跟着一帮人挤火车。你以为都像你有个官爸。"李宇信抬起头，盯着林卿："跟我一起出国算了。"林卿心里放不下的事情太多，她其实想问问李宇信，是否能够和任茂说说自己的课题申报。看着李宇信那副公子哥的悠闲自如，她实在难以启齿。有些人生来就是为了自己活着的，活在自己的状态中，纯粹直接，看得见，摸得着。林卿在法国留学的时候，还能和雅克谈论她的疯表姐，对于李宇信，她却无法提及。林卿侧过头，长发掩映的眸子还是亮了亮："手续都办好了？吃个散伙饭吧，你都请了我那么多次！"

  锦瑟的腰椎病好多了，晚上兴头很高地跑到庄则公寓，嚷嚷着去郊区玩，还说童刚已经找好了车，大家一起去。林卿说自己还有很多事情，也不愿做无聊的大灯泡。锦瑟拉着林卿在沙发上坐下，一双近视眼定定地盯着林卿，凸出的眼球大得惊人："就是童刚了，我冤不冤哪！还没谈过恋爱呢。"

  "童刚不是你本科同学吗？"

  锦瑟说："你以为他老实？一年级的时候他给倾慕的女生写情书，一个接一个，都成年级的笑柄了，又穷，家又在农村……"锦瑟说着说着，竟然哭起来。林卿有些惊讶，轻轻握住了锦瑟的手，锦瑟的手心冰凉。

  林卿故作轻松地说："童刚是公务员，好歹会有套房子。"

  锦瑟止住了眼泪，看着林卿说："林卿姐，我只是不甘心，何况他从来没有给我写过情书。"

  林卿忍不住叹了口气："都什么时候了，还惦记着几年前孩子玩过家家的恩怨。五年前去美国的王昶，你怎么就没答应？"

  锦瑟说："后悔呢，那时嫌王昶一身油滑习气，仗着有钱，满世界寻欢作乐，哪里想到会有今天？林姐，你说我该怎么办？"

林卿幽幽地叹口气，闷闷的，良久才说："踏实过日子，跟着童刚吧。他总是个可靠的人，不会太过委屈。"

锦瑟看了看林卿："我很害怕。"

林卿低下眼睛，无可奈何地摆了摆手："人生原本就是无数个选择，每一次选择就是一个赌，害怕算你成熟了。勇猛前行的二愣子们倒是不害怕，半道上不知道要出多少意外变故。害怕是常态。我这个样子，何尝不害怕？我最害怕自己在夜里生病，一个人在黑暗里煎熬。唉！不说了。你们出去玩吧，还没谈婚论嫁，哪来那么多啰唆的事。你是给腰椎病闹的。行乐当及时，这个年头有点小小的快乐就该满足，谁让你成熟了？"

送走了锦瑟，林卿倒是暗自替她高兴。生年不满百，谁知道前世今生，遇上了总是个缘分。就锦瑟那个小脾气小性儿，一般的公子哥，锦瑟也不肯低眉顺眼地曲意逢迎。童刚为人小气点，也只能委屈点了。

中午心情颇好，给李宇信发了个短信，今晚学院礼堂有张火丁的《锁麟囊》，约他一起听戏。林卿原本很瞧不起京剧，一帮闲人咿咿呀呀的，总有林花谢了春红的寥落光景，怎么着也听不出国粹的精神。一次写文章写得头疼不已，打开电视，刚好有张火丁的声音传过来，几分袅娜顾盼的唱词像是一股乡音，惹出林卿的几滴眼泪，头痛竟然好了，自此爱上了京戏。李宇信竟然说自己晚上有饭局，破天荒没有答应，林卿着实有些失落。语靥要照顾女儿，锦瑟有了童刚，难不成叫上石经仑？林卿自嘲地笑了笑，一个人匆匆吃了点蛋炒饭，骑上自行车去了学院。走进办公室，一个人也没有，想起来今天是周五，大概任茂也不会在的。林卿想着今天无论如何要和任茂谈谈自己申报课题的事情。林卿走到系主任办公室门口，停了几分钟，还是敲了敲门，里面没有人。林卿暗暗松了口气，感觉自己已经尽力了，轻松地转身往回走，心里想着，反正已经做过了，任茂不在办公室。就在林卿刚刚要进自己办公室的时候，任茂从对面洗手间出来，和林卿对了个照面。任茂倒是很和气地打了个招呼，淡淡地说："林卿，课题的事情不必太担心，会考虑你的。"林卿有点受宠若惊，赶紧道谢。任茂接着说："我和王老之间的矛盾不会影响你的。"林卿说："我老师并没有抄袭！"任茂端正的脸上显然有些挂不住，没有搭理林卿，反而问她："什么时候准备移民？"林卿说自己压根就没有出国的打算。两个人同时转过身，想尽快地逃离对方。任茂管理这个系已经五年，没有遇到过如此没有眼色的手下。有几分姿色又怎么样，转眼间就成积压品了。大学里的美女一拨一拨的，没啥稀奇。要不是李宇信暗示自己和林卿的关系非同寻常，林卿就等着好看吧。林卿坐在办公室的椅子上，身体还忍不住直打战。自己非但没有求任茂，还和他顶了起来，这次的国家课题项目连上报科研处的资格都没有了！

　　任茂从家里开车出来的时候，特地开了导航。李宇信这小子破天荒请自己吃饭，还挑了一个自己从没有去过的地方。什刹海倒是去过，那个叫"烤肉季"的饭庄还真不知道。李宇信驾着一辆雷诺车，东游西逛，不好好上课，也不向自己和组织靠拢，整个一纨绔子弟。好在李宇信下学期就去澳大利亚定居了，要不然这样的人，还得费心思对付。李宇信家住得离烤肉季不远，时常到这里要一盘烤肉，喝喝小酒，看看饭馆的酒色财气烟熏火燎，多少有点冷眼红尘滚滚的光景。除了旅游观光客，大多是各类颇有声势的宴饮，像李宇信这样自己来吃饭喝酒的已经少之又少了，他真算得上一个无事闲人。两只汉白玉的石狮沉默地蹲伏着，一代代食客行云流水般走过，百年的流行色五色杂陈，只是这酒色财气风花雪月，多少年从未变化过。一个小时之后，李宇信和任茂已经喝了三瓶小二白酒，任茂喝得有点多了，指着李宇信说，"喝酒吃肉的兄弟，你有什么事，尽管跟哥哥我说，这烤肉还真是地道。"任茂是南方人，喜欢吃正宗粤菜，没承想这烤肉加小二白酒让他欲罢不能，他给自己又倒了杯酒。李宇信喝着地道的老北京花茶，慢悠悠地拣了块火烧，"老任，这银锭桥观山一景，烤肉季烤肉一绝，这可是费孝通老爷子实地吃烤肉喝小二白酒考证而得，能不地道吗？""老弟，我不管你什么银锭观山，这北京城都是观山不是山，观水不是水，哪里看到真山水啦！老弟，你总是躲着我，时不时拆点台，我都忍了，就连林卿那副小样我都忍了，为什么？这就是中国国情，兄弟，大哥我不容易啊。喝喝！"任茂低头喝了一口浓茶，总算是舒舒服服地说了顿痛快话。要不是这家伙要走,他绝对不会说的,谨言慎行是最起码的为人之道,像林卿、李宇信之流,有什么说什么。蠢啊,蠢到自己都不知道自己蠢。在小二白酒的作用下,任茂很可怜李宇信,守着那样一个官爸只知道游山玩水,当真替他可惜!任茂快意的神色让李宇信很难受,他终于咽下了求任茂的话,自顾笑了笑,拿起手机给任茂念了一段有颜色的段子,任茂呵呵地笑成一团,有些醉了。

  李宇信给家里的司机打了个电话,让司机开车送任茂回家。他一个人走在海旁边的人行道,海面上点点灯光,灯光下的影子晦暗不明,这些影子带着窃笑看着彼此的醉眼。李宇信进了一个叫"吉普赛人"的酒吧,扑面而来的人气赶走了冬夜的寒冷,他要了杯威士忌,懒懒地躺在沙发的角落里,听着酒吧歌手寥落而性感的声音,沉了下去。

  任茂没有回家,他让司机送自己回单位办公室。办公室是最私密的空间,这里没有家庭、老婆、孩子,甚至于他们的影子都不会出现。他给老婆打了电话,说自己加班。他躺到沙发上,打开苹果手机,隐身进入自己常去的几个聊天室,匿名抒发了自己对国情时政的看法,骂了几句国骂,很过瘾。带着醉意,任茂一边浏览自己收藏的美女图库,一边给付蕊发了条短信:冬日夜长,珍重保暖。想着付蕊细嫩的颈脖,任茂心中掠过一丝酥麻的震颤,一瞬间,酥麻缓缓蔓延到四肢百骸,让他感到某种欣慰。这种欣慰让任茂感到几分纯净,竟然有一丝伤感。累啊,每日在酒精和人缝徘徊的脸,几乎抽筋似的震颤着。这时,手机闪了一下,付蕊给他回了短信,依旧是不疼不痒的两个字:晚安。任茂想着自己还没有给付蕊联系好用人单位,看了看办公桌上的日历,明天周一,还有好几个会要开。任茂渐渐委顿下来,蜷缩在沙发上睡了过去。

五

  石经仑一觉醒来,看了看窗外,路灯依然亮着,还是半夜呢。选择回学院上国学班,算是十年中最正确的一次选择。石经仑多年前是个文学青年,二十世纪九十年代初的大学校园还残存着一丝理想主义的诗意，文学社也还在散布着爱与美的谣言。现在听林卿讲"关关雎鸠"，依然有着酒足饭饱后的春心萌动。石经仑又找回了某种愚蠢的倾慕，一种让人欲仙欲死的甜蜜，是那种暮年找到了初恋情人，又发现初恋情人竟然没有老去的快感。那天见到林卿，上完课开车回来，在四环上堵了三个小时，这三个小时堵车让他念念不忘，那股灼痛的喜悦还残存在心口。他嗓子发紧，心口疼痛，多少年了，这种悲伤的喜悦打倒了他，可谓悲欣交集。他开着车，嗓子发紧，心口疼痛又幸福难耐，他真愿意就这样堵下去。每周六上午，石经仑按时出现在学院那个古旧的教室。从九月初开始讲《诗经》，十一月份已经讲到了《古诗十九首》了。林卿老了，依然美。时常穿的几身衣服也都不算时下流行的新款，丝巾倒是很多，却没有像样的首饰，左手中指上的是一枚仿古的银戒指，式样独特，看得出也不值什么钱。林卿不用香水，身上只有淡淡的薰衣草香味。十月中旬的一次课上，林卿穿着一件黑色的旗袍，右手腕上是一款碧绿的翡翠镯子，像是祖传的物件，衬着凝脂般的胳膊，很让人遥想。那次课，一个满脸络腮胡子的男生弹了一曲阳春白雪，配上"行行重行行"的意境，倒是很有韵致，让石经仑暗暗嫉妒起那个长相粗鲁的男生。石经仑身旁的王萌翻了个身，沉沉的睡眠中发出轻微的鼾声。他抬起头，看着卧室上方的水晶吊灯，发现一只陈年的花斑蚊子趴在吊灯底部，像一只巨大的蜘蛛匍匐在那里，静默安定。石经仑站起身，用手去拍那只花斑蚊子，"噗"的一声，花斑蚊子落到了石经仑手中，是只死蚊子。王萌被弄醒了，看着拍蚊子的石经仑，轻声嘟囔着："夏天就打死的蚊子，还折腾什么。"

　　石经仑的生意和进出口有关系，算是不大不小的一个咨询公司，虽然不起眼，却着实赚了些钱。跟着他从小公司做起的哥们现在各自管着一摊子事情，还算诚心实意地帮着他做事。二十年前的高考失利，石经仑失去了进一流大学的机会，大学毕业那年父亲去世，他一瞬间变成了男人。石经仑去了一家小小的翻译公司，从最基层的小职员开始做起。等到他妹妹石雨大学毕业的时候，他已经成了老板，每天奔波在客户的饭局里，酒量也从一杯啤酒提升到两斤白酒。时常在午夜，石雨会开着哥哥的车，把石经仑从酒楼和歌厅接回家，家里等着他的是老母亲和一碗老母亲做的醒酒汤。石经仑也会有着在外面留宿的时候，不过第二天都会准时出现在办公室。石经仑即便风花雪月、寻花问柳，也做得丝毫不见波澜。学英语出身，异国口音和东方男子颇有些神秘的清俊，让石经仑不乏各色艳遇，也是他至今未尽人伦的原因。

　　石雨和公司的刘行健结婚了，算是一段不错的姻缘。石雨结婚前在哥哥的公司帮着做做策划，婚后就安心在家相夫教子了。至于行健那样一个沉稳谨慎的人，多年没有结婚成家，似乎也很难说得清楚原因。行健找了石雨是看上了石经仑的实力还是石雨本人，石经仑一直没有弄明白，也不想弄明白。在他们结婚的时候，石经仑送了公司百分之二十的股份给他们，作为新婚礼物。内心里，石经仑总觉得石雨配不上行健。好在生了两个孩子，大家都安心过日子，石雨也愈发养得像个娇生惯养的阔太，每天开着大奔接送孩子上学和上兴趣班，算是良家妇女的行径。石经仑的婚事日渐变得沉重，老母自然还是唠唠叨叨，抱孙心切，夹杂着某种程度的不甘心。老母亲警告石经仑，挣了这么大的家业，到头来都要姓刘。石雨自然更加不好提及，行健原本就是沉默寡言的人，除了公司业务之外，每周和石经仑在私人会所喝一次红酒，听听找不着调子的钢琴声，也算是对姐夫一种妥帖的安慰。石雨姿色平平，石经仑却生得清俊挺拔，夹杂几分中年的沧桑，显出沉稳干练的气魄。商界，交易、买卖和品牌濡染了二十年，石经仑身上散发出一丝浮华与霸道。一个晚上，他们俩喝了三瓶陈年干红，颇有些醉意。行健看着眼前沉吟的石经仑，十五年前在自己面前痛哭失声的石经仑，影影绰绰又回来了。石经仑盯着眼前浓烈猩红的液体，有种无所适从的烦闷。他告诉行健，最近又收集了几种新的咖啡豆，尤其是一种产量很少的云南咖啡豆，透过新磨咖啡的香味可以触摸光阴，喝下去的瞬间，苦涩中还能期待绝不雷同的回味。行健透过镜片看石经仑："出去走走吧？"石经仑说："林卿三年前从法国回来了，在学院当一个小小的助教。"

　　林卿接到石经仑的电话，他的车已经停在学院宿舍楼下。林卿从公寓的窗户能够看到那辆宝马，是她最讨厌的汽车牌子。夜幕下的学院尽管也很喧闹拥挤，黑色的夜和若隐若现的路灯依然让林卿感受到了某种安宁，她不时会被疾驰而过的小轿车惊扰，而这种轿车多数是宝马。面对着宝马香车，林卿时常会蒙上一身灰尘，自然会在幽怨中没什么好感，没想到石经仑的品位也是如此。林卿犹豫着穿什么衣服，过于随意显得自己很寒碜，原本就是不名一文的小助教，还是老而剩的大女人，又是去见发了财的男同学。随手拿了件在法国买的小黑裙，倒是性感时尚，又觉得过于刻意。最后还是穿上了一套波希米亚风格的碎花长裙，围了条黑丝巾出门。林卿是喜欢穿高跟鞋的，脚下是一双流行的坡跟软羊皮鞋。林卿总算是守住了自己的身份立场。石经仑依然衬衫西服，一成不变的一副中国私企老板的样子。石经仑带着林卿到了望京西北角的一个海底捞，时下北京最流行的餐饮之一，公司的女孩子们都喜欢来这里。大堂里坐满了热气腾腾的食客，侍者穿梭其间，夹杂着吆喝声，很有些人声鼎沸的意思。林卿没想到是到这样的地方，反而放松了很多。在包间坐下，她叫了一份粥和一杯豆浆，这些都是自己平时不愿意做的。石经仑低头点了半天菜，从鸳鸯锅底到荤素海鲜涮料，一边告诉服务员拿一扎啤酒。林卿说："酒就不必了，你还开车，我又不喝的。"石经仑原本想吃着火锅放松些，没想到不喝啤酒，这火锅似乎没法吃下去。对面林卿在那里慢吞吞地喝着小米粥，自己该说些什么呢？只好逐一告诉林卿高中同学的近况。李冰升官了，已经是同学中最年轻的正厅，王伟那小子开发房地产，在各地都有房产，女生中的李礼华成了千万富婆，生了五个孩子。林卿静静地听着，看着石经仑，想象着十五年时间对于一个人的意义。有时候，时间就是让原本互相陌生的人更加陌生，或者是让原本熟悉的人变得陌生。林卿心里是希望能够忘记石经仑的，尽管十五年前的记忆无法忘却。

　　石经仑眼里可以称得上同学的，想必是那些所谓成功人士，只有成功的人才会有资格和精力去谈论自己和他人的成功，他们对那些尚未成功或者已经失败的人是毫无兴趣的。到海底捞的人，大多也是那种活得兴头足的人，在热闹的人群中自我感觉良好。石经仑已然刹不住车了，开始谈论自己公司在北京、上海两地的业务，林卿听得云里雾里，不得要领。石经仑心里很焦躁，约林卿出来怀旧，怎么变得跟谈生意似的。看来自己现在除了谈生意真的不会说话了，或者说除了谈生意的说话方式，自己竟然不会其他说话方式了。自己和林卿说起话来怎么就这么别扭！林卿几乎不吃什么东西，满桌子的菜显示出某种嘲弄色彩，请林卿来海底捞就是一个错误。想到这里，石经仑突然停下来，一声不吭地开始猛吃菜。林卿无言地看着石经仑大口大口地吃着菜，心里觉得很抱歉。面壁书斋，孤陋寡闻，实在也无法回应石经仑对于老同学的怀旧。十多年物是人非，哪有一样是可以保存记忆的？她接到高中女同学的电话多是怨妇般的口吻，对于丈夫彻夜不归的抱怨。王伟最终换掉了第三任老婆，现在恢复了自由身。礼华一个人带着一堆孩子，像只母鸡般在世界各地扑棱，除了看房子就是换保姆。这些事情都是语靥告诉林卿的。语靥的生活，每天上班，照顾孩子，晚上陪着老公看电视，星期日带着孩子去教堂，勉强算是安稳吧。所有生活的背后都有着一张不为人知的脸，这是只有自己能认识的脸。眼前的石经仑，丝棉质地的衬衫柔韧挺括，流行的粉色在灯光下新鲜活泛，显然不适合肤色偏黑的石经仑。一张显得年轻的脸，额头上有几道浅浅的皱纹，经历风雨的沉稳和掌控局面的自信让他的眼神有些狠，却并不明亮。石经仑左手中指上戴着一枚硕大的金戒指，这种单身钻石王老五的暗示让人有着一丝不安和局促。林卿早已没有了胃口，等到石经仑抬起头的时候，她告诉他：“该回家了，自己明天还有课。"

石经仑默默地开着车，突然间没有了话。林卿无端地觉出几分歉意，努力找着话题。林卿说自己正在申报系里的课题，不知道能不能批，这学期带的大四学生都忙着考公务员，没有人好好听课。车上的加热坐垫让人感觉几分燥热，甚至于有着几分讪讪的感觉。古典文学对于经商有什么用？现在任何事情都要有用，因为实在没有多少实际的用处，又是名不见经传的小助教，来上课的大多是这些高管的秘书。林卿经不住问："其实有钱有地位了，还要这种花钱买来的学位做什么？"石经仑不解地看了林卿一眼："你好歹也活这么大了，还在北京待了这些年,真不知道还是假装不知道?以前是学而优则仕,现在是仕而优则商,仕而优则学位,毕竟是诗书大国,没有出身在商场官场如何进出?同门同年同班同学是圈子里的人,总好办事。"林卿平素是个明白到懦弱的人,被石经仑一顿抢白,眼泪差点流了出来。学院通过收钱的方式兜售知识,出卖具有合法性的学历,有卖自然就有人买,自己不一样在为这种兜售叫卖?林卿知道自己问得很傻。不知为什么,她就是想问石经仑这样的傻问题:"为什么这些人对自己没自信,或者说,为什么不给无法立足商场官场的人留一点空间?这个世界除了圈子之外,没有什么值得身在官场商场的有为青年去做的?"石经仑沉默不语,林卿后悔自己的义正词严,羞得有些无措。不知道过了多久,石经仑停下车送林卿,告别的时候说:"今天的海底捞你不喜欢,没有吃什么,下次换个地方。"林卿一个人走在衰败破旧的楼道,猛然间有几分自怨自艾。

尽管在海底捞吃过了饭,石经仑还是开着车径直去了望京刘记排档,点了二十串羊肉串和十瓶啤酒,闷着头喝起来。喝完四瓶啤酒,他径直走回离刘记排档不远的办公室。第二天一早醒来时,发现王萌给自己盖了件毛毯,办公桌上放着合同,上午还有一个约会。他拨通了行健的电话,让他赶紧过来和王萌一起见客户,他告诉行健,自己不去签那笔合同了,让行健仔细检查对方的合同是否有漏洞。石经仑开着车去了燕沙,买了一堆礼物,眼看着年底快到了,打点上上下下的事情,经营十几年的人脉,石经仑从来都是亲力亲为,低调沉稳是他一贯的风格。

六

周五上午,李宇信在办公室里问林卿:"还记得郊区那片核桃林吗?旁边有个很棒的滑雪场,我们一起去滑雪吧。"夏天李宇信兴致好的时候,拉上系里的几个女孩,坐上他的雷诺,去郊区看他新发现的一片核桃林。这个周末大家正好都很无聊,就都上了李宇信的车。

林卿和蕊蕊坐在后排，爱聊天的申菊坐在副驾驶上，一路上不停地发表感言。申菊前几天网购了一个四人户外帐篷，放眼之处都能扎帐篷，不时地催促李宇信停车。李宇信慢悠悠地开着车，指点着车外风景。远处呈黛色的自然是燕山山脉，今天天气不错，还能看见。路边一闪而过的是各色农家饭餐馆、采摘园和隐藏在乡村的别墅群。车子过了北六环，蕊蕊指着路旁的别墅羡慕不已，已经有归隐的打算。李宇信回过头，呵呵笑了笑："再开十公里，你们猜是什么东西最多？想不想去看看是什么？"三个女孩不明所以，蕊蕊让李宇信不要卖关子。李宇信轻轻地说："是垃圾。"三个女孩都声称不愿意去看垃圾。李宇信嘴角是嘲弄的笑容，却好性情地说："原本就是来滑雪的，垃圾无处不在，的确没什么好看的。"蕊蕊从后排起身，拍了李宇信一下："哥们，成天应对各种网络垃圾和城市废气，拜托别再让我们添堵了。"李宇信径直开到了核桃林旁边的滑雪场。到了滑雪场，林卿死活都不愿意穿上滑雪板，她不会滑雪。李宇信一个人在高坡滑道上已经滑了五个来回了，林卿依然站在山脚下，面对着两块滑雪板发呆。冰冷的风吹进林卿的脖子里，她非常想回家。这种自己找跤摔的行为让她很恐惧。李宇信从高坡上滑下来，嘲笑林卿除了古典文学之外，什么都不会。林卿说："对不起！很抱歉！我的身心都消磨在你完全不理解的地方。"李宇信用戴着手套的手摸了一下林卿的帽子，说："别紧张，放松点！"他默默地脱了滑雪板，陪着林卿在雪场旁边的桦树林散步。

女孩子们嫌农家院的卧具不干净，要回城里。大家从郊区回到市区已经是晚上八点了，李宇信送申菊和蕊蕊回学院集体宿舍，最后送林卿回庄则公寓。林卿第一次让李宇信开车送自己回家。林卿租住的是北京老式公寓楼，庄则公寓破败的楼梯上爬满岁月瘢痕，粗陋的铁扶手上锈迹斑斑，已然锈蚀掉林卿的青春。李宇信送她到公寓的门口，踟蹰着没有说话。林卿知道，对于他来说，已经算是很伤自尊了。林卿说："我不会做饭，还是去饭馆吃吧。"李宇信低着头，一言不发。林卿叹了口气，她晚上从来不邀请李宇信回家，她和李宇信在一起太放松了，每次都有如归之感。这要是回了房入了室，难保自己把持不定。林卿开了门，李宇信径直走到沙发上坐下，随手拿起茶几上的中国国家地理，随手翻看了起来。客厅很闺房气，亚麻罩的落地灯，柔和橙色的光影下，粉色团花的亚麻布沙发很有些林卿的味道。东西两面墙做成两个书橱，除了书之外，散放着几幅林卿的照片。壁纸是美国田园风格的碎花，暗绿底纹夹杂着粉绿色的小花，墙上几幅印象派绘画，还挂着一幅潘玉良的静物小品，一束插在仿古花瓶的鲜花，散发出淡淡的清香，房间还弥散着薰衣草淡淡的香味。茶几上立着一只青花瓷瓶，算是一丝中国元素。李宇信有些无措，沉浸在少有的安静中。不一会儿，林卿端上两碗煮好的方便面，搁在茶几上。林卿："宇信，真的很抱歉，要是饿了，就先将就着吃点吧。"李宇信看着无措的林卿，"嗨，真是个笨手笨脚的傻姑娘。"他挽起袖子，走进厨房。半个小时之后，李宇信端着两大碗肉丝面出来。一边说："我从来不吃方便面。多年的户外动物，意外整点吃食还不简单。不过，你冰箱的确物资匮乏，连颗大白菜都没有。难怪……"李宇信停了下来，发现茶几上的方便面已经被吃了一碗。林卿说："我先吃了碗方便面，不过，可以再尝尝你的肉丝面。"李宇信一边吃面，一边向林卿介绍肉丝面的做法。林卿低着头一根根地数着肉丝面，李宇信也算是家里的浪荡子吧，眼瞅着不经商不当官，整天在大学校园猎艳和在祖国各地猎奇，顺带还做点不伦不类的社会学研究，到底有点摸不准的脾气和性情。高兴了，来到自己寒碜得无法待客的公寓，给你做饭。不高兴了，摔了门，开了车一转眼跑到自己根本无法知道的地方。看着吃得津津有味的李宇信，像个孩子似的吃法，一大口一大口，很香甜很满足。林卿想起了晓靥关于吃饭的话，不由自主地笑了笑。一顿肉丝面让李宇信正视了自己，他又成了那个满嘴俏皮话的有才华的纨绔子弟。他说："林卿你相信吗，我在怀柔露营的时候，真的遇到过狐狸。"林卿对于他的这些言论早已见怪不怪，等着他半分钟之后的下文，林卿很高兴李宇信回归常态。李宇信说："那天夜里，我在帐篷里睡觉，感觉有什么东西进到帐篷里。拿起应急灯，发现一只狐狸正远远地在帐篷的另一边站着。知道为什么吗？我想起来我炖了一锅肉，敢情是这锅肉把小狐狸给招来了！肉就在帐篷外面的大锅里。我赶紧将肉转移到车里。回到帐篷里躺下,林卿你知道吗?我后悔了!这么多年就等到这么一只小狐狸,我干嘛心疼那锅肉呢!"两人相视而笑,林卿忍不住在沙发上笑倒。

　　林卿拿了老爸给的一套宜兴紫砂茶具,沏了一壶浓浓的普洱。她告诉李宇信,这个普洱是千年古茶树上采下来制成的,茶色金黄,味道醇厚。李宇信吃着面,看着林卿纤细白嫩的手指,翻转在紫砂茶具上。普洱茶带着涩味的香气渐渐弥散开,空气里开始出现了某种难言的气息。普洱茶的沉静弥漫在客厅的上空,洒下一丝和解的笑意。李宇信意犹未尽,嘟囔着:"可惜,肉丝面引不来小狐狸啦。"林卿假装没有听见,坐在沙发的阴影里,给李宇信续了一杯茶。李宇信喝了三杯普洱茶,间接论证了普洱真产自六大茶山的勐海,最后沉思了片刻,"林卿,我会记得今晚的普洱茶,你还欠我一顿饭。家人都去澳洲了,我不去也不行。你知道,这样的环境不适合你,什么时候待烦了,一定告诉我。"

　　李宇信起身告辞,林卿跟着送到门口。李宇信伸出右手握住了林卿的一只手,轻而有力地握了握。原本手臂是带着力量,希望能有一个向往已久的拥抱,可是遇到那只苍白冰凉的小手,他只轻轻地说了声:"晚安。"

　　咔嗒的关门声在黑暗中响起,李宇信消失在破败的楼道中。破败的景象一如削铁如泥的刀刃,刺入林卿的暗夜。林卿轻轻靠在上锁的门后,听着远去的脚步声。

　　林卿坐下打开电脑给雅克写信。

　　亲爱的雅克(林卿想:这个世界上,什么时候我能够叫自己身边的人亲爱的?)最近我总是梦到我的疯表姐,表姐早年丧母,经常会寄住在我家,她相亲的时候曾经借过我一件衣服,是一件墨绿色的滑雪衫,那时这种衣服在小县城算是体面的衣服。表姐穿上我的滑雪衫,真的变得好看多了,干净体面还带着点时髦。相亲回来,她依依不舍地脱下那件滑雪衫,还给我,心里自然很不舍。这件衣服的颜色对我来说过于老气,我其实不常穿这件衣服。我没有将这件衣服送给表姐,很奇怪妈妈也没有要求我将衣服送给表姐,尽管她夸表姐穿上这件滑雪衫很漂亮。不知为什么，我一直对此愧疚不已。表姐是从我家出嫁的，那是个冬天的早晨，我睡得正香，被表姐叫醒，她告诉我自己要走了，我迷迷糊糊地嗯了一声，眼前晃动着那件墨绿滑雪衫，又睡过去了，连句祝福的话都没有说！雅克，我是多么自私的人！可是，从小到大，我都被称作一个好女孩，没有人告诉我自己有多么自私！

七

冬天来了，公寓的暖气还算足，林卿从一月份开始就停课了，突然发现假期的难熬。去年冬天，林卿在三亚宾馆接到妈妈的电话，唠唠叨叨嘱咐她："天冷了，要注意身体。"从那一刻起，林卿良心发现，自己的妈，昔日威严的小学校长真的老了。三亚的冬天很温暖，温暖中的林卿突然发现了自己的不孝。一直喜欢在假日游历的林卿离开海滩，立刻订了回老家的机票。林卿突然想起来，爸爸妈妈在没有暖气的皖地一定很冷。林卿从三亚飞回瑜城，结束了近十年的每年例行假日游荡。妈妈看到林卿的时候，眼睛里的确有着一丝泪光。

寒假，林卿准时回到爸妈身边。林卿发现自己在家里似乎妨碍了老爸老妈正常的生活，比如会因为给自己做饭，妨碍妈妈散步，午后的小麻将会因为她在家而提前结束，甚至于老友之间的定时互访也因为林卿在家而临时取消。林卿可悲地发现，自己作为一个遥远的存在比作为一个现实的存在更恰当。自己多年在外，爸妈已经习惯了她不在身边的状态，对于她突然的陪伴，竟然在欣喜之余无法面对。实际上无法面对的是林卿三十六岁依然未嫁出去的事实，这个事实竟然到了他们无法面对的地步。林卿从小接受的教育，让她在父母面前谨言慎行，和父母面对面谈自己的感情绝无可能。林卿陪着他们看新闻联播，看到一派欣欣向荣的国泰民安。每每坐在客厅的沙发上，母亲都会递给林卿一杯酽酽的绿茶，在寒冷的空气中冒着热气，遥遥呼应着炭火盆散发出的焦炭气息。林卿回到了久远的过去，当她还是一个小女孩的时候,那时候寒假在家里看电视是一件无比快意的享乐。那时的母亲似乎总在厨房里,而父亲则时常忙碌在无数的拜访和接待拜访的客人中,林卿和弟弟林刚两个人坐在炭火盆前看电视,那时的两个人似乎比现在的三个人要热闹许多倍,人也兴头头地很满足。眼前母亲是不安的,看着林卿的眼神欲言又止,在听不见的叹息声中,母亲收起那份担忧,织起了她那件似乎永远织不完的毛衣。

好在,林卿还可以陪着母亲一起在伏虎寺的花园看梅花。梅花的冷香浸在傍晚时分的空气里,暗影浮动。林卿挽着母亲,在梅林中散步,素心梅是母亲最喜欢的。

林卿抬起头,寒夜的天空,明月如霜。

载《湖南文学》2017 年 6 期

牌楼　阳光

江小阑坐在牌楼的石椅上，看着前来拍照的游人，游人一波一波，在眼神中荡漾。不过是个仿建的牌坊，被远道而来的慕名者当作古董留恋着，日子久了，竟真的成了街头一景。江小阑忍不住细瞧了高大的廊柱，似乎有些不同寻常。冬日午后，阳光洒在江小阑细纹蔓延的脸上，竟然柔和而细致。江小阑默念着偷得浮生半日闲，向后靠了靠，闭上了眼睛。

江颜的声音穿过牌楼惊醒了江小阑，女儿已经将书包放在石椅上，一溜烟跑到牌楼后面的小公园，和同学埋头玩了起来。江小阑听到了孙广厚对着孙子的背影大声喊着："三点五十，牌楼。"随即慢慢转过身子，微笑，眯着皱纹密布的双眼，浑浊的目光越过北半球的冬日，散淡而随意。孙广厚头上戴着盛锡福的前进帽，呢面料历经三十年时光的养护，磨损而不破败，保持着精良手工制作的内敛与水准。帽子戴在头上，依然显示出妥帖的风度。皮夹克是二十世纪八十年代的奢侈品，裹在孙广厚的身上，冷风中流露出当下的寒素。

冬日三点钟，阳光竟然耀眼到刺心。孙广厚背着双手，在牌楼前转悠着，他在这个牌楼前转悠了很多年。每次孙小路从西交小学校门走出的一瞬，他会惊讶于孙小路和孙大陆的相似，手中黄帆布书包幻化成灰太狼的卡通货色，比多年前着实沉重了许多。西交小学以前是个王府，下马石无迹可寻，两只石狮被来来往往的童脚亲密接触，显出老爷爷辈的斑驳破败。德厚牌坊雕梁画栋地立在那里，侍女样儿恭奉着冬季的寒风。牌楼的背面是个街心小花园，常青植物混乱杂生，袒露着老城区的没落，以及没落中的一丝自由自在。孙广厚不时去查看孩子们的活动，在孩子们的哄闹声中，一次次被打击出局。孙广厚走路有一点微瘸，他满意又尴尬地回到牌楼前。自从中风后，孙广厚走路略显蹒跚，说话时常发出含混的呢喃，他却一发不可收拾地开始喜欢走路和说话。

孙广厚坐在江小阑身边，他最喜欢和江颜的妈妈聊天。江颜妈妈很耐心地听着孙广厚的唠叨，像个乖巧的女儿。孙广厚站在牌楼的阳光下，眼神是那个年纪老男人的不确定，凝神而思，看着别处。在每句话的结尾处，突然透过几十年的光阴看一下江小阑。孙广厚那顶盛锡福的前进帽经历了春秋到了冬天，从帽子下面冒出许多可笑的唠叨。江颜妈妈从来不嘲笑他，算是一种变相的鼓励，孙广厚一发不可收拾地沉浸在絮絮叨叨中。孙广厚开始期待每天下午三点钟的时光，他和江颜妈妈坐在牌楼边的石椅上，看孙小路和江颜一起玩游戏。老伴交给他半辈子的差事，总算有了一丝趣味。他告诉江小阑，他享受国务院特殊津贴，每月一百元补贴去年涨到了六百元，自得的笑意弥散在冬日的阳光中，带着些微的自嘲。江小阑曾说，要是放到外地高校，这样的津贴会换来数不尽的好处，房子、车子和职位。孙广厚没有接话，自顾自地说，老伴不会允许他回南方，住在北大，每月几千元的退休金，温饱足矣呵。江小阑暗暗对比着自己一家的日常花销。孙广厚开始抱怨儿子一家三口占据了三居室中的两居，如果老伴或者儿子看电视，自己就连电视都看不上。孙广厚持续唠叨自己每天晚上没有电视看，甚至于无处可去！江小阑一直不停地安慰着老人，建议他再买一台电视机，放在自己的卧室，想看就看。孙广厚温和且不自信地笑了笑，嘴中喃喃着："是该再买台电视机。"却是犹疑的表情。江小阑身边的菜车里放着一棵新鲜的大白菜，晚餐桌上白菜豆腐的香味在牌楼前若隐若现。

冬日的阳光中，远处传来孙小路和江颜清脆的喊声，孙小路被一群女孩们追赶着，从杂草丛中落荒而逃。孙广厚双手插在皮夹克的兜里，似乎有一丝凉意。他告诉江小阑，老伴被北大养成了一个怪毛病，竟然要午休。去年到福建的旅行，因为老伴需要午休而中途夭折！江小阑手里拿着女儿江颜的水杯，让跑过来看时间的江颜喝口水，她问，孙小路是否上奥数班？江小阑最近头痛是否让女儿上奥数班。

孙广厚突然激动起来："儿子媳妇都是教授，竟然像无业游民一样啃老！他们自己有房子，却住在我这里，啃我余下的精力。上奥数班？我是不管的。"孙广厚觉得自己终于可以在这件事情上袖手旁观，面露喜色："其实，买本书，我能教他。可是——我才不教呢！"

孙小路正冲过来，大声喊着："几点了？还有多少分钟？"孙广厚的声音飘过孙子散发热气的头，很严肃地说："还有十五分钟。"

孙小路指着孙广厚："他就喜欢讲他过去的那些事！"

冬日下午的冷风开始包住刺目的光，阳光渐渐淡了。孙广厚和江小阑一时无语，停顿在冷空气的罅隙里。这时，又走过来两个接孩子的家长，和江小阑寒暄起来，无非是现在的孩子没有大院子可以玩耍，街心小公园很少见，又都不敢放孩子出来，闹得孩子们都没了童年。罗一杰妈妈从牌楼前的停车场一路跑过来，叫着罗一杰的名字，罗一杰从灌木丛中露出小脑袋，一晃又不见了。江颜和孙小路也很快地消失在那丛灌木的阴影里，突然没有了声响。罗一杰妈妈对江小阑笑了笑，说还有一个英语培训班。罗一杰妈妈快步跑到灌木边，深筒女靴的后跟陷到镂空的砖块里，拔不出来。孩子们哈哈大笑地跑出来，嘲弄着手忙脚乱的罗一杰妈妈。罗一杰妈妈终于拔出了右脚靴子的后跟，抓住了笑得东倒西歪的罗一杰，匆匆走向停车场。冬日下，两个人的影子被拉得很长，耷拉在牌楼的廊柱上，渐行渐远。

接孩子的家长们目送着母子二人，不安的情绪蔓延在空气中。大家目光不定地互相打量，询问各自孩子是否上英语培训班。江小阑一贯沉静地回答说，没有。她没有让江颜上那种傻乎乎的培训班。孙广厚看着罗一杰妈妈发动了汽车，蓝色宝马一溜烟地冲出了夕阳的尘土。他说："我上高中学的是俄语，小学到初中学的是英语。"江小阑听出了老人的南方口音，果然，孙广厚说："那时，我在南京上教会学校，加拿大人编的教材，全英文教学。"江小阑依然微笑着，看着老人的黑色皮夹克，她说："我们学了十几年的英语，除了做考卷之外，没有什么用处，至今，见了老外不敢开口。"

孙广厚今天有些特别，奥数班的事情显然对他有所刺激，他的呢喃声更加含混，江小阑需要侧过耳朵才能勉强听清楚。穿越几十年的光阴，江小阑看到了，她看到年轻的孙广厚坐在研究所的办公室里，埋头于方程式 $x^2+y^2=2$ 的正整数解等问题。盛锡福前进帽挂在衣架上，闪着几分时尚与尊贵的光。孙广厚眉目俊朗，典型的江南美少。他沉迷在费马设定的迷局中，意识抽丝剥茧，渐渐融入抽象的光圈中，时常不知身在何处。这样的场景一日又一日地出现在北大物理研究所504办公室中，孙广厚和他的时光一起保鲜在记忆的冷库中，竟然青山绿水似的好看。江小阑依旧微笑着，转身看了看小公园，江颜的粉色羽绒服上沾满了细碎的树叶，在阳光下闪着缤纷的色泽。孙广厚坐在办公室里，依然是午后时光，他的同事林华坐在对面的办公桌前，林华一口京片子，说话爽利明白得像一种叫"心里美"的甜萝卜。林华告诉孙广厚，他刚刚参加完一个全封闭的英语培训，那些蝌蚪文字真他妈的难学，美国鬼子的舌头多出一块，自己怎么也无法再长出一小块肉舌。孙广厚一直没有抬头，低声说了句："舌音与齿音自然有别。"林华没有听明白，他懒洋洋地站起来，晚上还要和新交的女朋友到北大溜冰场幽会。临出门，林华告诉孙广厚，研究所所长通知他们明天参加英语考试，代表项目研究专家去美国。孙广厚从桌子上抬起眼睛，陡然间觉得自己矮小起来，被人欺负了似的，他心里断然拒绝去考试。他研究这个项目快两年了，没有人告诉自己有着去美国的机会，更没有提什么英语考试。孙广厚手中的方程式被愚弄的重量拉扯着，颓然地倒在草稿纸上。

江小阑看着冬日的阳光，光渐渐淡了下去。她问孙广厚，最终有没有去考试。孙广厚不知道自己第二天为什么参加了那次英语考试，极有可能的原因，是忍受不了老伴狂轰滥炸般的唠叨。原来怕老婆啊！江小阑的微笑让孙广厚泛起了一丝青春的沉渣，当年对老伴的惧怕穿越时空，隐约透露出些微的甜蜜。孙广厚记得考试卷发下来的时候，他很笃定地写出了那些蝌蚪文字。回望的记忆中，英文字母发着温暖的亮光，跳着圣诞曲《joy to the world》。孙广厚去了美国。

孙广厚的呢喃声越加含混，冷风中的话语时断时续。江小阑耸了耸肩膀，将脖子更深地缩进围巾里，打了个寒战。老人转过身，对着灌木里的孩子大声喊："回家了。"孙小路冲到爷爷面前，抓住灰太狼卡通书包，一溜小跑地窜出牌楼。江颜和骆子涵慢悠悠地走过来，她们告诉江小阑，"荒野求生"很好玩。大家互相礼貌地告别，明天还会在牌楼前见面，依然是午后，冬日，甚至于有着温暖的阳光。

北方的傍晚似乎在一瞬间降临，天开始暗下来，车流中的车辆亮起了红色的尾灯。车流如雨的夜晚，中关村北大街的路灯亮了。孙广厚跟在孙小路的身后，爬上了过街天桥。天桥的冷风让思绪飘到了多年前的南京火车站，昏暗的路灯下，孙广厚和哥哥一起追赶着回南京的火车。他们刚刚看完金陵大学的新生榜，两个人都榜上有名。看完榜，两兄弟高兴地直奔火车站，回家报喜。火车站台上没有几个人，他们上了火车，车厢里却挤满了各色人等。兄弟俩匆匆忙忙寻找着座位，老式火车厢很狭窄，他们一路说着对不起，走啊走啊，却找不到一个座位，似乎要一直不停地走下去……孙广厚站在三十年的时光里，一眼也望不到车厢的尽头，禁不住跟着哥哥跑了起来，火车的"咔嗒咔嗒"声消融在如雨的车流中。火车的"咔哒"声中，孙广厚眼见着自己生出了华发苍颜，听到逝者如斯夫的叹息声，自己竟然一点点老下去，人生像做旧的照片，定格在日渐模糊的记忆中。场景从北大物理研究所504办公室置换到西门的菜市场，孙广厚在无数青菜、萝卜、西红柿中徘徊，亦如穿梭在量子物理空间一样纯熟。

他们过了天桥，孙小路跑进了北大校园，孙广厚跟在孙小路身后，略显蹒跚地跛行在未名湖畔。冬日的湖面倒映着常绿乔木的阴影，老子雕像站在空地上，后现代地吐着哲思的舌头。孙广厚模糊的思绪浮泛着，他看到了圣约翰讲堂上的自己，面对着一堆白人，很有范地讲着英文，算是自己对项目的总结。那似乎是个很光亮的夜晚，可惜他实在记不起自己讲了什么，只是恍惚中的紧张兴奋感一直保持至今。他告诉孙小路自己曾经有着论证费马定理的想法，甚至于开始了论证……孙小路已听了无数遍，他告诉爷爷自己饿了，接着来一个马步，又变换成金鸡独立，对着爷爷做出面目扭曲的可爱鬼脸。

第二天下午，三点钟的阳光。

江颜喊了一声："孙小路——"，孙小路挥了挥手，被奶奶赵翠芳匆匆带走，离开了牌楼。江颜和骆子涵很没趣地踢着路上的石子，罗一杰从西交小学的校门冲出来，拉着两个女孩要玩"荒野求生"。江小阑她们依然坐在牌楼的石凳上，静静地看着街心花园追逐嬉闹的孩子们。过了很久，江小阑突然发现，身边没有了孙广厚的呢喃声。

"绿林大盗"孙小路回家了，孩子们闷闷的，一会儿就散了。江小阑拉着女儿行走在中关村北大街的人流中。江颜嘴里含着话梅糖，很快从沮丧中活跃起来，问："毕氏定理是什么？"

江小阑低下头，告诉江颜："这是我们老祖宗的定理，你怎么知道？"

江颜歪着脑袋："孙小路告诉我的，他爷爷住院了，他爷爷昨天晚上掉到未名湖里了。"

载《小说界》2011年6期

绿衣黄里

《国风·邶风·绿衣》

绿兮衣兮,绿衣黄里。心之忧矣,曷维其已!
绿兮衣兮,绿衣黄裳。心之忧矣,曷维其亡!
绿兮丝兮,女所治兮。我思古人,俾无訧兮。
絺兮绤兮,凄其以风。我思古人,实获我心。

一

在夜读《哈利·波特》的寂静中,一列火车从江南开往江北,停在脑海的波折中,年轻的哄闹声,黑暗消融的江水,留下了对于寒冷的记忆。开往记忆之路的火车温暖洁净,生命的魔法让少男少女渐渐长大。记忆中的青春列车,在鸣笛声中缓缓驶进书房。十年的时光中,过去仍然像烟雾一样聚拢来。此刻,在江阑珊的身体里,纠缠的往日时光,一刻也没有散去。

江阑珊算得上一个冷酷无情的怀旧者,她从来不上校友同学录,别人无从知道她的任何信息。晚上,第一次电话铃响起的时候,她正在浴室。洗澡是人生中最重要的事情之一,三天不洗澡的痛苦远远大于失恋的痛苦,何况没有强烈的情感,也就没有所谓失恋一说。硕大的喷头,无数密集的小水珠溅在米色的瓷砖上,氤氲着沐浴露的香味，茑萝绿色的叶子伸出来，似乎要抚摸日渐松弛的肌肤。电话铃声响了一会儿，淹没在淅淅沥沥的沐浴声中。

江阑珊洗完澡，吴天靖还没有回来，她独自一人靠在沙发上，打开落地灯，形式上颇似独守空房的闺怨主妇，实际的情形恰恰相反，心情很舒畅，绿茶、读物和干净的睡衣，营造了一个不算坏的睡前氛围。

电话铃在夜里十一点响起，号码很陌生，难免让人感到一丝恐惧。江阑珊听着一遍又一遍响起的铃声，恐惧中又有一丝兴奋，长时间待在家里的女人，对外面的一切动静，有某种难以描述的在意。铃声响过第四遍，江阑珊终于拿起了电话。

"喂，哪位！"江阑珊独特的女中音。

"hello，我是你哥哥。"

江阑珊吓得差一点放下了话筒，话筒那边的人接着说：

"我是童冈，半个小时前打电话没有人接。"

江阑珊一时语塞，几秒钟之后，"你好！这些年都怎么样？挺好吧！"心里的潜台词却是：怎么找到我的？我藏得不够好？说出的话听起来既俗又傻。

"其实找到自己想找到的人并不难。五年前在网上看到你的照片，改头换面，成作家江阑珊了。"

"江小阑，我以校友管理员的身份通知你，安南大中文系十周年聚会，正式邀请你参加。太晚了，不再打扰你，聚会时再见。"

江阑珊放下电话，坐在沙发上，一时间很惘然，深夜，十年前大学同学兼初恋情人，电话和校友会，让人有恍恍惚惚的感觉。

门外响起了敲门声，冷静的"咚咚"声，三下，然后是静静地等待。每次江阑珊都要问，"是你吗？"门外吴天靖说："是。"江阑珊打开门，吴天靖低着头走进来，放下公文包，开始换鞋子。结婚十年之后，老公回家从来不会好好看看她，而她偏偏每次都要好好看看老公。吴天靖没有说话，江阑珊只好问："还好吧。"吴天靖："还好！"江阑珊又一时语塞。吴天靖很疲惫，告诉老婆，公交车坐了两个钟头，看来住在别墅区，即便一个星期只上半天班，还得买车。北京恶劣的交通状况，实在让人发疯。江阑珊说："赶紧洗澡吧，会舒服些。"

吴天靖这才抬起头，瞧了瞧江阑珊："你洗过澡了，气色不错。"

江阑珊躺在被窝里，十一月的夜晚已经颇有寒意，她模模糊糊快睡着了，一股熟悉的味道在枕边弥散，吴天靖躺在江阑珊的身边。吴天靖无数次闻到枕边散发出的香味，熟悉的体香每次都让他心有所动。在黑暗的冬夜，两个人像两只互相闻着味儿，抱在一起的动物，依恋着彼此的温暖，沉沉睡去。同床而眠的幸福不仅是身体的，更是一种温暖的吸引。安心的睡梦，归家的感受，或许这才是关于床的理解。所谓百年修得同船渡，千年修得共枕眠。江阑珊时常在午夜梦回的时候，揣摩自己和吴天靖千年前是一对狐狸精？一对蛇妖？还是一对乌龟？推想一下，狐狸精的可能几乎为零，两个人没有一点蛊惑世人的行径，甚至想法。蛇妖嘛，扪心自问，实在少有蛇的灵动和狂放，拘谨古板得没有几个朋友。或许转世投胎前，是一对乌龟，慢吞吞地修炼，有些愚不可及的劲头，最后因为几分驽钝中的虔诚，最终修成了正果。所谓的正果，就是投胎成吴天靖这种书呆子，以及江阑珊这种姿色平平的良家妇女。

清晨，阳光洒在客厅木地板上，吴天靖早已坐在书桌前看书。吴天靖的勤奋和他发表的文章数量是成正比的，早餐时他宣布自己已经发表了一百篇学术论文。早餐一如既往，馒头、稀饭加咸菜。江阑珊曾经几次扬言改革早餐，将馒头、稀饭、咸菜换成牛奶、面包和水果，吴天靖即以绝食来抗议，只好作罢，陪着吴天靖老实地吃着中式早餐。看着吴天靖大口啃着馒头，江阑珊觉得自己如果成为一只馒头，还会被吴天靖咀嚼玩味。她等着吴天靖咽下一口稀饭，说自己要参加安南大的校友会，十年前的老同学聚一聚。

吴天靖抬起黑框眼镜下的眼帘问："什么时间？"江阑珊心里想终于看我了："下个星期六。"无数的滋味涌上吴天靖的舌头，馒头、咸菜和稀饭的味道霎时隐退，十年前的早晨，江阑珊和早餐的味道，实在无从知道。面对十年前的江阑珊，吴天靖无法不集中自己的目光。江阑珊带着淡淡的揶揄，笑着说："早餐完了，我要去单位。"

二

　　黑胡桃木的书柜旁，流动着咖啡和烟草的气息。江阑珊很清醒，敲打着电脑，输入方块汉字。用村上的话来说，她是一个尽责的文字清理工，有相当的文字水准。电脑屏幕上的小狮子，打着哈欠，已经很久没有发现病毒了。没有联网的生活，连一个小小的病毒都不光顾。一个偌大的城市，江阑珊时常有走失感，走失在工作间，迷失在自家的房间里。有一天忽然意识到，自己追求了多年，所谓生活的结局，竟然真的如村上所说，"生命是用来浪费的"。猛然停下脚步，狼狈不堪，蓦然回首，"我是谁？"的问题折磨得江阑珊痛彻心扉，实在令人匪夷所思。生活有时候像氓这个负心汉，让伤心女无法释怀。十五年前，江阑珊处在穷乡僻壤，满怀对于世界的盲目憧憬以及这种憧憬的幸福，这也是现实的一种。何种人生更加真实？就像选择清醒地死去，还是盲目地活着。

　　江阑珊在家看稿的日子，多少有些百无聊赖。打开邮箱，收到了母校十周年聚会的正式通知。江阑珊感到有几分突然，自己是母校不成器的学生，十年一觉京城梦，在急奔的路上，往昔以聚会的方式侵入江阑珊的身体，心在略作停顿之后，同意和身体一起回到江南。江阑珊离开邮箱，去了那沙空间，逛逛网上超市和论坛，像一个悠闲的居家主妇。她爱和好友粉色流氓兔聊天，甚至于时常会猜想粉色流氓兔的长相，她感觉到这是一只母兔子，心里又暗暗地希望这是一只伪装成女生的公兔子，毕竟异性相吸啊。自从进入那沙空间，江阑珊发现很多影子在赛博空间游离闲逛，孤独者比比皆是。近日女性沙龙颇为寂寞，进入聊天的几个游鱼，全都心不在焉。"春天了，可以穿着裙子在后海漫步了。"江阑珊发了个帖子，宣告自己要回到十年前的青春期。

　　那沙刚好在线，看到忧郁公主的帖子，笑着跟了一个，揶揄了中年妇女一下，"公主还有中年危机？"那沙正跟着导师开研讨会，会场上大多是深陷危机的中老年男子,"烟熏火燎"的研讨会让那沙很烦。那沙偷偷地上网,看看邮件,顺带管理一下自己的空间。她真的叫那沙,很像网名的一个名字。研讨会终于结束,那沙递给导师一份详细的会议记录,整洁干净。导师抬起看稿子的眼帘,满意地向那沙点点头,说一起喝杯咖啡吧。那沙揣摩着喝咖啡的含义,看着导师毫无表情的面容,那沙说自己还要准备论文,得去教室了。眼见着导师领着一帮学生冲向学校的星巴克,那沙觉得很没趣,怏怏地回到寝室。

那沙骑着单车穿行在校园,一张张陌生的面孔在眼前闪过。那沙真的去了教室,读研究生必须考若干证件,考证成了学习的动力。为了考证,必须参加各种名目繁多的培训班,参加培训班必须放弃自己周末的休息时间,放弃周末的休息时间,就意味着只能在晚上十一点之后上网管理空间。那沙必须去教室完成期中论文。她的生活充满了必须,在必须中那沙走得很急。那沙喜欢在必须中安插各种无聊的插件,比如在必须去的教室里写论文,顺带和武京打情骂俏。

那沙的男友武京已经坐在理科楼223教室,那沙悄悄坐在武京旁边的空位子上,打开电脑。教室里人很多,有一股难闻的人味,那沙从化妆包里拿出香水,向脖子里喷了点。武京皱了皱鼻子,打了一个大大的喷嚏。鼻涕流出鼻孔,差点滴到课桌上。那沙扭过头暗笑不已,武京赶紧找面巾纸擦鼻子。

夜晚在灯火通明的教室里隐遁起来,那沙觉得有灯光的教室让自己很安心。秋日的深夜,浓密的树荫下,那沙和武京心照不宣地拥抱在一起。武京不停地打着喷嚏,那沙在他的胳膊里扭动。武京说:"你能不能不抹香水?我对香水过敏。"那沙说:"让女人不抹香水,如同让男人远离女人。"武京在打第十二个喷嚏的时候,只好放开那沙,说:"我送你回宿舍吧。"那沙的手从武京的肩膀上抽回来,放到自己的书包上,摸到了自己放好的内衣和牙刷。那沙为了这套粉红色的内衣,跑遍了学校周围的内衣店,据说这是最潮的一款。

三

在路上的感觉是青春的感觉，大学时代就是来来回回归家和奔赴校园的过程。一次次离家奔赴校园，一次次火车上扑克牌游戏中的眉目传情。飞鸟在车窗外急驰，青春在岁月的年轮上疾驰，在"咣当咣当"的声音中，我们在路上。

江阑珊特意选择坐火车回安南大，坐在火车的硬座上，面前堆满了零食，没有一样零食是江阑珊的，她依然感觉很亲切。T799次空调硬座列车上很干净，洗手间和厕所没有异味。江阑珊洗脸时，抬起头，发现了那个在普快列车上坐了二十四个小时的女孩，她正站在车厢一角，急切寻找着可以如厕的地方。江阑珊说就在这里，可是那个叫江小阑的女孩没有看见自己。江小阑在刺鼻的人味和洗手间的味道中，飞快地逃出了车厢。原来要想走到校园，还必须忍受二十四个小时的寒冷、饥饿、臭气和无法如厕的痛苦。

普快硬座列车足以锻炼年轻学子的坚强意志，大一新生经历火车车厢的折磨，才会被摆渡到宁静优雅的校园。校园生活对于现实生活，尤其是恶劣的车厢生活来说，不亚于乌托邦和神话，那里有一张床、廉价的饮食、干净的教室和一打一打同伴，以及关于未来无数的许诺和可能性。江小阑走到安南大的大门前，有一种回家的感觉，那是一种熟悉的味道，可以帮助女孩克服疲劳和恐惧，支撑着女孩背着牛仔包，爬上六楼，接受室友灿烂的微笑。

一个月只穿一套衣服的情景，占据了大学生活的处女时光。在寝室找到自己的名字，被贴在双人床边，江小阑穿上了领来的军训军装，经过半个月烈日下的暴晒，衣服已经如晓风所说，可以煮出盐水，送给红军了。晓风每日最经典的时光，是熄灯之前，坐在江小阑对面的桌子边，埋头于一堆奶油面包之中。晓风的一双凤眼盯着面包，兰花指对着江小阑和仇遒："饿！吃了更饿！我是怎么吃都不胖的。"旁边就着腐乳吃馒头的贺珍，笑得很腼腆。

军训时期女生们和教官的远距离，美化了教官的形象，在标准的立正、稍息、齐步走的口令声中，教官黧黑的脸蛋散发出神圣的光。江小阑离这层光很远，她的体育不出色，也不落伍，永远不会引起教官的额外照顾。她丝毫不嫉妒永远站在队列之前的穆如花，她知道自己在智商和才情的队列中，会站在队列之前。燕晓云心平气和，像简·爱一样，安心躲在世界的窗帘后面，这里很温暖很安全啊！晓风在休息时间，告诉江小阑：你在正步走的时候，左腿永远比右腿用力，看起来有点瘸。江小阑很惊讶，是吗！一贯的平静、波澜不惊的眉眼，发出轻轻的叹息，"豪爽的晓风竟然也如此的细致！"两只腿的长度稍左一厘米，在动作上就会出现这种反常的现象，微瘸。

没有尽头的操场上，领队们身姿挺拔飒爽，是男生和教官眼中的风景。松松垮垮的军服、微瘸的腿，江小阑军服的后背已经渗出了一层白花花的盐霜。

大学的第一个国庆节，对于安南大的大多数学生来说，是一次衣锦还乡的机会。所谓衣锦是穿着军训的军服，有的还戴着那顶绿色的皱巴巴的军帽，出现在返乡的火车和汽车上。在各色男女中，草绿色一闪而过，"freshman"的噱头忐忑不安，在人影中闪烁，刚刚脱离童稚，步入青春的面孔神清气爽。

清晨拉练刚刚结束，急于回家的江小阑和仇遒背着包，匆匆走在江城的马路上，家的温暖在前面。江小阑对于军训，军训之于江小阑，彼此之间更多的是应付，应付集合哨，坚持在站队列时不晕倒，在一百四十一个人发出的合唱声中，淹没自己不全的五音。仇遒白净的脸蛋，高挑的个子，有生理方面的优势，她成了女生排的小领队，整个连队的领队当然是穆如花，一个如花似玉的女子，一个男人眼中的尤物，女人眼中妒火熊熊燃烧的焦点。在归家的轮渡上，小领队和体育系的新生很自然很亲切地聊了起来，体育系的男生肌肉发达，宽阔的肩膀上顶着一个年轻的脑袋，黑发极其浓密凌乱，江小阑告诉仇遒，姑且叫这位体育男"黑发虎背熊腰"。仇遒掩着嘴，充满笑意的眼神射向"黑发虎背熊腰"，空气中响起静电的摩擦声，体育男冲着仇遒露齿一笑，啊！一口洁白纯洁的牙齿！从小身体结实的乡下孩子才会有一口如此完美的牙齿，这一露齿暴露了体育男的出身，果然，他就住在江城的郊县，过了江，帮仇逎提着行李到长江北岸，背着一个空空的旅行包自顾走了。没有了这位沉默寡言的体育男，江小阑和仇逎在讨论军训教官中打发时间。

江阑珊出入于安南大的各个角落，时光期待着人的觉醒，成熟是在熟知了历史之后，为年轻时的一无所知而慨叹。年少时的无情无义，因为真诚，显示出不可怀疑的正确性。

江阑珊站在镜湖的一泓秋水前，十年前的光阴幻化成一阵清风，拂面而来，有些精灵古怪气息，沾染着熟透的身心，一丝厌烦，一丝忧郁，一丝青春期无名的期待，在刹那间复活，人在某些时刻宁愿让自己被某种暧昧的思绪所覆盖，直到在现实面前再次被惊醒。此时，童冈递给她一袋江城有名的傻子瓜子，权做一天的傻子吧。

四

那沙坐在美甲沙龙里，十根手指叉开在柔软的布垫上，指甲上是深深的玫红，娇艳欲滴，是自己想要的效果。美甲小店充斥着指甲油刺鼻的气味，店内罗列着一双双柔荑，所谓的美手。那沙的手修长而苍白，闪现着诗人的忧郁气质。指甲油干了，玫红的光泽保留在裸露的空气中，那沙伸着一双艺术的手，走出了美甲店。

像往常一样，她停留在五道口的一家小店，一家卖女孩饰品的小店。一个帅气的男孩站在店口，有点羞涩地吆喝着十元三件。小店在公交站旁边，里面人头攒动。那沙每每经过，都忍不住要进去闲逛一番，瞅瞅晶亮的发夹，打量着可爱的陶瓷玩偶，估摸着校园里该流行的丝袜颜色，算是一种不错的消遣。爱着这种消遣的男女颇多，挤在不足十平方米的空间，有着一种相亲相近的快乐。即便是带着防甲流的口罩，热切的眼神也无法掩盖淘宝的欲望。那沙看到小店新进了几种精致小巧的笔记本，挑来挑去，仍然选了玫红色封面的一款。不知道自己买回去干什么，已久不写字了。

原本该回家看老爸老妈的，两个"空中飞人"都不在家，回去守着空荡荡的房子也无趣得很。回到宿舍已是下午六点，没承想宿舍空无一人。过了学校的晚饭，那沙泡起了方便面，打开电脑，进入那沙空间，空间里竟然也没有人啊！好友忧郁公主竟然三天没有进入，看来和初恋情人有戏。那沙退了出来，除了考证之外，自己已经没有任何嗜好可言。那沙上了网上影院，漫无目的地在一堆人和故事中漂移，那沙一直在漂的状态中，看到天明。周末室友竟然都夜不归宿啊。那沙郁闷不已，在极度疲惫中，睡到中午。午后时光昏昏沉沉，吵嚷声惊醒了支离破碎的睡眠，宿舍里又有了人气。那沙洗漱一番，冲到学校的二食堂。食堂飘着饭菜的香味，搅和着壁挂电视的音响，饭菜显示出平庸和寡淡的滋味。电视上正在放《我的兄弟我的连》，满眼的炮火连天，那沙吃得有点晕。食堂让人有点晕，可是有活气，那沙愿意待在貌似不孤独的地方品味孤独。她忙着吞咽千篇一律的饭菜，打算下午去图书馆。

北大校园熙熙攘攘，人流涌动，面目模糊的兄弟姐妹们无言地擦身而过。校园里印满了考证的脚步，匆匆，太匆匆的脚步，让那沙心惊肉跳。图书馆里趴着无数的背影，年轻的后脑勺闪动着锐利而温柔的光泽。那沙爱抚地看着无数年轻的后脑勺，想象着浓密黑发中涌动不息的脑沟，一时间无言以对。靠近门的座位上没有人，那沙拎着包走过去坐下，她翻看着手中的《精品购物指南》，思谋着该如何度过这个无聊的周末。

武京去郊区政府实习了，整天找不着影子，准备好的粉色内衣近期内没有任何用处，白白花了三百大元。那沙眼前晃动着那沙空间时常出没的影子，约个网友见面也不错。宿舍里的四个室友已经搬出去三个，剩下那沙独守空房。那沙和武京不紧不慢地在校园的林荫道上漫步，至今没有走完一张床的距离。那沙准备了多次的粉色内衣没有用武之地。每到渐入佳境，武京就会不停地打喷嚏，一个接一个，似乎永远不会停下来。武京放开那沙，才能停止奇怪的喷嚏。武京每每懊丧不已，最后只好远远地走开，彻底去了郊区挂职。武京是三十岁的老博士，正是急着找个女人结婚的年龄。

那沙时常盯着武京的眼睛，极想考证武京是否是处男，武京沉稳的气息笼罩着那沙的犹疑，沉稳的男性是否可靠？表面的沉稳气息其实掩藏了内心的狂乱暴躁？那沙空间里的粉色流氓兔告诉忧郁公主，自己的男朋友为什么每次想和自己亲热的时候，就不停地打喷嚏。忧郁公主说，类似于气质过敏。你的男友和你绝对不是一路货色。粉色流氓兔说自己的男友很"man"，忧郁公主说现在根本是"no man"。一条蓝色的鲸鱼游过来，说现在的女人其实都很"man"。粉色流氓兔和忧郁公主同时说："一条男鲸！"

五

国庆节的十周年聚会实际上发生在九月三十日，童冈招呼着几十个回到安南大的同学，一起海吃海喝。教工餐厅的女服务员穿着红色的旗袍，脸色和悦，像江南的春天。教工食堂是一个非常遥远的地方，食堂边美食一条街上的牛肉火锅至今飘散着奇异的香味。

在席间，江小阑发现自己是最远离学校真相的一个人。大学部分地隐瞒人生的真相，人生的真相也极有可能在这里被照亮。被隐瞒与被照亮的地方因人而异，因为在这里，一切皆有改变的可能。童冈和班长陈昊在席间不断地回忆一次又一次的作弊，是啊，辅导员叶朗对于这种猫捉老鼠的游戏乐此不疲，九一级的众多男女小老鼠当然大玩老鼠戏猫。陈昊说，大学传播知识与假知识，以真理的方式传播假知识，让我们无从明白生活的真相，作弊是对于这种假知识的逃避与修正。江小阑瞪大了眼睛，盯着班长，半天没有说话。最后江小阑轻轻地说，自己从不作弊。陈昊嘲弄地笑了笑，说："江小阑当然无从体会作弊的乐趣，至今还对生活的真相说不。"

大学时代的考试意味着短时间的记忆和久远的遗忘。江小阑会在极短的时间记下教授的笔记，同时在考试结束的一瞬间，彻底忘记脑子里的一切。在交上考卷的一刹那，江小阑惭愧难当。一门课即将被通过，而自己对于这门课却一无所知，最后连这门课的名称一起忘得一干二净。多次奖学金获得者江小阑，因为对于知识的遗忘，至今觉得自己愧对多次颁发的奖金。大学时代的考试是时间的某种刻度，以强行进入的方式插入大学生活。考试是一个时间段的结束，和下一个时间段的开始。

古代汉语课是中文系最难通过的课程之一，想想一连串的典籍，《左传》《战国策》《论语》《孟子》《墨子》《论语》《诗经》《楚辞》《史记》……还要给这些书中的句子加标点符号，所谓的句读，古人自己都懒得句读，偏要让这些新生来句读。还要给本来并无语法结构规范的古汉语划分所谓的肯定句、否定句，还要解释各种地名和典章制度……大多数人上课时就没有弄明白，仅仅考前抄抄唐棣的笔记，蒙混过关。考试时，他们自然奋不顾身、瞻前顾后、左突右冲、寻求友邻帮助，依赖随身携带的小纸条，小蝌蚪们的不良行径早已落入蝌蚪头儿叶朗的视线中，在交卷前二十分钟，叶朗时常会毫不费劲地抓住多名作弊者，掀起了师徒大战的无数个高潮。

童冈说，叶朗凶是凶了点，不过，最后还是让大家都过了。偶有争斗，很正常的嘛。考试之后，童冈提着两瓶酒去古代汉语老师家，这是他第一次走近大学老师，以弥补学习过失的名义。在童冈的记忆里，关于师道的最初理解，就是那些走马灯似的老师，中文系的老师衣着朴素，偶有一两个西装革履，就会被疑为外语系的。童冈很心痛那两瓶酒，农家子弟很明白这两瓶酒的价值，以及附加在酒上的老父亲经历的烈日烤晒，嗜酒的老父亲这辈子也没喝上过这种酒。沉甸甸的是自己的心事，与对于自己荒唐不务正业的痛恨。

童冈见了还很年轻的老师，怯懦地表达了自己的希望。老师竟然没有了课堂上的威严，和颜悦色得像个正常人呢。童冈开始认识到人生的第一个真相：老师也是肉体凡胎啊！他放下两瓶酒的时候，突然间有一种被照亮的感觉，原来人生也可以这样看。老父被烈日的烤晒敌不过生活对童冈的敲打，愧疚转换成对于人生真相的探索，童冈感到自己成长的声音，弥散在安南大的月夜中。他从教师宿舍楼走回男生宿舍，照例要经过女生宿舍，他习惯性地抬头看了看五楼，江小阑宿舍灯光明亮，粉色窗帘后面是另外的人生真相。他已经很久没有见到江小阑了，自从被高年级的杜子龙惊吓之后，江小阑拒绝和童冈在夜晚的校园游荡。

童冈还是补考了，因为过低的分数，古代汉语老师无法给他开绿灯。童冈没有勇气去老师家要回两瓶酒，只好参加了寒假过后的补考，补考很轻松地过了，因为看了江小阑的笔记。童冈已经很久不去听古代汉语课了，尽管这门课一直上了三年。因为童冈会在考前弄来考题，轻松地备好答案，抄到考卷上即可。童冈从来没有告诉过江小阑，任凭江小阑发挥自己的超常记忆和古代汉语课亲密接触，江小阑的古代汉语成绩也不好，每次考完之后，都会抱怨题目太难，惊诧于燕晓云的应对自如，果然是会写蝇头小楷的人。

六

回到母校的第二个晚上，江阑珊住在童冈给她预定的兰苑宾馆。打开了电脑，她看到好友粉色流氓兔的头像，粉色流氓兔告诉她，早点回归现实，青春只是在那一刻是真实的。粉色流氓兔说，十年后的大学校园已经远离了青春。她要考许多证书，以备半年之后择业之用。她告诉江阑珊，自己正在准备公务员考试，真正地向死而生着。

江阑珊游荡在安南大的清晨，经过东门时，她看到十年前的江小阑和室友燕晓云，两个女孩穿着流行的踩脚裤、旅游鞋，迷迷糊糊，从东门跑到西门。江小阑和燕晓云趁着天还没有亮的时候，像两只狗一样转着圈，跑一圈拿一块塑料圆牌，男生蓝色，女生红色，几十年不变。据说现在已经没有早锻炼了。江小阑时常坐在自己的床铺上，数着红牌，像个守财奴。晓风伸手从床头掏出一大把红牌，睡懒觉也拿到了。晓风说，将自己的饭票转赠给男生，就能够收获大把红牌。

吴天靖的电话在早晨九点时候准时打来，离开北京之后，江阑珊意外受到老公的关注。手机是人类最失败的发明之一，手机的出现，无论何时何地你都有被连线的可能。人开始对自己最坦白的行径进行隐瞒，同时也丧失了最起码的个人隐私。人在丧失隐私的同时，为了保护自己可怜的私密性，开始向更多的人撒谎！撒谎是一种不诚实的行径，因为手机，越来越多的人变得不诚实。吴天靖告诉江阑珊自己正在学院办公室写文章，实际上，他正在办公室和自己的女硕士一起聊天。关于学院对于自己的不公正的待遇，成为吴天靖和女硕士待在同一个办公室的理由。

十年前，室友仇遒靠到江小阑的身边，和她商量给教官送小礼物的事情。小女生仇遒对于教官的情感，江小阑始终觉得很诧异。温婉的诧异中，江小阑和仇遒去中山路买了一串漂亮的紫色风铃。九十年代风靡大学生宿舍的风铃叮当声，仍然在耳边伤感着，叮当、叮当、叮当……江小阑领着仇遒坐在鉴湖公园的长椅上，仇遒快意地啃着一节甘蔗，仇遒告诉江小阑，最近特馋。是啊，人都有馋某样东西的时候。四个月之后，仇遒的妈妈坐在相同的地方，痛哭流涕，小领队仇遒身怀六甲，自己却不知道。仇遒妈妈带着小领队去了江城的医院，江小阑到中山路的小吃店，给仇遒买了一只烧鸡，因为仇遒又馋烧鸡了。

直到多年之后，江小阑才明白教官和辅导员是如何选择领队和小领队，美女在任何时间和任何地点都是美女。穆如花的确名如其人，大一开元旦联欢会的时候，尚青涩的大一男生戏称穆如花是从美国进口的奇花。修长的手臂，苗条的体态，无论是披肩长发还是马尾披肩，同样勾人魂魄。对于尚粉嫩年华的大一女生来说，还有一种大家难以模仿的眼神，十年后的今天，江小阑明白那是一种阅历风月的眼神，无数的小女生在这种眼神中，都化作了零。江小阑相信，穆如花从来就没有将自己看作她的同班同学，也不会在以后的岁月中记起表现如此平庸的她。多年之后，所有的女同学都对如花的惊艳记忆犹新，在死亡的平等面前，回忆滤尽了酸涩的嫉妒，充满了平和的气息。如花那条紫色团花的筒裙，白色的真丝衬衫，招摇在淡淡的晨雾中，早锻炼黑压压的人群中，一缕紫色的光，照亮了昏睡了一夜的青涩男孩，女人般的女孩，如此妖娆妩媚。

关于穆如花的各种传言在坊间流传着，实际上是和穆如花飞扬的青春成正比的。穆如花主持着中文系的各类活动，为辅导员树立九一级中文系的良好形象立下了汗马功劳。实际上，懵懂无知的江小阑正和童冈在大学里无所事事，四处游荡，漫步在校园的各个黑暗的角落。含蓄如江小阑，当然会否认自己对于黑暗的爱好，晓风就曾经扬言，现在最喜欢走在校园的林荫道中，喜欢黑。是啊，黑暗中的甜香，新鲜的芬芳，滴淌着蜜色的荷塘。黑暗中，童冈和江小阑频繁地拥抱和接吻，无数次的重复动作，简直有点像《穆勒的咖啡馆》，只不过没有一个西装革履的男子来干涉罢了。重复成为一种习惯，因为没有更好的习惯。

清晨的艺术山上，充斥着九十年代大学英语第一册的朗读声，各地方言发出的美式英语，互不干扰，因为谁也听不明白对方在读什么。童冈和江小阑昨晚在此受了惊吓，两个人在艺术山晃悠，艺术系教室传来钢琴声，叮叮咚咚，偶尔冒出几句美声，在黑暗中徘徊，像二十世纪幽灵的独白。盛夏的夜露下，童冈和江小阑暂时沉溺在夏夜的呢喃声中。一道手电光射过来，学校保卫处的人在巡夜，保卫处的老师拉着童冈，认定夜深人静，他和江小阑在此地不会有什么好事，言下之意就是他们俩正在干某种好事。童冈只好低着头，跟着戴着鸭舌帽的人去了保卫处。保卫处的灯光下，童冈发现鸭舌帽是高年级的杜子龙，杜子龙说快交罚款，扰乱学校治安，罚款100元。童冈搜来搜去，只有20块钱，杜子龙拿了钱说，回去吧。童冈到女生楼给江小阑打电话："没事了。"江小阑自此开始怕黑。对于江小阑来说，黑暗中的甜香实在没有教学楼的灯光更让人踏实。她和童冈以后的约会都在白天，以至于童冈因为怀念黑暗中的甜香，拥抱了投入黑暗的另一个女孩。

江阑珊和童冈坐在鉴湖的石椅上，十年前的阳光下，飘动着江阑珊的短发。童冈说，"你没有变，发型都没有变。"江阑珊说，"我现在是江阑珊。"童冈说，"我老婆是我的学生，她老爸是江城的一个小官。"我们的蝌蚪头儿当年可是翻熟了我们141个人的家庭简历，知己知彼，百战百胜嘛。是啊，父母是中学教师的背景，让江小阑毕业的时候无所适从，连推荐的机会都没有捞着。

大一的英语课，江小阑学会了"Freshman"，即新人，成年而稚嫩的人。

七

星期日那沙还是去了培训班，黑暗的楼道里充斥着垃圾和人的气味，所有的培训机构都带着一股非常"不正"的气息，可这种邪门的气味却很有人气。没有电梯，破旧的楼道，楼梯拐弯的地面上洒满了黑色的老鼠屎，一粒粒的，有些触目惊心。好容易爬到六楼，看到一个教室前竖起了一个广告牌：某某某公务员培训基地，想来是到了。

那沙走了进去，教室挤得满满的，热气腾腾，感觉自己像是参加某种社会集会。那沙迟到了，讲台上一个中年男子正在谈论如何应对公务员考试的第××类考试题，俨然是做一种很弱智的智力游戏。那沙坐在人头攒动的教室里，有点透不过气。旁边坐着一个超胖的男生，低着头，盯着眼前的模拟试卷，对于周围的一切默然视之，像个局外人。那沙尽管听不进去，想着是自己花钱的，免不了硬逼着自己盯着中年男子的嘴巴，想从那张嘴里听回自己的钱来。好容易挨到下课，那沙侧过头，发现超胖男已经打起了轻微的鼾，一边耳机从一只耳朵里掉了下来，耷拉在课桌上。那沙用胳膊碰了碰超胖男说，"下课啦！"超胖男被惊得从座位上跳了起来，惊慌地睁开了眼睛，看到那沙的一头长发，超胖男才安静下来，有点不好意思地笑了笑。

终于下课了，那沙害怕黑楼梯和老鼠屎，磨磨蹭蹭地整理书包，跟在超胖男后面下楼。超胖男告诉那沙，自己叫王刚，在B大，大四，准备考公务员，"姐是研究生吧？"那沙说："怎么？我就那么老？一眼就看出是姐，还研究生？"王刚说："有眼力呗。"眼见着走过了黑楼梯，越过了洒在地上的老鼠分泌物，那沙松了口气，和超胖男王刚说完再见。王刚慢悠悠地转过身，走向停车场。那沙迎着十月的晚风，悄悄漫步在林荫道旁，前面是公交车站，北京的公交车站照例挤满了后脑勺，那沙的目光越过一堆杂色的后脑勺，抬头看了看天，其实天空是有月亮的，月光躲在灯光和人影的罅隙里，哆哆嗦嗦地不敢见人。那沙走过公交车站没有去等车,一个人独自走在灯火通明的五道口,想象着自己正被月光沐浴着,走在金蓝色的月光下,粉白色的公主裙上开满了郁金香。

  那沙做了四十分钟的公主,脚脖子被高跟鞋折磨得酸痛不已。回到宿舍,倒在床上,一动不动,忍受着做公主的后果。那沙很高的,一米七,完全用不着穿高跟鞋,今天穿了一条窄腿裤,非得配上半寸的高跟鞋才有型。躺了半个小时,那沙爬起来,打开电脑,管理自己的那沙空间,人一旦和网络有着某种联系,会变得很有些偏执。那沙在宿舍里没有任何倾诉的欲望,她的倾诉统统排泄在那沙空间里,在那里她自由自在。忧郁公主果然等着她,忧郁公主说自己游遍了青春的校园,物是人非的感觉啊!粉色流氓兔说找不着感觉才是真实的感觉。忧郁公主说,自己很担心老公会有什么情况。粉色流氓兔说,和初恋情人约会还顾及老公啊!忧郁公主下线了。粉色流氓兔在空间里乱窜,遇到上次的那头雄鲸,雄鲸向她问了个好,竟然也匆匆走了。那沙很无趣地加入了一个关于北京第一场雪的论坛,胡乱地回忆着北京十年前的雪景,似乎那时的雪比现在要冷得多,也有趣得多。

八

  江阑珊和十多个大学同学坐在安南大学生食堂的包厢里,眼前的童冈中年发福,小头的特征依然保留,只是身体也成了球形。童冈曾经告诉江小阑:"最初看到你,穿着宽大的黄军裤,碎花的泡泡纱衬衫,纯洁,非常纯洁,对!圣洁。"肉麻的表述中,童冈的眼睛闪闪发亮。为了成为合格新生,江小阑穿着妈妈让裁缝做的花衬衫,带飘带、蝴蝶结的泡泡纱衬衣,配上马海毛白背心和牛仔裤。

  安南大屹立在市中心,巍峨的门楼留在历届学生的影集中。妈妈送江小阑到了安南大,看到巍峨高耸的门楼,由衷地舒了一口气。安顿好江小阑,妈妈带着走完二万五千里长征的胜利感,上了回程的火车。妈妈穿着麻纱碎花套裙,消失在巍峨高耸的门楼前,江小阑的眼泪在自由的空气中缓缓落下,砸碎在水泥地上。江小阑转过年少的身体,独自面对青春的校园和自己。十八年的骨肉相连,在一个炙热的午后,悄然割断。江小阑竟然没有害怕的感觉,没有一点对妈妈的依恋,忘恩负义地快乐着。

妈妈走后的傍晚,高年级学长姜峰——高中的小师哥拦住了江小阑。荷花塘边,江小阑和姜峰在散步,情景上很像初恋的大学生,羞涩、腼腆却很成人,就在晓风荷叶的氛围中,江小阑做了大学生活的第一个决定,用小羊拒绝大灰狼的方式,拒绝高年级学长看电影的邀请。

记忆中姜峰是那个穿着米色风衣,在府中中学主席台慷慨陈词的男孩。身边的姜峰散发出青涩的气味,眼神腼腆、温和。江小阑低着头,脚步敲在荷花塘边的碎石路上,淡蓝色的水洗棉布短裙,白色的软羊皮鞋,鞋前的蝴蝶结穿越美好时光,轻舞飞扬。姜峰眼神清朗,凝望校园的荷花塘。眼前带着露水的荷叶,唐诗宋词中的杨柳轻风,幻化成一条条飘然而过的大摆裙。多年之后,他依然思念那条水洗棉布的淡蓝色短裙。

姜峰自以为很熟悉高中校友江小阑的一切:坐在教室的第一排,戴眼镜,打瞌睡,停电的教室,烛光下的淡蓝色毛衣。他怀念停电的日子,在摇曳的烛光中,黑色短发,柔和的颈脖,淡淡薰衣草的味道。江小阑的草稿本上乱七八糟,不知道写了些什么,随手扔在抽屉里。姜峰在没有人的时候,捡起练习本的散页,仔细夹到自己的笔记本里,在上面画上一束束淡蓝的勿忘我,这个笔记本一直跟随着姜峰。实际上是一场不知名的电影终结了姜峰的暗恋。他为什么没有告诉她,停电的教室、两年前的稿纸、蓝色毛衣、烛光以及勿忘我?

府中的杉树林密集地屹立在纤弱的记忆中,姜峰能够听到风吹过杉树林的轻声细语,杉木的清香弥散在江小阑的黑色短发间,荷花塘、杉树林、年少的江小阑。他的叹息声飞过安南大,飘荡在青春的路上。

姜峰以高年级校友的声调,描述教学楼、食堂和操场。江小阑只看得见碎石路上斑驳的树影,陌生的面貌,扑面而来,清新、混乱、定格在手中新买的搪瓷饭缸上。姜峰最后介绍了电影院，邀请新来的师妹看电影。江小阑手中的搪瓷饭缸上发出轻轻的鸣叫，姜峰的普通话说得很蹩脚，江小阑没有勇气看姜峰，格子短袖衬衫，白色休闲裤的影子。恍惚间，江小阑用方言告诉姜峰，自己晚上还有事，语调模糊、凌乱、匆忙。只是清晰地问，女生宿舍东八号楼，如何回去？语气有点焦急，更有点凶狠。一刹那间，姜峰三年积累起来的自信，土崩瓦解。

姜峰领着江小阑回到东八号楼，江小阑仍然低着头，说了声再见。低头让江小阑错过了一睹姜峰青春容颜的时光。江小阑从来没有清晰目睹姜峰的面容，模糊的印象激不起长久的记忆。江小阑只是对未知的世界充满了警惕而已，警惕，拒绝了风姿绰约抑或伤痕累累却波澜壮阔的青春日子，保有了平静的内心。

姜峰再也没有见过江小阑，蓄谋了三年的见面，竟然无疾而终，姜峰在此之后的三年中，确保自己消失在江小阑的视线中。在大四的夏天，姜峰看到江小阑靠在童冈的肩膀上，童冈，穿着球鞋和夹克，大二的细瘦男生。瓷器摔碎在春天的校园里，无声无息，姜峰心有所动，江小阑的趣味竟然也稀松平常。

十年之后的校友会上，姜峰以一个大报主编的面目出现在江阑珊面前，犀利的目光，像直角一样插入她的心中。江阑珊觉得自己很单薄，像十年前警惕的江小阑，只不过，镇定替代了慌乱。没有故事的可能性，坚硬的冷淡弥散在面目之前，清晰对视之下，终结了长久以来恍惚中的丝缕情愫。

九

第三天，江阑珊和十个校友在安南大的校园里漫步，往事并非如烟，在具体的人和事物面前，我们往往丧失了对于往昔的确切记忆。姜峰显然从冷硬的情绪中回复过来，靠近江阑珊，向她倾诉自己对于安南大的怀念，同时暗示这种怀念和江小阑密切相关。江阑珊无所适从地跟着姜峰的脚步，在春天的江南漫步。童冈招呼着老同学在一处又一处颇有纪念意义处合影,却隐藏着和江阑珊合影的简单愿望。童冈始终没能和江阑珊合影。

一起吃完了两顿饭,江阑珊终于摆脱了姜峰和童冈的关心,一个人乘坐4路公交车回宾馆。八点钟,吴天靖的短信准时出现在红色手机上:"乘888到家,晚安!"吴天靖的气息在电磁波中转瞬即逝,江阑珊无法判断自己的情绪,是否该给家里打个电话。吴天靖坐在书桌前的影子晃动在江城无处不在的4路公交车上。江阑珊一阵心疼,没来由地难受。夜晚的4路公交车破败陈旧,袒露着肮脏的座椅,江阑珊一个人静静地坐在4路车上,沉沉地睡了过去。

吴天靖躺在沙发上,发给江阑珊的短信没有回复,他竟然有着久未有过的烦躁。江阑珊离家回归她的江南和大学,而自己却对她的过去一无所知。七年的光阴如丝如缕,两个背靠背的影子叠加在书房温暖的灯光里,吴天靖一时间寻找不到七年前江小阑的面目。

万刚的电话适时地打过来,那边是一如既往的温和:最近如何?吴天靖开始像个怨妇似的抱怨自己的最近诸多不满,教授职称被大评委毙了,同事老狼霸占了课题组的经费,甚至于办公室都被一个年轻小助教变相利用,成了青年男女暧昧私会的地方,充斥着某种难以言传的气味。每天早上到办公室,都能够嗅到昨夜慵懒妖娆的气味,让人心神不宁,更何况江阑珊回去参加十周年同学会。客厅落地灯中漂浮着吴天靖怨妇般的声音,在提到江阑珊之后,声音戛然而止。那边,万刚开始嘲讽吴天靖没出息,带上个女学生出去喝喝茶嘛。吴天靖说,如果你在北京,倒是可以考虑请你喝杯茶。万刚开始向吴天靖播报博士同学的近况,童媛嫁了一个高官,去重庆了。江月明正在给老婆办调动,估计年底能够解决了夫妻生活的问题。老孙已经提正处了,最后委婉地告知自己的正高已批下来了,可以直接带博士生。吴天靖话筒这边淅淅沥沥的心情,或云或雨,起伏不定。万刚说自己老婆回来了,下线。吴天靖还没来得及说再见,万刚已经挂了电话。

万刚其实很瘦小,经典版南方男人,决然想不到其内心蕴藏的起伏沟壑。吴天靖时常向细小身躯的万刚,事无巨细地倾诉。江阑珊在家的日子里,每当需要倾诉的时候,吴天靖总是不由自主地要背着江阑珊。江阑珊会在电话结束的时候，投来一股清亮灼人的眼神，带着淡淡的笑意，以及一丝嘲弄。

吴天靖睡不着，翻看沙发旁柳条收纳箱中的杂志，江阑珊订阅了很多报刊，相对于她的足不出户，她的报刊涉猎范围颇广。吴天靖随手拿起一本养生杂志，江阑珊一边熬夜写文章，一边看养生大全，宣称所谓的意念养生。封面女人几分白领几分空姐的样子，却戴了副眼镜，假装成养生专家。看着描画出来虚假的白皙皮肤，吴天靖开始怀疑江阑珊是否整天被这样劣质的杂志欺骗。随手翻看了几页，毫无兴趣，有一个关于失眠症的测试，倒是有些意思。吴天靖拿起一支铅笔，做起失眠症的测试。吴天靖很满意，测试的结果累积没有达到二十分，自己仅属睡不着，不算失眠。

吴天靖看完杂志，竟然心满意足。他喝了杯牛奶，左手抓着自己的右手，躺在沙发上迷迷糊糊睡着了。梦在空荡荡的客厅里游荡，一群年轻的男孩嘲弄地盯着讲台上的吴天靖，女孩们躲在讲台的侧面捂着眼睛。吴天靖声嘶力竭地讲着康德的理念，下课铃终于响了，吴天靖一低头，发现自己竟然穿着一条大短裤站在讲台上课。吴天靖惊醒了，落地灯光洒在客厅的绿萝上，楼上的夫妇又开始了夜半的厮打，呼呼嘭嘭的声响不绝于耳。

4路车到底站，江阑珊惊醒了，赶紧下了公交车。天色已经暗了下来，十月的江南，暗夜仍然是温暖的，夜风带着几分潮湿的气息，像多年前一样拂过，而江小阑已经不复存在。江阑珊拦了一辆出租车，回到宾馆。她急切地要向那沙的空间倾诉，自己对两个中年男子毫无兴趣可言。粉色流氓兔说，让一个给她吧，她正饥不择食！无论是工作还是男人。江小阑的脸在千里之外的江城红了一下。粉色流氓兔说自己言重了，明天论文开题，要睡了。

那沙下线后，径直穿上了自己那套粉色的内衣，静静地躺在宿舍的单人床上，耳机中弥散着周杰伦的东风破，青年的古典派，误读的古典气息，那沙很享受。如果武京躺在身边会如何？那沙想象了一下武京粗壮的身体压在自己身上，单人床吱吱作响……那沙对着床头的波妞轻轻地说："晚安，波波波妞。"

十

十年前，没有使用快餐盘，大学时代的饭缸具有无可比拟的重要性。江小阑手里的搪瓷饭缸，外面刻着学校的名字，拿着这种饭缸到食堂吃饭，是大学生活正式开始的标志。十年之后，数千人的校园，竟然共享不锈钢快餐盘，有多道消毒措施，也让人惊诧于这种共享！

江小阑拿着自己的饭缸，感受每一块搪瓷掉落的过程。每一道划痕落下的轨迹，隐藏着一个和青春有关的事件，大学生活因此充满了意外和感动。上完四节课之后，思想已经吃饱了，饥饿的肠胃争先恐后奔向食堂。从教室的窗台上，江小阑在无数的搪瓷饭缸中，能够一眼认出自己的饭缸，这样的时代还存在着对于细节和个性的尊重。当快餐盘出现在校园的时候，大学的食堂已经没有了任何个性化的场景。上百个胃在消化相同饭菜的同时，胃前面是清一色的不锈钢快餐盘。没有了个性化的饭缸和饭缸逐渐变旧的过程，大学里黑发、红颜和鲜嫩的肌肤显示出某种可笑的模仿性：流动的是一拨一拨的年轻人，面目却模糊难辨。

大学里蔚为壮观的场面，除了运动会的开幕式，可能就算饭厅开饭的前半小时了。学生食堂菜谱的乏味和年轻肠胃的丰富，在食堂上演的一幕幕生活剧，食堂是公共空间，公共的食堂弥散着一股暧昧的气息。在汹涌的人流消退之后，饭厅里一股食堂特有的难闻气味，像一只没有洗干净，也永远洗不干净的手，散发出若即若离的难闻气味，气味中还混杂着一对对小公鸡和小母鸡的体味。江小阑至今还保留着一张学生食堂的照片。在一个暴雨倾盆的傍晚，晚饭后的食堂，只有江小阑和童冈两个人，他们在轰隆隆的雷声中互诉心曲，留下一张合影。童冈非常幸福也非常傻地微笑着，江小阑在黑色的背景中异样严肃。

校园傍晚时分是喧闹的，一食堂的人流中，江小阑打开自己锁饭盒的小柜了，里面有一张纸条：七点，四小门。童冈打篮球之前，在柜子里放进一张约会的小纸条，江小阑将纸条塞到口袋里，拿着饭缸去买饭。大师傅面目不清地站在玻璃后面，江小阑买了稀饭和花卷。拎起放在一边的水瓶，爬上了五楼宿舍。喝完了粥，蓝色的裙子，白色的衬衣全湿透了，到卫生间冲了个澡。江小阑的大学时期，没有抹过任何一种香水，香水对于她来说是一种危险的奢侈品。夏天的校园，也不适宜痱子粉和花露水，那是属于童年和家的味道。江小阑仅仅在脸上抹上点儿童霜，那个时候，安南大女生寝室流行儿童护肤用品。

西小门，七点，淡蓝色水洗牛仔裙，白色的羊皮鞋，白色的真丝衬衫，江小阑如约而至。童冈穿着圆领T恤，运动短裤，健康快乐地拿着几张中国青年报。江小阑无数次感觉到这种见面方式的平淡、无趣，可是没有更加有趣味的见面，以及想要见的人。整个大学时期，江小阑不知道自己想要见什么样的人，童冈暂时充当了一个对自己感兴趣的人。

江阑珊非常讨厌小说中对于细节的回忆，可是在自己的回忆中，她依然必须依靠细节来完成对于过去的想象。十年前的江边，江小阑背着一个大大的牛仔包，身边站着背着更大牛仔包的童冈。认识童冈算是终结了自己守宫砂的少年时代，一个女孩的少年时代总有一个终结者，如果是一个鲁莽的男孩，这种终结是迷茫而快乐的喜剧，如果是一个居心叵测的男人，这种终结就是悲剧。青春的游戏和享乐之所以被称为残酷青春，是因为没有挣扎。一旦有了挣扎，青春的游乐和情欲，就会幻化成一缕清新的风，飘逝在日渐苍老的岁月中，让渐渐老去的我们不断地记起：自己也曾经青春年少。

江城到任何地方似乎都坐4路公交车，江小阑和童冈坐在4路公交车上，童冈的手插在上衣的口袋里，他的大手里面卧着江小阑的小手，在一无所有的少年行径中，执子之手是一种肌肤相亲的满足，她找到了一个可以感受她的手，他找到了一个可以感受他的手。顺着手的触摸，找到了眼睛、嘴唇和身体。在古老的执子之手阶段，童冈紧紧抓住江小阑的手，两只手在口袋里兴奋地淌出了幸福的汗液。

4路车停在乱糟糟的轮渡码头。奋斗了十二年才进入的大学，现在成了逃离的对象，逃离了熟悉的老师、同学、图书馆和教室，乱糟糟的轮渡码头成了一个可以执子之手的私人空间。码头是一个可以手牵手等候的地点，无所谓乱不乱。江风的确很冷，刮在青春的汗液上，竟然有一丝春雨的气息。

青春的日子是一种单一视角的日子，眼里只有青春的盲目，只看得见细小的快乐，江小阑和童冈坐在寒冷的江堤上，瑟瑟发抖，实际上心满意足。天暗了下来，肚子开始抗议这种反常的行为，要求合理的晚饭。在大一的暑假前，两个人第一次亲密接触，就在傍晚的江堤上。夏夜的天空，挂着一轮金黄的圆月，月光下两个少年，拥抱和接吻似乎无止无休。童冈心满意足地抱着娇小的江小阑，感觉到不真实的快乐。两个人曾经无数次站在江堤上，在一次眩晕的搂抱中，两个人一起滚到了江堤的下面，江堤下是柔软的淤泥。两个人在淤泥上躺了几秒钟，发现不是沙滩，赶紧爬了起来。月亮被江风吹起的乌云遮起来了，两个人在高热的兴奋状态中，一路摸黑走了无数的街巷，才回到校园。从此以后，江小阑发现，和童冈的出游，总是以迷路和走错路告终，这也是她最终离开童冈的原因。

今天他们在江边兜了 N 圈，没有发现可以吃的东西，一座门面破败的小旅馆发出暗黄的光，似乎还有一点热量。半夜，江阑珊和童冈去了一家小旅馆。两个年轻的面孔出现在旅馆登记处，要求一个房间。登记的大妈打量着他们，要了童冈的学生证，很怀疑地看了看江小阑，江小阑不敢看满是头油的大妈，用围巾捂着自己的脸。老板娘从柜台后面笑嘻嘻地说，给他们拿瓶开水吧，大冷天的，没有轮渡了，早上五点第一班轮渡回市区。童冈拿了房间钥匙，和江小阑一前一后进了屋。

进了旅馆肮脏的小房间，昏暗的灯光让纯洁的身体和灵魂变得面目模糊，江小阑始终无法回忆起童冈当时的表情，两个人很不自然地坐在一张床上。突然听到砰砰砰的敲门声，童冈站起来，江小阑本能地躲到了童冈的身后。一个肥胖的女服务员拿着一个暖瓶和一个尿壶，从门缝里递了过来。

关上门，锁好，江小阑和童冈忍不住哈哈大笑，紧张成那样，真的好像做了什么似的。江小阑饿坏了，泡了一杯方便面，方便面的香味弥漫在肮脏的房间里，纯净的江小阑在昏暗肮脏的小旅馆里吃方便面，实在是一件让人沮丧的事情。在青涩年华的印迹中，童冈感到深深的自责。

他铺好一张床，让江小阑躺下，自己靠在对面的一张床上，使劲闭上眼睛。江小阑吃完了面，很细致地擦干净小嘴和小脸，她对童冈说，床铺实在太脏了，我想吐。江小阑起身坐到童冈的身边，靠在他身上。你身上比床铺干净，让我靠一靠吧。童冈只好承担垫被的责任，让温软的江小阑靠在自己身上。童冈想关灯，江小阑说，别关灯，好害怕。在江小阑持续想呕吐的状态中，童冈无数次地想将江小阑翻到身下作床垫。

江小阑靠在童冈的身上沉沉睡去，黎明的第一缕阳光照在江小阑洁净的身体和灵魂上。童冈倒在肮脏的被子上，打着快乐的呼噜。江小阑很奇怪童冈一夜静若处子的安静，敲了敲童冈的小平头，起来！赶紧走吧。

是啊！人生是在路上的飞驰，江小阑和童冈意兴飞扬，背着青春的牛仔包，急奔在路上。路边歇脚的小旅馆实在无法和江边的大堤相提并论。江堤上弥散着诗意和浪漫，尽管笼罩着寒冷和饥饿，远胜于肮脏的小旅馆。

江小阑从江城4路公交车上走下来，她随手给家里打了个电话。电话铃声在午夜的家中响起，半晌没有回应。

十一

第三夜，江阑珊在偌大的校园里游荡，校园过于安静，像一个不存在的城堡，本科部搬到新校区，在没有传统的钢筋混凝土空间，后辈学弟学妹们将无聊地打发青春的时光，开着单调的花。残存的研究生院缺少了"freshman"，没有故事的建筑物昏昏欲睡，提不起精神。江阑珊看到了十年前的通宵教室，通宵教室灯火闪烁，现在变成了一个咖啡吧。

十年前,江小阑的夜生活,群狗夜读图,这些大多发生在通宵教室。江小阑钻过通宵教室狗洞般的侧门,想起"为人进出的门紧闭着,为狗爬进的洞敞开着"这样的千古绝句。教室宿舍十点准时熄灯,黑夜的甜蜜散布在校园的各个角落。江小阑感觉到了空气中灼热的气流,在夏夜中燃烧,发出噼里啪啦的声音,走在林荫道上,这种奇怪的声响让她面红耳赤。多年之后,江小阑意识到那是亲吻的声音。对于向往光明的江小阑来说,唯一的去处就是通宵教室。

通宵教室在教学楼最北端的地下一层,从狗洞中爬进之后,眼前鬼影闪烁。大约四十根蜡烛发出一个个小小的光晕,光晕中的书生面色暗淡,没有花妖狐媚前来搭讪,光景颇为寥落。江小阑拿出自己的小蜡烛,在前排的老座位上点燃,安稳地阅读自己的唐诗宋词。李白杜甫的夜晚邂逅江小阑的夜读,因为蜡烛和黑暗有了一种真切的接触。李白微醺的面颊,飘逸的黑须,透出的酒气,撩拨得她心旌摇曳。就连杜甫这样迂腐的书生,也有清辉玉臂寒的诗意。

这幅群狗夜读图,算是安南大九十年代初最独异的景观之一。当然,非此道中人难解其中三昧,恐怕连通宵教室的狗洞开在哪也不清楚。当年考研的同志们,谁没有钻过那个著名的狗洞?在某种的暧昧心态中,考研同志们从来没有宣扬过通宵教室,所谓的狗洞、蜡烛、书生和女生,成了闪烁其中的魅影。

群狗夜读中的江小阑自然学得很好,第一学期期末考试之前,江小阑的笔记更是流传于中文系男生女生的床头枕下。江小阑"如是说",成了考试前的口头禅。在大学时代的考试行为中,江小阑成了救命稻草!在一顿猛抄江小阑笔记之后,同学大多能够和专业课考试过招。江小阑每天夹着书本,匆匆而过的身影,成为九一级全体同学的共同回忆,那时的光阴和江小阑的笔记紧紧相连。

每晚自习后的女生宿舍温暖美好。江小阑对面的晓风已经开始了每晚九点的豪吃,一堆面包顷刻之间进入一张肉感的嘴中,余香袅袅,勾起了潜伏在肚子里的无数馋虫。烤红薯的香味从宿舍的门缝里钻进来,仇遹忍不住从床上爬起来,去买烤红薯。寝室里撩人的香气,张牙舞爪,引得燕晓云也坐不住,去楼道买来了最后两根红薯,坐在桌子前,细嚼慢咽。晓风刚刚和方悦看完发哥的录像,意犹未尽,咂摸着发哥的伟岸俊朗,孤独啊,没有恋爱对象的大—女生,看发哥的录像打发周末时光。方悦正在吃方便面,修长的胳膊挑起一根面条,告诫晓风,不要太投入哦!

江小阑刚刚回到宿舍,手里拿着一封粉色的信,晓风一眼发现封面"内详"字样,大声嚷嚷:"情书,我来念情书了!"江小阑无所谓地说:"随便。"

晓风用毛巾擦了擦嘴,从江小阑古代汉语和古代文学书中抽出了粉色的信。晓风嬉笑的眉眼闪烁在时光的阴影中。江小阑看到自己的同班男生田良用鲜血写成的"我爱你!!!",后面三个惊叹号,在脑子里"梆梆梆"敲了三下。江小阑说自己从来没有惹过他。真的,很无辜。江小阑的皮肤很白,隐约可见细小的血管喷出蓝色火焰。

江小阑不置可否,田良实在是个可笑的人,一个意外的麻烦,让她不能正常上晚自习,晚自习又是她生命中不可缺少的过程。晓风很同情田良,一年级的怀春男生最可怕,心急火燎得像一个鲁莽的原始人,酸文假醋,又像是过去时代的落第文人。春情在始发阶段就沾染了古旧的气息,没有一点生命的影子。她安慰江小阑说:"过两天就没事了。"

在人类情感没有被短信网络淹没的十年前,纸质媒介上的文字仍旧散发出诱人的甜香味。写情书是爱情时代最荒谬与最庄严的举动,收到一封情书的感受不亚于一次轻微地震。情书需要通过邮局,经历了公共空间的检阅,就沾染了公共空间的敞开性,在最初的隐秘状态下,逐渐公开化,成为某人写给某人的情书。情书在逐渐丧失私密性的过程中,写情书的人和收到情书的人,处于公众的密切关注下。群众的眼睛是何等的雪亮,透过现象看本质的能力,绝对不亚于哲学家的纸上谈兵。由此,写情书与收情书的危险,实在不亚于当众接吻。

田良给江小阑写过一封血书,这是江小阑收到的唯一一封血书。江阑珊已经多年没有写过一封真正的信了。电子邮件仅仅是传递某种信息,快节奏挤走了情感,留下干枯的内心,无处诉说的焦虑充溢着饱满的心。矫情的电子贺卡，色彩和"flash"很迷人，却千篇一律，缺乏创意。这种假冒的东西，即便发给朋友，心中也总是惴惴，总像是偷了别人的东西送人，大有鬼鬼祟祟的嫌隙。

在聚会的餐桌上，童冈告诉江小阑，田良曾经带着两只老母鸡回到安南大。田良带着两只老母鸡，千里迢迢回到母校，要送给童冈，为了自己的侄子要进安南大的计算机系。童冈说自己很感动啊，两只活的老母鸡！

十二

安南大的岁月，江小阑每个月给家里写一封信，一个星期打一次电话，算是规矩的孩子。每个月爸爸的汇款如期而至，一片可怜的父母心挂在远方的巨大天空，温暖且挤压着她。阶梯教室的课堂，黑色的碳素笔疾驰在雪白的信签上，岁月拥有一份逃离课堂的从容。江小阑喜欢在阶梯教室的木质书桌上写信，向妈妈交代每个月琐碎的日子，真实的细节中，却隐藏着大把的秘密。和父母分享的真实是日常的真实，而秘密则是关乎成长的江堤和小旅馆。无数的信从书桌上飞出校园，洒在父母宽大的灵魂上，江小阑则在诗意的江南，重复着成长的无数次代价。

如今，江阑珊无法再提起笔，写出：亲爱的老爸老妈……这样的句子，因为有了手机，一摁号码，就能够听到熟悉的声音，文字这种替代品就可以忽略不计了。可恨的是，江阑珊从小被严肃的爸妈教育地不会表达最起码的亲热和熟稔，电话的开头和结尾都是干巴巴的，身体还好吧，多保重身体啊！江阑珊有时觉得自己很无能，心里想的永远不能用语言准确地表达出来，对自己的父母很难说出我爱你们。尽管父母肯定知道自己爱他们。她从未向吴天靖说过我爱你。

江阑珊又一次来到阶梯教室。十年前的大阶梯教室，排排坐着规矩的新生，安南大九一级中文系一百四十一个学生，用辅导员蝌蚪头的话来说，一百四十一只可爱的小蝌蚪。九一级中文系小蝌蚪们对十大学时代的记忆，都始于蝌蚪头叶朗的点名声，艾言、白志刚、蔡明明、戴珉迪、金择是、张玲、张燕、张晓磊、张冰、张证明……无数次点名声音的后面，跟着声色各异的"到"声。辅导员四声模糊，音调平稳干涩，无数次冰冷点名，程式化的例行公事，一百四十一个名字深深地印入每一个人的记忆深处。在对每一个名字的想象中，大学时代枯燥的点名，也沾染了某种青春的意味。当年最讨厌的行为，在十年后的聚会中，叶朗的点名声，幻化成一张张真实的面孔，在血脉贲张的面孔上，青春就成为一个可以触摸的遥想。大学的记忆从点名开始。江阑珊至今对于大多数男生的面貌仍处于文学想象的阶段。

阶梯教室永远回荡着军训练歌的集体合唱声，穆如花挺着杨柳小蛮腰，指挥着一百四十个人进行大合唱，昏暗灯光下，"freshman"戴着绿色军帽，整齐站立在青春的混沌中。江小阑清晰地记住了自己没有发出声音的大合唱，如皮影戏一般。

先前的文学课，是留在唇边的一丝香味，飘渺的书香在红唇黑发中游荡，七旬老教授沉醉的南方口音，直到今天才听出几分暧昧的情色味道，而在当时，这些都是神圣的文学。

中文系古代文学的第一课照例是《诗经》中的"关关雎鸠"，燕晓云和江小阑坐在第一排，听着老教授的吟咏声，窗外，夏天尾巴散发出炙热的气息，燕晓云犯困，在"后妃之德"中渐渐睡去，下课铃犹如午夜凶铃般惊醒了燕晓云，她的古代文学书泛滥着青春的口水。阶梯教室上大课的人很多，青春的口水随处可见。江小阑的笔记本上记得密密麻麻，足见"窈窕淑女，君子好逑"解释之多，歧义之大。大多数男生和女生在梅教授的吟哦声中，寻找着《诗经》中的微言大义，像一个现代的盲人，跛行在古人浅显的民歌中，不得要领。

多年之后，江阑珊还能够闻到酸涩的后妃之德，在时间的隧道中弥漫，两千年前，少男少女赤足在水草丰美的河岸，唱着俚俗的民歌，抛着淳朴的媚眼，活色鲜香。粗布的麻衫，随风而扬，关关雎鸠的吟唱声，穿越了时光，一路涌来，混杂在下课后陆佰的口哨声中，陆佰吹着"我是一匹北方的狼"，小狼一样的眼神向四处放射。

讲台上"关关雎鸠，在河之洲"，讲坛下已经演绎了无数出窈窕淑女，君子好逑。江小阑用碳素钢笔记下了后妃之德，遥想在水一方的美女，肌肤如冰雪，纤纤柔荑，黑色长发掩映在一个峨冠博带的怀抱中。如斯人，如斯人，一场千年前的春梦。眼前七旬的老学者回到家中，相守七旬目不识丁的老伴，保留了岁月的年轮，全无春梦的痕迹。在喝完一碗绿豆稀饭之后，老教师漫步在师大繁花似锦的林荫道上，眼前一片春色烂漫，叫人如何不想窈窕淑女？就是在课堂上的片刻遥想，也是人生的一大境界。其实所谓德高望重就是对美好事物仅仅处于遥想阶段，千万不要付诸实践，像十年后名教授娶女学生的事，在当时尚属道德败坏。

江阑珊站在十年后的安南大校园，透彻了关关雎鸠的可望而不可即。人生就是站在远处的静观，以及适度的遥想。遥想可以成就厚实有情的品格。可惜现在的人已经不再会遥想，只会毫无情趣地算计。

阶梯教室还是那些木质的桌椅，怀旧因为过近的接触显出某种不真实来。童冈告诉江阑珊，还是那些课，只是"年年岁岁课相似，岁岁年年人不同"而已。人生的中年是衰败的，因为如童冈一般的顽劣之辈，竟然也有时光流逝的慨叹！

阶梯教室木制书桌上，江阑珊十年后，仍然找到了自己的名字。十年前，江小阑三个字就被刻在第三排的书桌上。很难看的宋体，歪着身子，对她斜着眼睛，和悬挂在教室后墙赵孟甫的小楷相互辉映。她猜想不是童冈，她想到了艺术山上的窦海。

一个春天的早晨，她一如既往地站在山上晨读，在读书还能够产生美感的十五年前，江小阑曾经是艺术山上，不可或缺的一道风景。那时，即便是谈情说爱，也得有点精神意味，就像今天必须有点时尚与叛逆的劲头。一个雾气缭绕的清晨，窦海递给江小阑一首情诗，江小阑不知道自己是第几个有幸收到情诗的女同学。窦海的情诗一度风靡九一级中文系，他给每一个宿舍的美女同学都写了一首赞美诗。江小阑手里捏着多次被滥用的情诗，一时间很惘然。看着眼前诗人忧郁的眼神，有几分无奈的愤怒。

第二天，江小阑在雾气缭绕的艺术山上，很没有诗意地归还了窦海的情诗，窦海的脸竟然红了。十五年前的青春少年还是会脸红的，某种纯洁的味道弥散在初夏的空气中，滥写情诗的诗人毕竟有几分九十年代初期的真诚。或许他的每一首情诗都是真的，尽管手法拙劣，行文直白，又四处滥送。

实际上，阶梯教室上的字是姜峰刻上去的，他选修了《文心雕龙》，主讲老师是风流儒雅的汤君博，是全系选修的一门课，极有遇到江小阑的可能性。果然，江小阑就坐在姜峰的前面，短发、红唇，天然样的纯净。姜峰用随身携带的水果刀在木桌上刻上了江小阑三个字，打算原谅她不好的眼神，忽略童冈的存在，下课后约她一起吃饭。

姜峰在笔记本上画满了凌乱的数字，打出了一张形象的草稿，下课铃响了，汤君博夹着讲义走下讲台，江小阑没有抬头，仍然在笔记本上记着汤君博的牙慧，像一个可怜的小学生。姜峰走上前，告诉江小阑：汤君博的《文心雕龙释义》，西小门书店就有卖的，里面内容很详细。江小阑看着眼前陌生的男生，很诧异。这时，童冈端着两个饭盒，走了过来，江小阑对姜峰淡淡一笑，拎起书包，走了。姜峰又一次感觉到自己的孟浪和愚蠢。

十三

江小阑离开家的第四个早晨，意味着吴天靖已经四天没有喝到称心如意的南瓜粥了。吴天靖从办公室的沙发上坐起来，第一件事就是怀念老婆的南瓜粥。昨晚的记忆是一段空白，对于心思缜密的吴天靖来说，昨晚失控了，彻底晕了，只记得一路狂吐，今早醒来的时候，自己躺在办公室的沙发上。

吴天靖坐在北大的办公室，有时对于老婆的感觉，往往和对于食物的感受惊人的一致，那种糯软的口感，无比滋润妥帖地进入肠胃，是江小阑的风格。吴天靖坐在办公室的椅子上，深切怀念和江小阑有关的南瓜粥的美味。江小阑的气息萦绕在冷硬的办公桌边，久久不散。尤其是宿醉之后，吴天靖非常需要一碗热腾腾的南瓜粥。

没有工作情绪，办公室显出冷漠和生疏，像是生分了的熟人，颇有点不自然。吴天靖拿了水瓶，起身去楼道打开水，回到办公室，发现助教李定天手里提着塑料袋，站在自己面前。李定天问："吴老师好点了吗？"吴天靖这才想起来，恍惚间是李定天扶着自己回到办公室的。陡然在李定天面前矮了一截，狼狈样偏偏被自己瞧不起的人尽收眼底，还被对方施以同情和关心。吴天靖尴尬地笑笑，正准备说谢谢。楼道传来高跟鞋的噔噔声，清脆的声音飘进了办公室："李老师，我给你买粥了。"

门口站着一个长发的女生，白皙的面容素淡却生动，手里捧着一个饭盒。吴天靖一下子愣住了，不由自主地紧张起来，这个女孩像极了七年前的江阑珊。七年前的一个早晨，长发的江阑珊就是这样冲到他的办公室，鲜艳明丽地宣称要采访他，因为吴天靖刚刚写了一篇关于房地产楼市的论文，很尖锐。江阑珊那时张扬着一头长发，四处乱窜。吴天靖看着女孩，一时无措。李定天接过女孩手中的饭盒，放在吴天靖的桌子上说，吴老师喝点稀饭吧，会舒服点。吴天靖又一次意识到自己昨晚的狂吐不已，不知如何是好。看着李定天毫无表情的脸，开始怀疑自己昨晚是不是胡说八道了什么。老狼不但独吞课题经费，还盗用了自己主编的身份，和出版社签了合同。吴天靖昨晚原本不想参加老狼组织的结题聚餐，可又架不住老狼的软磨硬泡，还是去了金铭轩。李定天说："这是那沙，外语系，林全名老师的硕士研究生。"吴天靖终于想起来应该笑一笑，说了声："谢谢，我没事了。"

吴天靖坐在办公桌前，打开饭盒，白米粥散发出淡淡的米香，同时混合着食堂的嘈杂味道，向他袭来。吴天靖没有任何食欲，只是自言自语："太像了，太像七年前的江阑珊了。"

中午，吴天靖来到北大的五食堂，久已没有到食堂了，忘记了食堂的拥挤和忙乱。吴天靖紧张地买好了饭菜，刚刚坐下来，传来一个声音，"吴老师也到学生食堂啊！"原来是上午给李定天送稀饭的那沙。那沙径直坐到吴天靖的对面，告诉他，这是学生食堂中最好一个，就是有点贵。吴天靖正要慨叹六块五毛钱的午餐，实在太便宜，听了那沙的话，只好噤声。那沙说自己喜欢一边看电视一边吃饭，尽管会吃得有点晕，搅拌饭菜的声音其实别有一番风味。吴老师昨天晚上喝多了，李定天告诉我，你最近很郁闷。吴天靖看着那沙的眼睛，定定地问："你是李定天的女朋友？"那沙说："吴老师别太严肃，吓着我了。昨晚我下自习的时候，李老师扶着你从金铭轩出来，招呼我帮忙而已。"那沙低下头，以极快的速度吃着饭盒里的饭菜，风卷残云一扫而光。吴天靖眼前十个玫红色的指甲，随着饭勺的跳动，鲜艳而夺目。那沙瞥了一眼吴天靖，轻声嘟哝着说："吴老师再见。"逃也似的走出了五食堂。

校园的人流又一次扑面而来，那沙无暇顾及。吴天靖昨天晚上一路狂吐到办公室，李定天打电话让那沙过来帮忙。那沙走在学院的林荫小道上，长发飘动在绿树的阴影中。刚才那沙在阶梯教室打开电脑，进入那沙空间，忧郁公主像一个矫情的女子，不停地摆动着美丽的臀部——叙说自己细小的忧郁与难受。生活原本粗粝，那沙类女生早已坚硬无比。那沙翻看着雅思试题，想象着自己和武京如何能够一夜销魂且远离喷嚏。遥想忧郁公主和两个闷骚的中年男子，初恋情人和暗恋者同时出现在忧郁公主身边，该如何打发这样的艳遇？那沙很想去江南……那沙到的时候，吴天靖嘴里只反复念叨着一个词：老婆！三十五岁的男人趴在李定天的胳膊里，泪流满面。李定天把吴天靖放在沙发上，那沙仔细擦拭着吴天靖的脸，沉沉的鼾声渐次响起，吴天靖睡着了。

李定天和那沙其实是高中校友，李定天说，吴天靖是我最佩服的青年学者，也这般地郁闷。系里面的中青年教师大多如此，像吴天靖这样的海归都这样，我更是没有什么未来可言。李定天看着路灯下的那沙突然说，我们为什么不在一起谈恋爱啊！即便是试验也不错啊！那沙说："现在才发现这个主意，太迟了吧。我已经快老大嫁做商人妇了。"李定天说，不就是一介武夫嘛，还鼻子过敏？那沙笑而不语，看着自己的高中学兄，有几分意外的喜悦。人往往因为别人浮泛的痛苦，开始珍视自己浅薄的快乐。

那沙回到自己的那沙空间，告诉忧郁公主，粉色流氓兔和武夫破身不成，估计要和自己的高中校友谈一场轰轰烈烈的恋爱。忧郁公主说，保留处女的身体，也是保留了神的精神。恋爱是神赐予的，好好享受吧。忧郁公主接着又打来一个大大的问号，粉色流氓兔赶紧说，自己智商太低，问号为何？忧郁公主说，爱是难的。粉色流氓兔说，果然很高深，谢谢赐教。

十四

第五个早晨，八点钟，吴天靖的电话打了过来，告诉江阑珊他昨晚去郊区了，刚回来，在办公室。顺带告诉老婆，很想喝她煮的南瓜粥。江阑珊一贯波澜不兴地说了几句，安稳地似乎正坐在早餐桌边。挂电话之前，吴天靖说自己今天晚上的航班去东京，参加一个亚洲经济学年会。

江阑珊已久没有写字了，拼音字母通过芯片转换成汉字，整齐地排列在洁白的文档里，千篇一律。江阑珊当年的笔记本散落在大学同窗的书架上，作为时光的印痕，被保留着。童冈带着参加校庆的同学去礼堂了，她悄悄地溜了出来。江阑珊经历了四夜失眠的折磨，面无血色地出现在安南大的校园里，她无法再寻找到一个让自己留下的理由，她决定马上回家。江阑珊抬起头，发现自己竟然站在安南大的生化楼前，往事此刻又一次聚拢而来，烟熏的酒红色的记忆丝丝缕缕地飘散。

大四的童冈数着自己脸上的青春小疙瘩，使劲用剃须刀刮自己光洁的下巴，据说每天刮几下，能够在极短的时间内，长出梦寐以求的胡子。胡子对于希望成为男人的小男生来说，就像小女生在长发的飘逸中，完成麻雀变凤凰。童冈吃早点的时候，下巴剧疼，伴随着吸溜吸溜喝稀饭，皮肤底下隐隐有胡须根生长的声音。清早的食堂有几分甜丝丝的气息，童冈用勺子挑了一点豆腐乳，芬芳的腐乳味道弥漫在口腔，味蕾激动地敲打着舌头，要求再来一块。

童冈将自己的饭缸锁在属于自己的小柜子里，才看到自己周围坐着两两相对的小公鸡和小母鸡，肠胃满足之后，人才会发现情感的饥饿。童冈咽了咽口水，大三换个女朋友，是否像在初中时用粮食换零食一样？可是，饿的感觉和馋的感觉的确不一样。黎玲玲男孩似的短发，发出油亮的光泽。童冈晚上坐在操场边上，听着远处的吉他声，断定自己的感情现在是饥饿，不是馋。整个江城到处可见4路车，到哪里似乎都可以坐4路车。童冈发现春天的江城实在让人无法不春情四溢，童冈的春情四溢的表现就是用自己的手紧紧地握住黎玲玲的手，一边听"滚滚长江东逝水"，一边揽着纯洁的肩膀。

在一个月朗星稀的夜晚，江小阑下自习回来，背着帆布书包，流行在安南大的时尚包，在荷花塘的路灯下，发现了一个酷似童冈的小平头正抱着一个穿裙子的女孩。江小阑不经意的回眸，终结了和童冈以后的岁月。当年生化楼的三楼教室里，吴文英用几种徽州方言给大家讲元代杂剧，窦娥冤是非讲不可的，戏谑的场景，市井化的唱白，江小阑很木然，无从体会窦娥和《窦娥冤》的妙处。窦娥穿着白衣，在六月飞雪的刑场，倒下。下课铃声响起，江小阑背着帆布包去赴童冈的约会，帆布书包里躺着童冈写给她所有的信。童冈站在西小门的棕榈树下，细瘦得像一棵高粱。

毕业离校的那个上午，江小阑收拾好自己的行李，突然，一向冷静的江小阑难以自禁，跑到水房，淌下了几行眼泪。烟熏的往事飞散在来时的路上，多年之后，坐在自己的客厅里，江阑珊明白了自己的眼泪。轻飘飘的青春，在清澈的眼泪中，倒映出孤立无援的影子，少女时代随风而逝，而直到那时，我们对于生活还是一无所知。

第五个夜晚，江小阑在安南大的夜色中踟蹰独行。吴天靖不在家，没有可以打去电话的家。吴天靖昨天已经去了日本，和一帮所谓的新锐经济学者探讨全球经济问题。老公的短信总在半夜发过来，"嗡"的一声，让江阑珊陷入深度的失眠。暗夜，失眠，睡在陌生的旅店，江阑珊在那沙空间漫游，幽灵一般漂浮在网络上，无家可归。粉色流氓兔问她："嘿！忧郁公主！有结果了吗？"江小阑的笑容很惨淡："我的青春小鸟一样不回来！"粉色流氓兔说："自己爱上了一个人，正在开花，甚至可能会结果。"

第六天清晨，江阑珊悄悄告别安南大，消失在温润潮湿的江边。童冈站在江边，停止了喋喋不休，生活霎时停顿下来。童冈有一种突如其来的难受，心被江小阑又掏空了一次。江小阑再次消失在童冈面前，而他像第一次一样无力唤回她的微笑，甚至背影。

江阑珊回到家，阳光洒在客厅地板上，胡桃木的雕花书柜立在书房一角，悄然无语。她倒在书房的沙发上，沉入深深的睡眠，放松而恬静的睡意弥散在眉宇间。

江阑珊感到很安稳。

载《广州文艺》2011 年 8 期

第三性

一

　　学院的开学典礼照例是立正、升国旗、领导讲话,大家等待领导时,充分地互相交流,努力发现自己的同乡同学,学院的小操场上,围成了不同的圈。文学系的大抵比较清高,这种清高早已被别系嗤之以鼻,还可以在本系派些用场,文学系的清高表现在同系的同学各自站着,偶尔点点头,绝对不开口说话。法学系就有些暴发户的劲头,排场铺得大,一群穿西装打领带的家伙高声喧哗,一副旁若无人的得意,支撑这帮人的是指日可待的钞票和轿车。经济类的家伙向来知道后发制人,讲究运作过程,同专业的人一起窃窃私语,讨论导师的出场费,某个来学院镀金的公司总裁。

　　李枫如大学毕业已经十年,再做学生时,已经很难找到当年的老同学。没想到,竟然碰到了自己的学生史记新。史记新在北京待了几年,人胖了一圈,当年少年老成的严谨换成了满不在乎。史记新现在改学大众传媒,浑身大众媒体的平正通达。三年前回庐城的时候,还是一副史学家的派头,开口天一派,闭口光尘派,还要用后现代理论解构中国近代历史。史记新握着李枫如的手,说李老师来了,给你接风洗尘。安南大还有好几个校友在这里,约个时间大家好好聚聚。史记新的手里满是汗，李枫如抽回自己的手，说自己和燕晓云住在一个寝室，有时间来寝室聊聊天。

升完旗讲完话，参加毕业典礼的家伙作鸟兽散，各自忙各自的事。史记新在开学典礼上露了一面，整个学期就再也没见着。李枫如回到十步之遥的宿舍楼，宿舍在三楼，隔着窗户遥看刚刚举行过开学升旗仪式的小操场，已经空无一人，蓝天下，旗杆上的国旗随风飘扬。

学院里住着博士和硕士，博士居多硕士较少，男生居多女生很少。李枫如进出教室阅览室，在从容的顾盼中，颇有青春再现的快意。她很愿意遇到年轻的小硕士，无论高矮胖瘦，都会站在阅览室的门前，很绅士地替她开开门，或是站在一旁，lady first。她一览眼前青色，眼角飞扬，评定眼前小男生的品位级别。

周一的早上，总能遇到一个清朗的男孩，考究的休闲装，淡色的软牛皮鞋，细小精致的树脂眼镜后面是一双不动声色的眼睛，是一个等待猎物上钩的好猎手。在阅览室里，不乏漂亮女生对他暗送秋波，他周围的座位也时常花团锦簇，香气扑鼻。可惜此君稳如泰山，如老僧入定，专心看他的西班牙语。李枫如爱抚的眼光滑过眼前的男孩，他们都孤芳自赏，坐在椅子上读书。她的漫不经心和他的专心致志一样严肃，有远大计划的理智男性是不动声色的，阅历人生的理智女性是不事张扬的。

星期二上午，对面照例会坐着老博士武辛，此君手捧一个玻璃口杯，口杯里装满黄色茶垢和茶叶。武辛会在早上九点半准时现身，一件深蓝衬衫和一件白色衬衫轮回上身，曾经有三个星期二，李枫如看到武辛穿着同样一件白衬衫，忍不住往他的衣领处多瞄上几眼，还挺干净的，是个有洁癖的粗人。李枫如永远记得第一次和这位仁兄站在阅览室门口的时光，李枫如娉婷茑萝，站在一边，给身边的武辛一个亲近芳泽的机会，武辛却当仁不让地推门进去，留下一股檀香皂的香味。李枫如在飘逝而过的香味中发现：中国男人的男女平等观，最大程度体现在男博士身上。男博士是抢占资源的高手，念到最高学历就是证明，就连进出教室阅览室的优先权也不轻易放弃。小硕士没有现实生活的历练，绅士的仪表和风度还有某种程度的诱惑力。即便是形式上的绅士行为，也让中国女同学享受一下形式上的满足。男博士大多名花有主，忙于生计，急于成名，形式上的绅士早已变成可笑的幼稚。在中国这片国土上，讲究的是中国式的生存方式，不做个彻底的中国男人，怎么能在中国站稳脚跟。法学系老博士武辛身体力行，不折不扣地在任何方面和女性保持平等。上个星期二，李枫如不慎将一堆杂志堆放到武辛的面前，就被他老实不客气地推了回来。看着被推回的杂志，李枫如的眼角里满是笑意，心中充满了对这位老兄的赞叹，够绝！够本色！够男人！

　　周三周四的男生不仅姿色平庸，而且毫无特色，李枫如老是忘记他们的长相。周五的上午，对面是经济系的同学韩峥嵘，韩峥嵘经常带着一周的故事坐在她前面，他的眼神在翻阅经济周刊的空隙，会滑过李枫如的身体，尤其是上半身，在一种被逼视的情境中，李枫如无法再漫不经心。

　　文史哲的一部分同学不幸和经济法学系编在一个英语班，中国传统文化资源过剩，压得大家喘不过气来。文史哲的同学上英语课大多没精打采，缺乏热情。法律经济类的家伙，整天学英语，拿英语当饭吃，美式英语浓重的发音充斥整个学院。大家上课总是分成截然不同的两派，看来中国的派系斗争在任何时候都存在。英语课上，文史哲的四个女生三个男生抱着厚厚的双解词典，笨拙地翻来翻去，看起来就有些成就大家的意思，钱锺书老爷子不也爱背词典吗？法律系的八个哥们和一个姐们，使用的电子词典，一眼望去，没有几分内涵也有股胜利在握的神气。周五上午的英语口语课两军对垒，暗暗较劲。口语课的外籍教师是一个活泼的美国姑娘，金发碧眼，典型的西方美女，芳名莱思利，意为冲出灰色城堡。美国姑娘带来美式文化的轻松与肤浅，美国人不拘小节的脾气让没有多少文化意识的未来法学家、经济学家们如鱼得水，未来法学家和经济学家们尽量从西方的角度考虑中国的交通环境和人口，用中国英语表达美式的思维，沟通得很热烈。用得最多的句式是"I think"，韩峥嵘已经连续说了五遍"I think"，还没说完自己的观点，李枫如不禁莞尔。

文史哲的一群倒霉蛋，中国英语本来就没有说好，在气势上就先矮了一截，加上中式思维的顽固不化，在英语课上的处境颇为艰难。同样谈人口，法律系的同学想到的是人多办案的机会就多，中国的治安状况有待他们大有作为。经济系的同学想到的是广大的劳动力市场，日后自己的公司开在东部还是西部。文史哲的人就不知道从哪里说起，中国文学历史哲学的题目都太大，于是三个男生只好说中国人口太多太穷，自己就身受其害，四个女生则完全处于失语状态，四双美目随着发言的男生顾盼，眼角飞扬出安静的忍耐，忍耐到这堂课结束，一袭黑衣的李枫如携带着蓝今今和李丝可逃之夭夭，留下灼灼其华的背影，让教室里的男生晃眼。燕晓云一个人静静地和莱思利讨论着美国的宪法问题，黑色的短发和长长的金发在九月的阳光中光亮润泽。

二

　　李枫如经常站在宿舍的窗前，观察在学院操场散步的美女，李丝可和蓝今今的二人组合，每天出现在她的眼中，少女的眉眼投射在小小的操场上，让无数男孩和男人惊艳。她们都是那种素净的女孩，开阔的额头暗示着单纯与幻想。李枫如在她们淡淡的处女体香中，感受到了某种命定的声音。李枫如很活跃，参加学校的各种文艺活动。博一的元旦晚会，当着全院的领导老师和同学，她演奏了一曲肖邦。在众多能歌善舞的小姑娘中，的确与众不同。她将自己定位在二十五岁，二十五岁是一个让人琢磨不透的年龄，它可以兼有二十岁的娇憨和三十岁的女人味，却不让男人反感。

　　周五下午有德语课，李枫如穿着一袭黑色裙装，纤细的身材原本就是傲人的资本，穿上裙装的女人更容易和男人亲近，女人穿裙子是用身体语言表明：自己和男性有差异，可这种差异又是具有绝对的相容性。为了显示个人魅力，她从来不穿名牌。她熟悉上海的芙蓉坊，经常让上海的女友到芙蓉坊定做服装，再邮寄过来。这一段时间流行中式情结，李枫如有很多对襟上衣，长袖短袖中袖，中式的摆裙，就差在学院穿张爱玲式的奇装异服。每次接收到男人惊艳的秋波，女人妒忌的眼神，就在心中默想着自己的身价，像一个二十一世纪的葛朗台。她选择中性的香水，或是干脆用男性香水，展现不显山不露水的前卫。李枫如决不离开城市半步，再也不会在农村的广阔天地迷路。尽管时光流走了十年，她对自己现在的表现仍然很满意。她要做一个为自己活着的女人，闪亮登场的出发点是为了取悦吸引男性。毫无疑问，她会成为比一般女人活得更滋润的女人。因此，李枫如要成为比一般女人更女人的女人。

鲁迅老爷子八十年前就问：娜娜出走之后怎么办？其实回答很简单，就是自己赚钱养活自己。靠着学院的生活费，李枫如只能活上十天半个月。女人要在经济独立，实在比男人更辛苦。尤其是爱娇惯自己的女人，一边赚钱养活自己，一边还要保养肌肤爱抚发质，即便再忙，也要保持妩媚的眼神和窈窕的身段，实属不易。李枫如在学院附近的外国语大学找到了一个教外国人汉语的活，一周四个课时，并不费力，只是批改笑话百出的作业时，觉得自己的智商在一路狂跌。

一次上对外汉语课，李枫如解释"说曹操，曹操到"，口干舌燥地讲了四十分钟，英美国家的学生愣是没懂两个曹操谁是谁。还是日本和韩国的学生有中国文化的背景，知道此曹操非彼曹操的含义。日本人上课都有股它们民族的认真劲，最关心自己的考试成绩。美国人爱自我表现，就是自说自话，也会胡侃一通，学汉语，也像在宣扬美国的文化霸权。大家上课都很积极，自己拿钱学汉语，不好好学的话，自己和自己的钱都挺冤的。李枫如时常会拿这些学生和本国人比较，中国人自古就认为万般皆下品，唯有读书高。进而学而优则仕，说到底，读书还是为了有个一官半职。现在市场经济了，大家还是喜欢读书，读书才能拿高学历，才能有份好职业，才能满足光宗耀祖的暧昧心态。等到大家跳了所谓的龙门，成了注册的本科生研究生博士生，又都不爱上课。一个班三十人，二十九个人有偶尔逃课的企图，当然总有一个爱上课的老夫子。比起外国学生的爱上课，我们这帮人就算得上坏学生。然而，成就最大的往往是那些不爱上课的中国学生，由此可见，中国的教育制度是如何地消灭天才。李枫如为自己不喜欢上课找到一个美丽的理由，为了保留自己的聪明才智，时常逃课是非常必要的。

周六在食堂吃晚餐，韩峥嵘端着一碗面条，径直奔向李枫如和燕晓云。韩峥嵘吃出了满脸的油汗，说自己最喜欢吃西红柿打卤面，燕晓云正和李枫如抱怨食堂的米饭难以下咽，北方的米，吃进嘴时，永远黏黏糊糊，填在胃里，又顽固不化。韩峥嵘说南方的米才像枪子，足以给肠胃穿孔。李枫如安静地喝着自己的小米粥，想象着韩峥嵘的胃如何被一粒米穿过。燕晓云眼神迷离，肯定是想家想老公了。韩峥嵘问李枫如是哪里人，李枫如说自己是皖南人，他说听李枫如的口音像是哈尔滨人，论长相是湖南妹子，还想和她攀个老乡。李枫如不置可否地笑了笑，喝完自己碗里的米粥。

博士班的同学大多学德语，哲学家大多是德国人，学德语就是思维好的证明。李枫如喜欢黑泽明的电影，就去学日语课，动机极其简单。日语班的人很少，可能和痛恨日本的民族情绪有关。日语入门很容易，没想到越学越难。每个周二的下午，李枫如准时到教东505教室去上日语课，经济系的韩峥嵘曾经在日本待过一年，本来应该到中级班去，他偏偏到初级班来上课，还特别爱提问，喜欢纠正老师的错误，是个四十岁的老认真。这家伙上日语课时，总坐在李枫如身边的座位上，大有侵犯此姑奶奶的意思。周围的同学看到他的这种架势，都退避三舍，经常李枫如和韩峥嵘独占一排座位，壮硕的韩峥嵘顶着一个地方支援中央的脑袋，李枫如一头齐腰的长发闪着锐利的光泽，和韩峥嵘头顶的亮光偶有应和。韩峥嵘已经是典型的CEO，上课时很忙，手机响个不停，他长着一张老三届的脸，经历过风雨的那种，没有发财发胖之前，极其吸引女人单纯的目光。这张脸现在被财富膨胀得有点扭曲，带着明显的优越感，坐在众多贫穷的博士生中间。这次来学院镀金，估计还想顺带找一两个蠢女人做情人。

周五日语课时，韩峥嵘志得意满地坐在李枫如身边，时不时和她讨论一下平假名和片假名的问题。他的皮包上放着一本《世界经济》，李枫如发现上面有韩峥嵘的一篇文章，排在李扬和樊刚的后面。

李枫如很吃惊:"啊,韩峥嵘你好厉害啊,生意做得好,文章也写得很棒。"

韩峥嵘谦虚地夸口:"在《世界经济》上的第三篇论文,下一期还有一篇关于融资问题的。"

韩峥嵘被美女夸了一句,就有些激动,立马邀请美女共进晚餐。李枫如媚笑着低下了头,不置可否。

下课后,李枫如回到寝室,燕晓云正在练毛笔字,一笔一画地摹赵孟頫的隶书,她能写挺不错的蝇头小楷,也算是现代社会的奇迹。燕晓云说今天晚上有哲学系的读书会,杜康书讲萨特。李枫如说自己对哲学没有多大的兴趣,学哲学的女人,不是把哲学学坏就是把自己学坏。李枫如劝晓云不要看哲学书,哲学家总是要解释世界是什么,结果往往论证了他人就是地狱,世界就是虚无。哲学使学哲学的人痛苦,哲学家自己则发了疯。

燕晓云拿起电话,开始给千里之外的老公汇报一周生活状况,她说老公你在下什么?中午为什么不在家?说自己中午又吃家常豆腐了,国庆节老公到底来不来?三十岁的女人仍然发出二十岁女孩的撒娇声,全然没有了读书会上的冷静与理智。

三

李枫如本来不打算给韩峥嵘机会,一见到那张脸,一点胃口都没有了。可是女博士生的生活的确无聊透顶,除非像燕晓云一样参加各种名目繁多的读书活动,写所谓的论文。理论是灰色的,学习理论的人也是灰色的。生命之树长青,青就青在她的不可知性,有一种来自无名处的生活欲望,这种欲望让女人燃烧,让男人激情四射。家庭主妇的平庸自然有人去称赞平凡中的不平凡,她们平庸得适度,满足了众人身心的平衡。要想不做平庸的女人,只有去寻找不平庸的男人。这个世界上不平庸的男人就是有钱有权的家伙。就算是满足自己的好奇心，也要见识一下主流生存层面的成功男士。作为六十年代出生的女人，离婚之后和一个已婚男子共进晚餐，也算是人生的一大转折。

女人出门，第一时间想到的是自己穿什么衣服，女人无论美丑都不能免俗。李枫如要和韩峥嵘共进晚餐，仗着自己皮肤白，就挑了一件柔软的低领羊毛外套，耀眼的桃红色，配上一条绿色的A字裙，有点葱绿配桃红的鲜嫩。李枫如全然没有进食的欲望，只是想试试诱惑男人的滋味。到了金陵饭店的大厅，韩峥嵘早到了，陷在宽大的美式沙发中打手机。她坐在对面的沙发上，对他浅笑了一回。他打完电话，用亲热的目光爱抚了一下李枫如的全身，李枫如没有料想中臭美的得意，还很坚强地对他媚笑了一下，跟着他走进一个小包厢。虽然是四星级饭店，包厢也并没有什么特别之处，老一套的圆桌和卡拉OK，就是家具精致些，灯光更朦胧一点。韩峥嵘脱去他的伦敦雾上衣，叫小姐上菜，一边拉开椅子请女同窗坐下。韩峥嵘揉着一双胖手，李枫如坐得笔直，像燕晓云手中的狼毫小楷。

"枫如啊，早就想请你聚聚，好好聊聊，你真像我上大学时仰慕的一个女同学。"

"咱们上日语课不是聊得挺好，何必如此客气？"

"皖南是个出才子美女的地方，古民居全国闻名。"

"西递宏村都上了电影，《卧虎藏龙》中的竹林，够美的吧，我就住在那里。"

"菜上齐了，就开吃吧。"

"那我就不客气了。"

韩峥嵘喝酒鬼，李枫如喝柔司牌果汁。

"枫如啊，好酒的滋味是喝的时候香，回味的时候辣得半醉半醺。"

"男人半醉半醺的状态最受用，女人半醉半醺可最危险。"

"枫如，你知道我什么都有了，为什么要拿博士学历？"

"镀金呗。"

"哎！枫如啊，自己辛苦了半辈子，才知道自己白活了这么多年，连一个自己喜欢的女人都没有找到。"

"喜欢上一个人没那么容易,可能比你融资更难。"

"枫如啊,人越是所谓的什么都有了,就越觉得自己丢了最宝贵的东西。博士学历对我什么用也没有,我就是想要!现在最想要的,就是那种迷恋某个人或是某个东西的感觉,可是!对什么都不感兴趣。"

"人到中年的心态,可能大抵如此。"

"枫如啊,第一眼看到你,就知道你是我年轻时迷恋的那种女人,请不要介意我的唐突。"

"很高兴和你同进晚餐,和你一起怀念早年的梦中情人。"

"枫如啊,要不要来点白的?"

"无所谓。"

韩峥嵘是个有酒量的家伙,一双小眼睛可清醒着呢。韩峥嵘喝着喝着,眼泪就喝出来了。

"枫如啊,和女同学在一起喝酒的感觉和跟小姐喝酒的感觉大不一样,现在觉得自己才是个正常的男人。"

韩峥嵘自从立志经商开始,从来不和没有生意来往的人喝酒。酒是个好东西,尽管开始很辣,可是喝久了就能体会到它的温暖。李枫如在酒精的作用下美目流转,风姿绰约。看到了一个失意的男人,尽管很有钱,还有她这样的女人给他抛媚眼。他的情感资源看来的确有限,只能将李枫如和小姐相提并论。中国男人无论贫富,大多有些心理上的问题,富起来的人,有时间有金钱去发现自己的不满足,没钱的人,忙于生计无暇顾及自己的心理问题。李枫如很可怜韩峥嵘,更可怜自己,她和他一样地不满足。她和他一杯一杯地喝着,灯光也适时地暗了下去,眼前的韩峥嵘似乎没有白天那样惹人厌,沾上了怀旧的情绪,就有些天涯若比邻的感慨,李枫如想起了十年后的纪文白。

李枫如厌恶韩峥嵘软弱的眼泪,可她同样软弱地流下了眼泪。

韩峥嵘尽管在喝酒的时候喜欢哭,可是他的确很有钱。在城西的二环内,他租了一室一厅。半夜,李枫如半醉半醒地跟着他上了出租车,上车后就睡了过去。醒来躺在他的卧室里,李枫如不知道自己是如何来到韩峥嵘这里,心里有些不踏实。听到她起来的声音,韩峥嵘敲了敲卧室的门，走了进来。他打开了灯，李枫如头痛欲裂，睁不开眼睛。李枫如说自己想喝水，他一言不发地到客厅的冰箱里拿了一瓶矿泉水，递到她手中。李枫如使劲地拧瓶盖，可是手中一点力气都没有。韩峥嵘伸手帮忙拧开瓶盖，那只多肉的右手抓住了她冰凉的左手。李枫如这时才发现自己的毛衣开领太低，一双丰乳赫然印入韩峥嵘的视线。女人被男人窥见了隐私，就有了撒娇的权利。

"韩峥嵘你离远一点。"

"枫如，女人过了二十岁就不要醉酒，你现在是个黄脸婆。"

"我要睡了，你出去吧。"

第二天早上，李枫如悄悄地离开韩峥嵘的家，当她坐上出租车的时候，他还在客厅的沙发上回忆他的梦中情人呢。李枫如回到自己的寝室，突然，她非常想念自己的前夫纪文白。

李枫如上初级日语课时，再也没见过韩峥嵘。他仍然给她打电话，经常约她出去吃饭。吃完饭回到他的住处，他们会坐在地板上对饮，不再喝白酒，改喝啤酒。一边喝酒，一边唱年轻时流行的歌。十月的月光包含着深秋的安宁，从房间的落地长窗上倾泻出无处诉说的情绪，月亮散发出暧昧的清辉，北京的秋天注定会生长许多故事。韩峥嵘坐在地板上，微秃的头顶闪着亮光，他盯着眼前的一盆茉莉花，高唱革命歌曲。韩峥嵘唱革命歌曲时，一往情深，经常涕泗滂沱。李枫如穿着吊带背心，在寒夜中光着两只膀子，颇有清辉玉臂寒的意境。李枫如唱邓丽君深情款款，缠绵悱恻。李枫如是个单身女人，心里很空，需要男人的安慰。韩峥嵘不是她要的那种男人，就是醉酒的时候，李枫如也无法忍受闪着光亮的头顶。她讨厌肥胖的男人，臃肿的一堆肉，很难让人产生亲近的欲望。清瘦健壮的男人才性感，像燕晓云的老公石尔仑，就是一个人见人爱的家伙。

韩峥嵘和李枫如在一起喝酒，似乎就很满足。这样一个晚上，很好的月光，穿着牛仔裤和背心的李枫如，曲线毕露，饱满欲滴。坐在地板上欣赏月光下的阴影。李枫如心如止水。韩峥嵘沉默着，轻轻搂住了李枫如的细腰，咬牙切齿地抚摸着女同窗鼓胀的双乳。今晚，这样的月光下，肥胖的韩峥嵘似乎也难以拒绝。韩峥嵘往李枫如的耳边吹了一口气,李枫如无法回避月光下那张肥胖的脸,主动吻住了他的双唇,接了一个没有爱欲的长吻。

四

　　一个月光如水的夜晚,李枫如翻阅百年前的一本《童蒙》,当时颇为畅销的文化期刊,主笔是一个叫卜述其的文化人,他的笔游走在传统与现代之间,似哭似笑的神气在一篇篇文章中若隐若现。李枫如邂逅了游荡在京城的卜述其,修长而文雅,带着百年前知识分子的精英气质,苍凉与疲惫隐藏在神色之间,眼神却无比坚定,典型的现代理念阐释者的眼神。李枫如脑中电光火石,忆起看过的现代中国知识分子的一幅幅肖像,尽管长相各异,这副卜述其式的神情却如出一辙。卜述其此时正坐在自己北屋的书桌前,长衫是灰黑色的,左手边是一盏新式的可调频台灯。李枫如站在卜述其的身后,良久,她转身离去,自此却有了卜述其如影随形。

　　卜述其走在三月的沙尘暴中,他必须和李枫如一起去查阅当年的《童蒙》杂志,他已经忘却了许多久远的事情。京城的春天依旧漫天飞沙,坚硬而灰暗。他在寻找百年前的前街胡同,自己在那里度过了难忘的青春期。青春期的苦闷在百年之后退去了压抑,显出某种涌动的生趣,让腐朽的他感到一丝宽慰。柳藤书屋中坐着一介书生,空等了多少年,没有一个花妖狐媚给他红袖添香。每晚的功课,就是在读完了线装书和西洋书之后,看窗外的月亮。前街胡同很安静,偶尔能够听到隔壁夫妇的欢娱声,透过时间的缝隙,百年之后仍然挥之不去。

　　卜述其记得自己总是在十二点以后,开始做反封建反礼教的文章,字里行间充满了孤枕难眠的苦闷。他经常在昏暗的煤油灯下,顾影自怜。清秀的脸,颀长的身体,由于一桩老父包办的婚姻,就只能如此独守空房。小脚的女人是自己所不能容忍的,高盘在头顶清式的发髻,让他作呕。漫长的黑夜,孤枕的确难眠,幻想着和披头散发的女鬼阴阳交合,在无数冲动的意念中打发了时光与岁月,他竟然依旧无比年轻。他是坚定的，每日在报馆中编着有关女人的故事，他又觉出女人的可怖。对于她们的自觉，他喜忧参半。他不知道怎样迎合新女性的骄傲和兴趣，他只能做一件事，更加清醒地批判旧礼教和旧式女子。卜述其得不到新的女人，又无法接纳旧式女子。在前街胡同的青春期，他竟然丧失了对女人的真切体验。

百年之后，卜述其身边的李枫如，体香浓郁芬芳，有这种香味的女人都是女人中的精品。他能够感觉到温香的体温，还有随着脚步颤动的双乳。牛仔裤勾出性感的臀围，可是毕竟略略偏瘦了些，不够丰满，还有那健步如飞的英武，岂是良家妇女所为？李枫如在北图查阅一百期的《童蒙》，北图到处是无声的人群，拥挤不堪，李枫如在过刊阅览室中待了一个上午，静静地阅读中，时间从李枫如的额头上轻轻滑过，中午出来，在北图前面的草地上吃了一个自带的三明治。卜述其在她的耳边述说当年紫竹院的千杆紫竹，在千杆紫竹中藏着一个美食精舍，绝对的维扬口味。他在涵芬楼中饱读之后，必会到此大快朵颐。哪像今天读书人如此狼狈？李枫如的确好生羡慕，她的美目在镜片后面盯着卜述其，琢磨着当年知识精英何以可以粪土王侯，指点江山与时代，他们有他们的气场，卜述其们的气场一直存在。李枫如深知自己绝对没有气场，就连生气的权利都没有。李枫如对卜述其温存而坚定地说，我的悲观与坚强和你的理想与软弱一样坚定。李枫如用手挽着已经被挤得歪歪斜斜的卜述其，上了回学院的公共汽车，两个小时的颠簸中，李枫如小寐了一会儿，醒来时，卜述其已经不知所去。

一个星期之后，李枫如再次去北图，她独自一人静静地坐在过刊室的老座位上，喝着自带的绿茶，读着《童蒙》中的美文，的确是一种享受。中途，李枫如去洗手间，在长长的过道中竟然遇到了兴致很高的卜述其，卜述其向她眨了一下眼睛，轻轻地说，在这里如厕很惬意。李枫如不禁哑然失笑，现代的抽水马桶竟然让百年前的文化精英一扫郁闷。李枫如中午去了北图边上的快餐店，点了一菜一汤，独自细嚼慢咽。刚吃了一半，燕晓云和蓝今今坐了过来，非让李枫如下午去西单商场买衣服。李枫如只好答应，李枫如眼角余光中，卜述其正在吃一根台湾烤肉肠，被烫得龇牙咧嘴。

吃完简单的午餐，李枫如收拾起自己的手提袋，里面是厚厚一沓复印的《童蒙》，齐腰的长发和修长白皙的柔荑，此时已经沾上了过刊杂志的灰尘，李枫如差不多已经满面尘灰，十指黑黑了。她将自己的一堆东西推给燕晓云，冲到卫生间去洗手，回来的李枫如已经盘好头发，洗干净了双手，很自信地招摇着自己乌黑的发髻。燕晓云说："枫如，你用了十五分钟，蓝今今背着自己的双肩包，已经快走出了图书馆的大厅。"

李枫如和蓝今今、燕晓云走出西单地铁口，蓝今今要去西单商场，李枫如执意要去中友百货，李枫如带着两个未来的女学者挤进中友的人流，燕晓云要去苏格兰待两个月，现在算是给自己买一些出国物品，蓝今今似乎正和小男生约会，估计要挑一些性感炫目的行头。李枫如现在一到商场就头痛，她自己也闹不懂当年为何在江城能够一整天在闹市区购物闲荡。她向蓝今今解释，衣服不在多，在精，知识女性的着装不在式样的时尚，在面料的档次。蓝今今的出彩，不在少女装束，而是在选择适合自己的几款春装，要达到这个目的，非中友莫属。燕晓云也频频点头，在一派都市冷面美女的包围下，她们觉出自己满脸的谦和与谦和中的不自信。燕晓云一无所获，蓝今今买了一条牛仔裤和一件长袖T恤，依然是一贯的做派。李枫如倒是给自己买了一套桃红色的内衣，古今胸罩的罩杯很深，盛下她那双丰乳松紧有度，令她感觉很舒服。

又是星期一，李枫如又一次翻开《童蒙》，正面造访卜述其。李枫如的正面造访是在百年之后的黄昏，三月阴冷的风在旧宅里乱窜。李枫如赫然坐在他的书桌边，拿起他那本有名的评论集，向他抛了一个媚笑。她说她来迟了，但她还是来了。卜述其觉得她的确来迟了一百年。他们似乎在百年前已经相识过许多次，却不知道该如何开始彼此的会面。李枫如说自己像他一样，她等了卜述其很久，卜述其知道这很久的意义。

卜述其看着眼前蜂腰媚眼的女人，大约三十岁左右，淡扫蛾眉，披着一头由离子烫出的直发，像一个二十一世纪的女鬼。一双忧伤的眼睛，在欲望和迷离中凄清哀怨。他看到了爱她的平庸的纪文白，就站在他和她的旁边，真诚地愤怒着。卜述其让李枫如替自己抄手稿，李枫如说还是用电脑吧。她拿出随身携带的小巧的笔记本，双手在上面灵巧地敲击起来。卜述其觉出自己写作的手变得僵硬笨拙，他要求李枫如教他打字。卜述其无法掌握现代汉语拼音，在他的时代一切都是草创，没有规范化。他练习五笔字型，竟然很快就上了手。李枫如的"智能ABC"赶不上卜述其的五笔字型，他对这一点很得意，时代的确在前进。漂亮的毛笔字已经没有用武之地，看着洗净的毛笔，被遗弃在雕花的笔筒中，有一丝失落。精心从琉璃厂挑选的信纸，静静地锁在书桌里。他不知道是否有兴致用蝇头小楷给李枫如写一封百年前流行的情书，作为一个古董送给李枫如。他想象她的纤纤玉手，打开粉红色的信签，一页页翻动信纸的动作极其优美，一如古典的仕女图。李枫如来到他的兰屋，带来的是另一种的沉醉，以至于他无法拿出百年前的情书。

五

李枫如在四月的北京城来回游荡，主要考察新文化运动时期各色人物的饮食起居，看着民国风情的老城门、老城楼和旗袍长衫的照片，她觉得自己的眼睛沾满了怀旧的病菌。傍晚，她坐在公共汽车上，汽车在西三环路上飞驰，路边修路的民工如群蚁归巢般拥向工地的食堂，有的已经蹲在地上吃晚饭，四月的沙尘和着昏暗的时光，是人生的注脚。老城楼在他们的劳动中消失，新的高速路在速成。李枫如有时觉得自己是在拆建的轮回中游过的一尾小金鱼，是那种浑身通红，尾巴很漂亮的鱼。在巨大的工地上，一尾红色的金鱼摆着尾巴从容游弋在轮回的宿命中。当然，有时候，美丽的尾巴会碰上无比坚硬的建筑物，那时也会有很痛的感觉。那种疼痛的感觉在灰色的工地上无足轻重，拆建建拆的历史轰鸣声始终响彻云霄，乃至每一个如蝼蚁般的人的心中。

李枫如无法不去红楼，因为对于其他新文化运动旧址的失望，她已经一再推迟对红楼的造访。红楼竟然要门票，二十元人民币！李枫如掏出二十元钱，对仰慕的红楼产生了愤愤的敌意。一腔学术柔情顷刻之间化为乌有。声名显赫的红楼不过是几层楼，几间教室而已。瞻仰了名人工作过的房间，印象最深的还是教室里学生听课的椅子，椅子的右边扶手是一个简易的小台面，可以非常方便地在上面记笔记，李枫如突然非常喜欢这种椅子，它们让她突然对新文化运动中走上街头的热血青年有了某种亲近的感觉，他们读书思考的椅子原来是这样的。她有了对于那些男学生女学生的真切记忆。

她看到卜述其正站在当年的讲台上，对她微笑。卜述其说："枫如你穿上蓝上衣黑裙子，比得上当年最美丽的女学生。"卜述其眼中桃花灿烂。李枫如看到百年前的卜述其，低着头红着脸，站在眼前的讲台上，讲着康德哲学。她相信你从来就没有看清楚过女学生的芳容。会馆中的卜述其在想象中回忆着课堂上的女学生，在他的记忆中，她们一个个都美艳如花。李枫如的嘴角挂上了一丝讥讽的微笑，投向卜述其的眼神却温柔如水。李枫如说："我相信你的女学生肯定比我漂亮百倍。"卜述其兴奋得双颊绯红。

这天晚上，李枫如又一次造访了会馆中的卜述其，卜述其在北面的书房里思考全球化的问题。李枫如的到来让卜述其有些意外，想到自己已经是百岁的高龄，卜述其也就十分释然地请李枫如坐下。

李枫如说自己已经很长时间没有男人了，卜述其说自己已经百年没有碰过一个女人了，那才叫寂寞难耐。

他看到用胸衣规范出的双乳，浑圆灵动，骄傲地向上翘起，等待男人的诱惑，抑或诱惑男人。他现在很愿意被诱惑，更希望自己能够诱惑别人。李枫如知道眼前的男人是自己的同类，百年前的身子委实有些沉重，但不失男人原本的伟岸。他褪下自己的睡衣，压在她的身上，做一次爱的游戏。没有媒妁之言的房事只能称之为性的游戏，他和她都只不过是发泄苦闷而已。仅仅是如此罢了？他早已没有了妻，自己的妻早在百年前灰飞烟灭，可能因为那几本可以传世的书，他苟延残喘地活了下来。他更深地进入她的身体，他从未真正尝过百年前自己老婆的滋味，不知道明媒正娶的滋味是什么。他喜欢眼前的女人，在身下扭动着优美的曲线。他换了一个进攻的姿势，想让她看到自己令人同样愉悦的身体。

李枫如觉出卜述其百年的饥渴，他是个保持至今的童子身。他说自己的欲念已经有一百年了，今天才实现。他说过去的生命已经死亡，他对于这死亡有大欢喜，因为他借此知道它曾经存活。他找不到她，找不到和自己一样的人，就无法进入或是被进入。她抚摩着他光洁的身体，爱欲涌动如潮。她说死亡的生命已经腐朽。他说对于这腐朽有大欢喜，因为他借此知道它还非空虚。她和他执手相看泪眼，在极度的快感中，生命宁愿在此终止。然而，他们还活着。

第二天清早，李枫如在兰屋中醒来，阳光照在两个赤裸的身体上，明媚无限。卜述其翻过身抱紧了她，还要继续睡觉。李枫如看到纪文白正站在门口，无限悲伤。李枫如毅然穿好了自己的衣服，离开卜述其的被窝，坐上回学院的公共汽车。

李枫如的论文需要验证新文化运动时期江南才子的早年逸事，她携着已经有一百年没有离开过京城的卜述其来到江南。火车上，卜述其和李枫如睡在硬卧的上铺，面对面，面对着只有半米高的车顶。卜述其现身时穿着李枫如给他买的牛仔裤和T恤，有几分现代人的模样，只是眼神过于专注，近于天真，和三十岁的年龄显出某种荒谬。李枫如穿着吊带背心和牛仔短裤，一头浓密的黑发在车厢内横行肆虐，扯住了满车厢的眼睛。卜述其望着李枫如随意和漫不经心的勾魂摄魄，心中异常胆怯，如此的女人曾经和他卜述其一起翻云覆雨？

六

李枫如在理县的大街小巷转悠，全然无法想象这就是那个产生无数文人墨客的地方，随处可见小商贩沿街叫卖的吆喝声，远近可闻，这才是流传至今的地方特色，亘古不变。卜述其游荡在理县的大街小巷，看着来往的各色行人，试图找出百年前的自己，那个摇头晃脑读书的孩子。环城的理河乌黑肮脏,上面漂浮着几只载客的乌篷船。卜述其绝对不想回到老屋的阴影里,尽管自己非常想念老屋陈旧的气息。只有在这里,他的一切才能成为真实的开始。

卜述其带着自己的女人李枫如,站在若耶溪边,溪水一如百年前的澄澈,是个地灵人杰的地方。他遥想千年前的王右丞,兰亭修禊的风雅。心中欲念涌动,意兴勃发。在游人罕至的后山上,卜述其峨冠博带,腰间的玉佩在风中发出清越的和鸣。他拿起随身携带的觥,从竹制的酒罐中倒出了橙黄色的老酒,一饮而尽。李枫如穿着牛仔裤和天蓝色的吊带背心,坐在若耶溪的后山看着百年前的月亮。月光冷冷的,是天空中圆满的月亮,因为百年后的注视,窘得发白。哇的一声,夜游的恶鸟飞过了头顶,她转过身想起了身边的卜述其。

她在他的白袍上读出了无声的欲望,在无数飘逸的笔画中,一株兰花正吐出尖细而红润的舌,舌和毛笔的笔尖纠缠在兰亭的鹅碑前。几只饱食的白鹅,见怪不怪,懒懒地踱着方步。她无言地靠近他的白袍,想在那里寻找千年前的月光。

卜述其在若耶溪边不知所向,李枫如独自一人回京城。她昏昏沉沉地躺在硬卧车厢中,上铺和下铺已经睡下,穿在劣质皮鞋中的脚一旦被解放出来,报复似的使劲散发着臭气,臭气的浓度越来越高,熏得李枫如几乎窒息,上下两位依然鼾声如雷。对面下铺是一个中年妇女,也被熏得咳嗽起来。两个女人相对一笑,对面中年妇女悄悄地向李枫如招了招手,问她有没有塑料袋,李枫如从行李中找出了两个京客隆的塑料袋,递给她。中年妇女眯着一双睡眼,给下铺兄弟的一双臭脚上套上了塑料袋。李枫如心领神会,又拿出两个塑料袋套在上铺兄弟的臭脚丫子上。两个女人相视一笑,安然入睡。

卜述其游荡在五四大街上,他看到李枫如拿出二十块钱,在红楼的售票处买了一张门票,价值二十元的白色纸条,穿越百年的时空,向他诡秘一笑,李枫如漫不经心的轻蔑也在霎时间撞击着卜述其的脑袋。卜述其口袋里只有一块钱人民币,他无法进入自己最熟悉的旧地。卜述其又一次游荡在五四大街上,两边的小商店摆满了花花绿绿的商品,肮脏的小饭馆招牌上写着"成都小吃""东北家常菜",卜述其摸了摸自己的肚子，没有饥饿感，百年前食品的味道已经淡忘，百年后的饭馆实在无从把握。他挤上了一辆电车，把自己淹没在一群乘客中，中午，电车中的人不多，卜述其坐在靠窗的一个座位上，想到自己口袋里只有李枫如留下的一元硬币，决定结束这次外出，回到自己前街胡同的家中。

　　李枫如已经站在前街胡同，她在卜述其的门前等了半个小时，观察着这个被喻为北京胡同之根的前街胡同，这个胡同就要拆迁了。卜述其走到胡同口，闻到了李枫如长发散发出的飘柔的味道，他顺着这种味道已经触摸到那如水的肌肤，正如北京城随处可见的美女广告的暗示。李枫如看着卜述其，正用一把光亮的钥匙打开老式的铜锁。开锁的咔嗒声，门轴的吱扭声，宁静而生动。

　　卜述其看到李枫如眼中的泪光，淡然一笑。李枫如告诉他前街胡同要拆迁了，卜述其已经坐在自己的书桌前，拿起福柯《性史》的第二卷，翻到未看完的地方。他没有抬头，平静地说，他一直等着这一天。卜述其盯着李枫如胸前小巧的手机，她的身后，坚挺着钢筋混凝土的高楼，猩红毛衣中的女人，是一尾灵动的金鱼，她柔软的尾巴敲打在他的长衫上，轻盈妩媚。卜述其在五四大街上鼓动的欲念，淡化成无声的叹息。他拿起李枫如修长的手，第一次正视这个二十一世纪的女鬼，说："窈窕淑女，君子好逑。"说完之后，就端坐在自己的书桌前，一如既往阅读自己心仪的书籍。李枫如美丽的红尾巴无法再触摸到鼓荡欲念的长衫，红金鱼只能在灰色的城市中游弋，招摇自己优美的臀部，招惹空洞的眼光。

　　李枫如默默离开卜述其的柳藤书屋，退缩在公共汽车冰凉的座椅上，车窗外是北京的春天，以及漫天的沙尘。

七

　　李枫如回到学院，宿舍狭窄的楼道灯光昏暗。一楼住着年轻的小硕士，门缝中飘出淡淡的音乐和青春的香味，廉价洗发水和乌黑的长发相遇，散发出单纯的生活气息。去菌的舒肤佳的气息和小男生青涩的皮肤亲密接触，水房中飘出一段温和的男声独唱，述说他愿意被牧羊女的小皮鞭轻轻鞭打。李枫如在对一楼水房男生的想象中，爬上了三楼。

　　三楼是清一色的女博士，正是洗漱高峰，楼道中人影浮动。李枫如甩了甩长发，挑开自己宿舍的门帘，燕晓云靠在床头看杂志，已经是北京时间十一点了。李枫如懒得梳洗，疲惫地倒在床上。燕晓云大叫，枫如快去洗手，一定要洗手！李枫如无力地动了动自己的长腿，感觉到自己满嘴的沙子。她一声不吭地抓起自己的毛巾，冲到洗手间。洗手间人满为患，李枫如只好站在经济系的顾桂芬后面，顾桂芬正在用一个直径有半米的盆，洗她的两双袜子，水从盆里溢出来，水龙头流出的水又不断地流进盆里。自来水似乎永远不会枯竭。桂芬旁边的李娜正在洗她的一双胖手，雪白的手指在透明的水中鲜红生动，洗去沾染的公共物质，留下洁净的自我，沉睡在黑夜的私人空间。李枫如用手捧了点水，送到自己的嘴里，吐出满嘴的沙子。冰凉的地下水刺激着皮肤，解渴的皮肤发出无声的尖叫，水滋润着四月里干燥的女人。李枫如搓着自己的脸，压力很大的水冲洗着沾满细菌的双手，带来现代人的洁净感。

　　李枫如回到宿舍，扯去裹在胸前的胸衣，刚要坐下来，燕晓云大叫，"枫如，快看，床单上有牛仔裤的印子。"李枫如看到自己雪白的床单上，清晰地印下了自己浑圆的臀部和两条大腿，还挺形象。

　　李枫如："不过是个泥印子，人就生活在细菌和灰尘中。"
　　燕晓云："倒也是，人的身体里有很大一部分是有益细菌。"
　　李枫如："用浪费水资源来换取所谓的清洁卫生。"
　　燕晓云："水是可再生资源。"
　　李枫如："南方经常下雨，南方人用水很节约。北京几乎不下雨，用起水来哗哗哗。浴室的水龙头就比南方的粗。"
　　燕晓云："不管怎么的，你的白床单弄脏了。"
　　李枫如盯着燕晓云的一双美目："老公来电话了吗？"
　　燕晓云："刚刚来过电话，要我五一节回家。"

李枫如："好啊，小别胜新婚，好好准备一下吧。"

燕晓云说；"关灯吧，都老夫老妻了。"

过道里的灯依然彻夜明亮，宿舍熄灯后，寝室里暗了下来，李枫如想起自己没有调闹钟。从被窝里钻出来，只穿了吊带背心和三角短裤，两个女人共居的室内，散发出松散和慵懒的气息。没有张力的曲线，没有肉欲的身体，在女性和解的目光中，显出几分理解的温馨。

燕晓云："水房怎么还有人在洗衣服，精力真旺盛。"

李枫如："冲马桶的声音更大，忙得非得十二点钟如厕？"

燕晓云："（对面）马玉芬的收音机今天好像坏了，听不到'午夜新闻'的声音。"

李枫如："今天是周三，应该是'午夜罗马语'学习。"

这个周三的楼道缺少了马玉芬的午夜功课，她们竟然都有些怅然若失。没有调侃对象的午夜有些孤枕难眠。楼道的灯光，透过门头，随心所欲地射在燕晓云的床上。李枫如盯着黑暗中的天花板，身体干燥而安静，有着一种无法诉说的无奈，正如始终无法和燕晓云在黑暗中倾心相交一样。燕晓云的身体必定是潮湿而安宁的，她有一个可以言说世界，无论是学术还是老公。灯光下，燕晓云拥衾而卧，薄薄被单下的身体更加小巧玲珑，伸出来的一只脚，模模糊糊试探着空气的温度，随时准备缩回温暖的被单。李枫如无声地压抑着叫醒燕晓云的企图，努力考虑论文的结尾，在对博士论文的深度担忧中，李枫如疲乏地睡去。竟然，一夜无梦。

随着春天风沙的消失，卜述其也杳无音信。七月流火的时候，李枫如确定自己的论文选题。到了金秋十月，李枫如已经选定了做《童蒙》期刊，她开始翻看和《童蒙》一类的纯文学期刊，穿梭于现代文学史的期刊之间。确定论文选题应该是个可以充分发挥学术想象和学术理想的阶段，面对一篇奇思异想的高头文章，年轻学子自然也引发了施展学术抱负的鸿鹄之志。李枫如在对于《童蒙》的阅读中，引发了做学术期刊史的兴趣，再次升华了自己开始滑坡的学术理想。当她在一篇篇美文中神游之际，和卜述其频频相遇，历史与人生的真相似乎伸手可及。当李枫如真正钻进一大堆现代旧期刊中，她发现自己身陷历史情境，难以自拔。除了每天复印记录一大堆资料之外，所有的学术热情都被每天四个小时的公交车耗尽。

李枫如疲惫地躺在单人床上，呼呼大睡，一觉醒来，发现夏天的太阳很明亮，照在窗外的常春藤上，此时的生命真的很好。睡眠是最好的美容术，李枫如和燕晓云都十分赞成这个观点。她们俩严格执行晚十一点熄灯，早六点起床的作息时间。她们是学院为数不多的早起女生。燕晓云和李枫如早起之后，很少说话，彼此很放松地洗漱，燕晓云的短发很好打理，非常精心地对付自己的一张圆脸，拍拍打打，揉揉捏捏，二十分钟之后，袅袅婷婷地信步楼下，坐在饭厅里，细嚼慢咽自己一成不变的早餐。

宿舍里住着两个已婚女人，等于住了两对夫妻，不方便的地方可谓太多。两个隐形的老公并未谋面，却夹杂在两个老婆每天丝丝缕缕的生活中，纠缠不休。李枫如的老公已经变成前夫，也不能避免前夫对前妻的关心。李枫如实在不想听燕晓云在石尔仑面前撒娇，石尔仑的电话经常在李枫如躺在床上的时候打过来，李枫如只好侧身，面对着墙壁，读自己手中的书，耳朵不自觉地竖起来。石尔仑每天给燕晓云一个温情电话，尽管无法判断石尔仑的语调，从燕晓云哼哼唧唧小女生的腔调中，足以表明对方是个可以为老婆遮风挡雨的男人。每次在电话的结尾，温婉的晓云柳眉倒竖，杏眼圆睁，连续说上几句，"我就不干"，态度异常坚决。直到李枫如实在忍不住了，问："晓云，到底不干什么？"燕晓云愁眉苦脸，脸涨得通红，说："枫如姐，石尔仑让我生孩子。"李枫如惊诧，张大了嘴巴，随后大笑不已。望着未来的博士生导师、著名学者燕晓云，怎么着也不能把她和生孩子联系在一起。

八

又是一个星期四，每个星期四李枫如都会去图书馆，还旧书，借新书。图书馆电脑的键盘和鼠标，发出乌黑的亮光，上面的油脂汗渍估计几年没有清洗过，黏糊糊的，爬满了知识的细菌。无数的手通过它们，抚摸到了知识真理的温暖。李枫如喜欢借书的行为，漫步在一个个装满书的书架前，浏览眼前无限风光，偶然瞥见发黄、破旧的图书，散发出久远的味道，诡异灵动地诉说着太多的记忆。在无数断裂的脑沟中，她试图发现草蛇灰线的秘密。站在书架前，翻动手中的线装书，想象着亭台楼阁中的士人，曼妙的歌吟如何被印刷到冰冷的书页中，榨干了生命的叶汁，只印出一个扁平的影子。

精装的外国文学书发出现代性的光泽，那是蛊惑人的灯火辉煌的夜景，西洋的绅士淑女犹如皮影戏，空洞了对白，保留了声音，逃逸了质感。当代文化烂俗的语言高亢激昂，浓妆艳抹的媚俗姿态是脑沟中最泛滥的洪水，冲击着喧嚣的时空。现代文学正以绝对经典的人文关怀，压得她无法喘息。在对学术的敬畏和对现代文学大师的敬仰中，李枫如几乎读完了所有的现代文学经典。

在青春期的混乱中，李枫如嗜书如狂，经常在江南的春天里，用买化妆品的钱去买成堆的特价书。她无所谓阅读范围，只要能看下去的书，都在购书范围内。她的藏书古今中外，极无体系。读博士之后，李枫如才发现书是非借不可读也，好书新书总是图书馆最齐备，古书旧书也是图书馆最完备，只要依靠一个好的图书馆，自己完全可以不必买书。李枫如到了文化中心的北京，没有买过一本专业书。在脑沟的盘根错节中，李枫如穿梭自如，寻找自己感兴趣的一道褶皱，用纤细的手抚摸一下，感受褶皱的深度，目光纯粹而干净，像一个古典时代的处女。偶然有一个高大的男生在对面的书架边晃悠，身体的热量辐射过来，产生一丝静电的摩擦。李枫如从来不正面打量对面的男生，却在想象中赋予对面男生最英俊的容貌，清朗而有质感的眼神，一双白净而骨感的大手，拿出一本沾满灰尘的书，轻轻翻看。眼角的余光掠过书架的缝隙，对自己惊鸿一瞥。

李枫如经常在五层楼的图书馆游荡一个上午，在一排排陈旧的书中，寻找所谓的知识与真理，直到十指灰黑。图书馆下班的铃声响了，李枫如捧着自己选定的图书，满面尘灰地走到借阅处，拿出自己的一卡通。刷卡之后，提着一大袋书吭哧吭哧地下楼。此时，在楼梯的拐弯处，图书馆的高大男生正逐级而下，留下一个暗蓝色的背影，浓重的体味停留了片刻，消失在李枫如的喘息中。

每次借书回来，第一件事就是洗手。非典事件是最广泛最深刻的一次爱国卫生运动，中国人开始熟悉最起码的个人卫生常识。在燕晓云温柔的威逼下，李枫如无法不养成爱洗手的好习惯。燕晓云会在她回宿舍的第一秒钟，从电脑桌前站起来，拖着粉蓝色的毛拖鞋，柔软的南方官话像江南的三月："枫如，洗洗手，好吗？"一只手已经递上了一瓶蓝月亮洗手液。李枫如无法抗拒江南女子柔软的温存，最致命的是眼神中纯真的亲切。李枫如暗自赞叹，娶老婆就得娶像燕晓云这样，能够让女人温柔地就范，这种女人是女人中的女人。可惜，这种女人只愿意让一个男人成为自己温柔的对象，而只有一个温柔对象的女人才能够有那种亲切的纯净。她用燕晓云买回来的洗手液揉搓着沾满灰尘的双手，想到燕晓云在家中该如何处置老公的一双臭脚。

李枫如用洗干净的抹布，轻轻擦拭沾满灰尘的图书。随后翻看封底的借书目录，在使用电子借阅记录之前的封底中，时常能发现自己仰慕的学者签名。这次，在萧乾《八月乡村》初版的封底上，她发现了孟晓辉的签名，八十年代的主流作家，九十年代著名的期刊主编。一次，他到研究生院做学术报告，有幸一睹芳容。孟晓辉绝对是白领老男生的长相，一张老三届的脸有棱有角，又沾上了几分欧风美雨的滋润，透出新锐学者的峥嵘头角。他的讲座佶屈聱牙，出入于近现代和东亚欧美之间，思绪飘忽，逻辑缜密。男博士生欣赏了新锐学者的风姿，领略了前辈学长的声音之后，大多没有多少兴趣。女博士生沉浸在对于英俊师长的想象中，难以自拔。

李枫如记下了孟晓辉的诸多观点，在合上笔记本之后，就忘得一干二净。只有那双精光四射的眼睛，在镜片后面灼灼其华。华光中的不确定与怀疑犹如散瞳剂，在放大的瞳孔中，眼神无法聚焦。每当发现前辈的签名，李枫如都激动不已。最普通的蓝色圆珠笔吐出的油印，随意而淡定，中国字的笔画透出几分神秘，透过它们可以遥想一些事情，这些事情可能和签名毫无联系。曾经，李枫如有一种冲动，干脆将这些签名撕下来，归自己。当她将自己的手伸向封底的目录时，竟然很难下手。一种突如其来的难受陡然升起，为什么要保存一些不相干的东西？他们的精神渗透在自己的阅读中，他们对于世界的看法已经占据着这个时代无数的脑沟，为什么还要保留他们曾经随意留下的一些印记？

李枫如环顾凌乱的宿舍，尤其是自己凌乱的床铺，在对前辈签名的取舍中，突然发现自己一无所有。女人告别各种小玩意，告别化妆品，告别柴米油盐之后，可以进入书籍、知识、真理的光圈，但是却无法抓牢其中的任何一种东西。即便是在一种进行精神体操的愉悦中，在似乎抓牢这种东西的时候，都无法获得一种真心的快乐，一种像吃冰激凌的快感，像拥有一件合用化妆品时的痛快。既然无法抓牢，又何苦去保留那些更加遥远的印记？

九

准备论文资料是治疗失眠的好方法。每天往返于国家图书馆和学院之间，早晨六点起床，牛仔裤和一件灰夹克，背上中学生的背包。中午在国图的快餐店吃一个面包，外加一杯热牛奶。李枫如惊奇地发现，自己成了一头可以忍饥挨饿的骆驼，一个人如果能够不在吃饭的时间吃饭，除了肚子发出咕咕的叫声之外，肠胃运转正常，精力充沛，这样的人已经算是完成了从地方到中央的转化，多半适应了北京恶劣的生存环境。

李枫如半年来几乎每天如此。国家图书馆的现代文学期刊大多被李枫如的一双手翻阅过，李枫如很自豪地声称自己读遍了二十世纪三十年代的著名文学期刊。在古旧的灰尘和细菌中，在发黄的页面上，随着二十世纪三十年代时光的流逝，她的日子凝固了，凝固在钢筋混凝土的城市一角，再次理解了文化的内涵。当李枫如抬起被知识冲昏的头脑，环顾四周，纸页上的丰满的肉身与灵魂如魅影般消失，四周人影绰绰，却流于浮泛，毫无趣味可言，在沉闷的自我阅读中，每一个人都是另外的人的影子。

单调乏味的日子，医治了李枫如的诸多毛病。省了好些逛街购物的时间，也节约了金钱，李枫如已经大半年时间没有出去找课上了，也算是专心学术，洗心革面了一次。已经是二月的天气了，晚上六点挤上回学院的公交车，两个小时之后，李枫如一身寒气跳下77路公交车，车外的黑暗与寒风扑面而来，李枫如坚信这是献身学术的咎由自取。学院的灯光在不远处，像黑夜里的诺亚方舟。李枫如感觉自己已经被论文弄得神经兮兮，感情脆弱，见了一点温柔与伤感，眼泪就像感应开关一样，流出两滴眼泪。

回到宿舍，宿舍的铁丝上，挂着燕晓云刚刚洗过的衣服，还滴着水，就像李枫如刚刚滴下的伤感的眼泪。日光灯一如既往地发着不算明亮的光芒，这样的夜晚，令李枫如感觉到某种熟悉的温柔与亲切。

燕晓云的书桌上，一大束黄玫瑰连刺带叶，一股脑地插在一个硕大的玻璃瓶里。李枫如想起，原来今天是情人节。燕晓云帮她打好了一瓶开水，李枫如坐在自己的书桌前，盯着燕晓云的黄玫瑰，眼前一片金黄。她用暖壶的开水泡了一杯浓茶，酽酽的绿茶安抚了她干燥的身心，李枫如喝下一口茶，将脚伸进盛满了热水的脚盆里，脚在热水的触摸中，从僵直趋向柔软，她感觉到一种湿润的甜美与芬芳。夜归的时候，宿舍里有一瓶热水等待自己，已经算是人生一大乐事了。

燕晓云回家看老公的日子，就连一瓶开水的待遇都没有。李枫如时常把自己撂在床上，一动不动，躺上半个钟头，然后去如花的房间，借几盘流行的光碟来看。在别人的故事中，暂且忘却自己满是灰尘的身体。直到筋疲力尽睁不开双眼，才会迷迷糊糊地睡去。有了燕晓云的一瓶热水，李枫如也就能够按照燕晓云的逻辑，将自己清洗一番，获得一种让燕晓云和自己都满意的睡前形象，一个乖女人应有的样子，李枫如有时也觉得挺好。

随着脚盆中热水温度的提高，李枫如的身体开始发热，脸上似乎有一只手在温柔地触摸着，泛起淡淡的红晕。放松的心情让李枫如想和别人说话，燕晓云刚刚从教室回来，李枫如说："燕晓云，你老公送情人节礼物了？""别提了，"燕晓云放下她的大茶杯，从花束中拿出一张小卡片，"你自己看吧。原来是给蓝今今的，蓝今今的腿摔伤了，暂时只好放在我这里，是小红鹰快递过来的。我老公已经短信祝贺过了，说什么感谢我妈妈生了我，希望我早日升级做妈妈。真的，他就是有事的时候像个顾问，没事的时候，也就是一块木头，还是那种特别没谱的木头。"李枫如说："木头老公有木头老公的趣味，只要自己老婆也是根没谱的木头。"燕晓云说："其实夫妻在一起，有时还是没谱的好，太有谱了，就假了。"李枫如说："真的假不了，假的真不了。"

李枫如卸去脸上的灰尘和女人美丽的伪装，只剩下干净的脸和纯净的身体，穿着棉布睡衣，坐在自己的书桌前。看着躺在对面床上，和自己一样穿着棉布睡衣的燕晓云，恍惚回到了大学时代。她能感觉到纪文白的气息，一个安稳男人的气息。尽管这种气息中，她的时空凝固在那间小屋中，守着一届届中文系的小男生和小女生。

李枫如和燕晓云不能同时在宿舍里学习，同居尚可，同居一室学习实在难以忍受。两个人敲击键盘的声音，彼此折磨，弄得彼此全然没有了学习的心情。燕晓云主动从宿舍里撤走，每天去教室看书，为此，专门买了一个手提电脑。燕晓云和蓝今今经常一起转战在五层教学楼的各个阵地，经常会有各种各样的突发情况，燕晓云以她一贯温婉的姿态，坚持在教学楼保持着一个自己的座位，同时也替蓝今今占座。

李枫如留守宿舍，她难以忍受和更多的人同居一室学习，她必须躺在床上看作品，坐在书桌前看理论书，除去胸衣，敞开胸怀写文章。灰暗的墙面目睹了无数读书的姿态，已经提不起任何兴趣，对于它来说，住在这里的都是过客，这些过客还显示出某种长久以往的千篇一律。李枫如的床铺依然保持了一贯的简单风格，素净的蓝色床单和被罩随意地叠在一起，似乎随时准备迎接李枫如的亲密接触。

星期五的晚上，李枫如照例坐在电子阅览室里，查阅各种期刊。眼前的屏幕上，一张张文件从绿色的小地球中唰唰唰，奔向对面的文件夹，那就是收获知识，存储信息。盯着电脑的过程，第一阶段是敬畏每一篇文章的作者，收获知识，第二阶段是视知识为垃圾，第三阶段是视论文为敝屣，直奔原著。发展到第三阶段的老学生，就踏踏实实坐下来啃书本，坐冷板凳，做博士论文。等到啃得牙齿发酸，坐得全身麻木，就会一目十行，俯视群儒，洋洋洒洒做自己的文章了。老学生们深知上期刊网，剪贴文章，完成各科作业的活，只要不发表，拼拼贴贴，糊弄老师还是绰绰有余。经常是，拼贴的文章得分比自己写的文章得分高，拼贴的非专业文章比本专业文章得分高。所以大家就径直拼贴论文，交给老师完事，既省事又省时。

漫长的冬季，李枫如在对暖气片的依赖中度过，在对国家图书馆的爱与对每天来回公交车的恨中，论文资料准备得差不多了。接下来的春天，没有了和卜述其的奇遇，李枫如的生活变得平淡无奇，毫无创意，甚至记不清这个三年级的春天到底做了些什么。

北京的春天在不知所措的季节换位中，匆匆滑过。夏天在没有准备的状态中长驱直入。六月的北京城已经变成了巨大的蒸笼，宿舍是小蒸笼。每日在大小蒸笼里干熬着，体温和欲望成正比地增长。李枫如只好买来凉席，那种粗竹编制的东西，生硬而且粗糙。南方人根本不用的东西，北方人却认为异常凉快。她无可奈何，买了一床回来，睡上去，竟然真的很凉。她骑着自行车，再次对轿车中的男男女女，投去饱含阶级仇恨的目光。汽车排出的热气让她烦闷异常，墨镜中愤怒的双眸不免暗淡无光。

同屋的燕晓云整天泡在图书馆里，图书馆和教室都有空调，大家乐得在清凉世界里埋头攻读。燕晓云说人是应该有点想法的。李枫如实在不知道什么才叫有想法，没有自己的私人空间，整天地和一大帮与己无关的家伙，共居一室，同呼吸，共命运。政客的政治演说，商人的商场打拼，还是教授的文章？上公共课时，老师们也半开玩笑半认真地说，上课来的都是穷人。言下之意，自己和将来的博士们，尤其是文史哲的博士们就是有时间没金钱的穷人。

人的每一天可能会发生许多事，当一个人真的回顾这些事的时候，往往发现，自己每天更多的是在重复许多已经干过了多次的事。在无数个可以叙述的晚上，李枫如宿舍简易的木头桌子上堆满了大大小小的书，复印纸散发出浓厚的油墨味。李枫如仍然坐在自己的电脑前敲字，绯红色的吊带睡裙前后都湿透了，没有穿胸衣，光着两只脚,随意地挽着一个老太太发髻。

燕晓云从教室回来,挑开纱帘,发现屋里竟然没有开电风扇,散发出浴室的味道。李枫如正如蒸桑拿一般,毛发全湿,却如老僧坐定,在电脑前敲字。燕晓云赶紧抱起自己的换洗衣服,拎着一瓶水,到水房中冲洗。洗完之后,燕晓云穿着淡蓝色吊带睡裙,靠在枕头上,盯着天花板上的电扇,停了一会儿,燕晓云说:"枫如,开一会儿电扇吧。"李枫如连忙说:"好的好的,开吧。"

李枫如的手依然在键盘上忙碌,室内吹起了凉风,李枫如的身上起了一层小鸡皮疙瘩,外冷内热,李枫如突然感到有点恶心。她关了电脑,带着浑身的油汗,来到学院的小操场上。操场上还有几个人在跑步,对面马路上的车流灯火闪烁,她感觉自己的皮肤在夜风的吹拂下,有些麻木,有点不知冷暖的意思。她打开手机,给自己的前夫纪文白发了一个短信:"我一个人在看月亮。"

发完短信,李枫如坐在操场的草坪上,抬头看黑色的天空,其实今晚根本没有月亮。她看到的是十年前的月亮,月光下自己白色的羊皮鞋。

十

学院的清早充满了常春藤的气息,绿色的藤本植物,在学院里四处攀缘,已经渗透到每一个角落。餐厅油饼和豆浆的气味中,哥们和姐们吃着学院各式精致的早点,身体非常放松。四个小时之后,中午的餐厅已有夏天的烦躁和倦怠。李枫如从电脑前,抽开身子的时候,已经十二点了。她随便穿了一件运动装,拿起已经用了十多年的饭盒,懒洋洋地下了宿舍楼。她又一次地读着前面的菜谱,透过前面男生的肩头,大师傅露出一张快乐的脸,一回头,看到燕晓云坐在老地方向她招手。李枫如除了焖扁豆和醋熘土豆丝,几乎一无所好。她买好饭菜坐到燕晓云身边,感觉到又是一个半天过去了。现在她们的生命是用一天三顿饭来衡量的,吃完早饭知道自己必须开始干活了,吃完中饭，明白已经干了半天活了，必须抓紧时间了。吃完晚饭，意识到可以双手敲键盘，熬夜写论文了。在没有多少思路的时间里，一天这三顿饭的确是人生唯一的盼头。写不下去的时候，这三顿饭是可以放松的借口，也是调剂的方式。论文写得顺手时，这三顿饭便是偷闲，食而不知其味。吃饭可以是大事，也可以完全忽略不计。这要看自己当时写作的状态而定。

吃完中饭，燕晓云的例行功课是刷牙。燕晓云一天必须刷三次牙，她的牙时常疼得她咬牙切齿，一个劲地嘘气。吃完饭，燕晓云在水房刷牙，李枫如时常站在旁边，一边漱口一边说，牙刷得太勤，也不好。燕晓云满嘴泡沫，说自己是四环素牙。李枫如咧嘴一笑，露出耀眼的白牙，摇摆着一头长发，啃上一口刚洗好的西红柿，"牙好就是好。"

晚餐时，李枫如和燕晓云坐在老地方喝粥，前面一年级的男生正在谈论属于入学初期的话题，一个长满青春痘的小男生扬言，女人念个本科毕业就足够了，既能出来交际，又能找一份职业，再不成找一个老公，衣食无虞地相夫教子。此君颇有当年高仓健的风头。接下来的一个男生，使劲地盯着依然貌美的李枫如，秋波像放电一样明目张胆地传递过来。这家伙说，"一个劲地念书，还念到博士，简直是对女性莫大的摧残。更可恨的是，十个女博士九个自命不凡。"坐在一起的高仓健，适时地插上了一句，"就让她们自虐性地读书写文章，根本用不着男博士去怜香惜玉。"燕晓云瞪了高仓健一眼，李枫如很和蔼地对放电的男生笑了笑，走出了餐厅。

十一

离开老公的呵护，燕晓云独自一人漫步在北京的大街小巷，视觉上最受刺激的莫过于恋人间大庭广众下的拥抱，很让人嫉妒，又很美。看到他们的搂抱，燕晓云无法克制自己对老公臂膀的思念，心中隐隐作痛。十年前，月夜的法国梧桐树下，燕晓云偎依在石尔仑的胸前，石尔仑光洁的下巴，年轻得发亮。她最喜欢双手插进他的夹克里，从衣服里面用双手抱紧他的脖子。石尔仑搂着她的纤腰，在燕晓云的脸上印上无数的吻。

走在教室的楼梯口，燕晓云又闻到久违的气息，人的气味和教室浑浊的空气味。无论念到什么阶段，硕士博士也罢，男生的个人卫生照例是个问题。上大课时，教室里冲天的人味熏得她几乎闻味而逃，或许就是所谓的人气冲天。现在时髦高学历，硕士博士的人气的确可以冲坏人。十年前燕晓云喜欢这种味道，她的老公石尔仑就是带着这种味道，向她走过来。年轻处男的体味即便是脏点，也脏得新鲜有趣，是一种野生动物和植物混合的味道，生硬而柔软。每次和他在一起，燕晓云喜欢把头伸进他的怀里，仔细品味和自己完全不同的气味。燕晓云沉迷石尔仑的体味的时候，远远早于《味道》那首歌出现。

在一个高大英俊的男子的怀抱中，享受青春的万种风情。同样，处女的体香让石尔仑经常拥她入怀，享受软玉温香。十年后的今天，燕晓云仍旧感觉到自己情窦初开的声音，在江南的春天开出粉色的年华。原本平常不过的恋爱，在夫妻的分别中，发酵成一杯张裕干红，加上想象的雪碧，幻化成粉红色的液体，流淌在步入中年的路上。

六年没有住过寝室，燕晓云最大的问题是失眠。换床失眠，换寝室失眠，和新的女生共处一室也会失眠。燕晓云习惯了躺在老公的胳膊上，安心地睡去，不做任何梦。夜里一伸手，就能摸到他可靠的身体。一个人睡在宿舍的单人床上，失眠成了每天的必修课。燕晓云在床上翻来覆去，因为找不到老公的肩膀，总是找不到舒适的睡觉姿势。

在黑暗中，燕晓云想起自己喜欢裹被子，经常一觉醒来，发现老公被晾在被子外面，一副呼呼大睡的酣态。就在燕晓云悄悄地给他盖上被子时，他就会紧紧搂着她的脖子，让她睡在他的怀里。老公说，和她在一起自己的瞌睡特别大，燕晓云就是他的瞌睡虫。石尔仑说和燕晓云这种生活懒散的家伙在一起，养成了睡懒觉的恶习。燕晓云说清者自清，浊者自浊，不要在别人身上找原因。

老公每天上班之前，会无数次地喊燕晓云起床。燕晓云可怜兮兮地请求，让我再眯一会儿吧。老公无数次地抱怨自己独自吃早餐，每次在抱怨的情绪中，吃完了两个鸡蛋。燕晓云知道，他会到卧室里来，在自己的脸上使劲地亲一下，才去上班。燕晓云很满足地睡在被窝里，体会着小小放纵的甜蜜。

　　在学院的食堂里，燕晓云形单影只，寂寞地进早餐。她一边恶狠狠地咽下不爱吃的馒头，一边痛恨自己爱睡懒觉的恶习。它让她错过了多少二人世界的好时光！初到学院的一个月里，燕晓云会熬上几天才睡一个好觉。五月里有两个星期，娴去外地，蓝今今让燕晓云和自己做伴，她们的寝室在楼道的最里面，担心一个人睡觉不安全。小姑娘的睡眠真让人羡慕，婴儿般的睡眠，甜蜜安详，这也算单身的好处之一吧。

　　成家之后，双宿双飞的幸福来得太容易，往往让人不珍惜共处的时光。平淡的一日三餐，打发了光阴，也打发了感情。男人行动上的见异思迁，比不上知识女性对柴米油盐的厌倦来得快。结婚三年之后，燕晓云沉浸在厌倦家务琐事的情绪中，怀疑老公对自己的爱，也怀疑自己对他的爱。一天吃饭的时候，老公对燕晓云说，他一下班就急着往家赶，在外面心情不好，只要见到老婆就烟消云散。石尔仑问燕晓云，自己仍然保持对老婆持久的兴趣，是不是有问题。

　　老公的话似乎从口头上证明，老公爱燕晓云甚于燕晓云爱他。现实中的聪明女人，总是找一个爱自己的人，而不是找一个不爱自己自己却爱的人。现在想来，燕晓云在嫁给石尔仑的时候很快乐，却不知爱为何物。燕晓云总是警告自己，夫妻感情太好，往往不得善终，难得白头偕老。燕晓云在对老公激情澎湃的时刻，也忘不了温柔敦厚的古训，嘴上教导老公万勿轻薄佳人，心里告诫自己，爱如佛家的禅，不可说不可说。

　　能够爱人的人是幸福的，不能爱人的人是不幸的。女人有女人的心思，尽管爱一个男人，那个男人也爱自己，却从不轻言爱情。既然已经死心塌地地嫁了人，一旦说出口，就像失了贤淑的内蕴，又像泄露了死心塌地的心思，让老公从此高枕无忧。嫁了人的女人，多安于黄脸婆的地位，在操持家务养孩子的琐碎中，爱成为劳动的动力，激情也在劳动中渐渐消失。

在京城的公共汽车上，经常看到站台上相拥的爱侣，向路人展示他们如火如荼的爱情。此刻，燕晓云才惊觉自己失去多少示爱的好时光。中国人最不擅长拥抱，搂搂抱抱总是不大雅观。在家里时，燕晓云常在老公的拥抱中，挣脱出来，给他一小拳，算是小小的惩罚。在和老公的离别中，燕晓云总算看清了自己是个什么样的女人。她总是在接受老公的示爱，从未轻言爱字，她是否真的很自私，害怕过多的爱会淹没他们的婚姻，不能白头偕老。她私下里害怕，爱得越深，受的伤害就越深。女人，你的名字的确是弱者，是不敢面对现实的自私的小女人。当你爱一个人的时候，就在那一刻，抓紧说出来，否则，否则会永远地失去机会。燕晓云在步入中年的离别中，欣赏起如火如荼的爱情。但是，她心里很明白，回到一日三餐的匹夫匹妇，她依然会是个温良的小女子，成不了浪漫故事中的主角。

世界上有两种女人，一种女人喜欢做演员，上演几部悲喜剧，才觉得生活得过瘾，没有白活一回。一种女人喜欢做观众，只要看故事过瘾就很满足，她们认为没有多少故事的女人更幸福。燕晓云不幸是后一种女人，就是当年在安南大轰轰烈烈的恋爱，也只剩下对石尔仑两只胳膊的回忆。燕晓云是一个习惯于化神奇于腐朽的女人。燕晓云很难记住老公的甜言蜜语，却能在三十分钟内满足他肠胃的需要，做出一顿美味佳肴。神奇的爱情在燕晓云的想象中，扇着两只天使的翅膀，而她很清楚自己是在人间。

十二

对老公的思念，让燕晓云回忆起自己的花样年华。在生活趣味逐渐丧失的蒸发过程中，燕晓云可以聊以自慰的是，自己的青春并未虚度。燕晓云打电话向老公诉说自己的相思之苦。一边流泪，一边要他过来看自己，否则，她就跳上火车回家。燕晓云觉得自己是给自己找罪受，跑到京城念什么破博士。

燕晓云是个对环境特别敏感的人，南方的水土养了她三十年，柔软细腻的燕晓云，时刻怀念柔软细腻的水。学院一星期只能洗三次澡，往往脏的时候赶不上洗澡。洗澡时要克服长期独处的习惯，用蓝今今的话说，这叫共浴。北方的气候太干燥，共浴完了之后，她的皮肤会奇痒无比。她说自己觉得这里的生活很无聊，没有自己的空间，想洗澡的时候，不能洗澡。天天像中学生一样写家庭作业，担心老师上课提问，害怕给老师打电话。老公说，燕晓云你不要如此灰心丧气，最起码你把自己嫁出去了，给自己找了一个老公。他说女人总是在不适当的时间不适当的地点做不适当的事情。小女子总是抓住次要矛盾，放弃主要矛盾。燕晓云是该恋爱的季节老是想着如何做个女学者，已经做了女学者，又要回过头来做家庭主妇。真的做了家庭主妇又一辈子不会快乐。燕晓云无话可说，就耍起女人的小脾气。做女人总是有无理取闹的权利，在自己所爱的人面前，胡搅蛮缠的确是女人独有的乐趣。燕晓云说就是他让自己变成现在这个样子，经常和她大谈女性精神上的独立，又不让她自己单独干任何事情。正是对他的过度依赖，才造成自己在学院寝食难安，他要负主要责任。老爸、老妈、老弟也要负一部分责任。

刚来读书的那段时间，人生地不熟，精神本来就紧张，还有一帮人时时给燕晓云打电话，不是担心她坐错车，就是怀疑她外出后，回不了学院。弄得燕晓云成天紧张兮兮的，觉得自己真的会把自己给弄丢了。燕晓云想到自己也是三十岁的人了，好歹也念到博士了，竟然被家人如此看轻。气愤之余，关了手机。这下可好了，两天没有人打扰。第三天，老弟特地从城东的大学城跑到城西的学院，看看燕晓云是否还活着。

这次外出念书，燕晓云彻底明白了一件事，自己彻头彻尾是个弱智。别看在家里老公宠着，老爸老妈欣赏着，老弟引以为自豪。说白了，因为燕晓云除了念书和做家务，其他什么都不会。老公娶了一个上得厅堂下得厨房的老婆，老婆又对家庭生活如此热爱，当然求之不得。父母有一个高学历的女儿，又长得如花似玉，能不乐吗。老弟有一个嘘寒问暖的好姐姐，就是不大认识路，一出门就晕头转向，又有什么。如此看来，自己的确很差。燕晓云经常在打电话时，把思念的主题变质成发牢骚，老公说，这从另一个方面证明燕晓云的确需要在逆境中锻炼。

在饭厅的喧闹声中，燕晓云咽下因思念而无味的饭菜，没有了老公的餐桌，饭菜飘着陌生的香味，男男女女熟悉和不熟悉的人，都拼命地压下真实的思想，在同一个空间，无思想地进食。饮食变成了进食，没有感情的饭菜，就像没有灵魂的肉体一样乏味。做菜是需要灵气的，冰雪聪明的美女做出来的菜，既好看又好吃。厨房的大师傅应该归为粗陋的莽汉，他们做出来的饭菜，粗犷有余但精细不足，当然难以下咽。这些饭菜偏偏喂养了思想精致、感觉细腻的知识阶层。

知识分子最依赖食堂，省时省事，就是要牺牲一下自己的味觉。他们在食堂饭菜的喂养下，味觉渐渐钝化，生活感受也日渐钝化。这似乎算是一个深刻的悖论。康德老爷子因为厌恶教堂的钟声，时常在他的大作中信笔写上几句对基督教不以为然的话。学者味觉钝化，认为饮食男女可有可无，有些轻物质重精神的倾向在所难免。自己物质生活粗糙，当然受不了别人生活的精致舒服，中国的君子固穷，中国的穷酸文人哭穷，更喜欢在作品中同情比自己更穷的人，展示自己的公正，批判社会的不公正。今天现实中的中国知识分子，明白了哭穷的可笑，君子固穷的酸臭，都奔着赚钱的经济法律去了。剩下固守文史哲的家伙们，没有了固穷的勇气，更少了哭穷的胆识。

文史哲专业的女博士、女硕士日渐增多。男人都去挣钱了，没有物质哪来精神？小女子闲来无事，钻钻故纸堆，弄弄文学，既显出男女的平等，更表明社会的进步。据说一个社会人的素质的提高，最终决定于女性。高知的母亲才能培养出高智商的孩子。作为女性，当学习成为生活习惯，学者成为生存方式，片面深刻的人生培养出怎样的人生品位，实在是个大问题。自己都不会生活的人，还能让孩子生活得生机盎然？

十三

今天上午是文学讲座课，李丝可穿着一条黑色的露肩连衣裙，飘然走在去教室的路上。纤细的脖子和锁骨闪出迷人的曲线，脸白得有些晃眼。教学楼前站着一个穿黑衣的中年男子，戴着墨镜，正转过身来。看到李丝可古典而性感的影子，他无法不定住自己的目光。

李丝可知道他在仔细地打量自己，是她喜欢的那种男人，清瘦修长，带一点欧式的忧郁和神经质。她似乎很高兴自己刚好从他身边走过，轻轻咬动自己的嘴唇，目光却投向前方的教学楼。中年男子在身后尽情地欣赏她，跟在她身后，几乎同时登上了四楼的楼梯。在楼梯口，他并没有像 CEO 们打量货物一样打量她，没有恶狼扑食的眼神，移开自己的目光，非常绅士地让她先进楼道。李丝可的长发抚摩着她裸露的肩膀，她能够感觉到一种不带肉欲的欣赏，一丝快意随着长发的飘动四处溢散，她很愉快。她愿意接受这种目光的抚摩，希望自己曾经是在这种目光的沐浴中成长为女人。

陆陆续续来的几乎都是女生，男生大多去看世界杯足球赛了，世上似乎就剩下这么点让人兴奋的事。即使没有球赛，男生也大多不知去向，只有三五个献身文学的男生镇定自若，似乎不知道正在进行的 WTO。这学期的文学讲座已经演变成了文化讲座，文学教授言必文化、全球化。据悉，其他讲座的老师也是言必全球化，全球化语境下的法律，全球化背景下的新闻，全球化条件下的经济——当然，文学的全球化带有更多的差异性。中国文学系的教授们大多对全球化欢欣鼓舞，拍手称快，要尽快地进入国际化运作，好让中国文学屹立于世界文学之林。外国文学系的教授们大多忧心忡忡，早已领教了外国人的专断，中国人拿什么和洋人对话？大有当年学衡派和现代派论战的势头。

李丝可在教室的后面挑了一个座位，坐了下来。黑衣的中年男子竟然是今天讲座的老师。原来此人就是林清旋，法国文学研究专家。

他坐下来说我们开始聊聊法国文学吧。他说自己讲座的题目是全球化与法国文学研究，其实有无全球化，并不重要，加上这样的头衔，是为吸引更多的听众，看来系里的这个策略并不是很有效。

李丝可能够感到他的失望，她能够体验到这种深深的失望，她已经连续喝了五口水了。李丝可的同情心程度和喝水的次数成正比，每次上课她都要带上一杯水，在瞌睡或者是无聊的时候喝上几口。文学课上坐着几乎清一色的女生，这个世界的男人越来越乏味。没有文学和艺术的男人，没有文学和艺术的世界。她坐在教室里听讲座，开讲座的大多是男教授。二十年之后，还能开这样纯文学的讲座大可怀疑。男生们迫于生计无暇顾及文学，女人们的文学研究又能走多远？林清旋已经从巴尔扎克讲到普鲁斯特了，普鲁斯特的小玛德来娜点心让李丝可记起童年的油炸米饺，这种油炸米饺在童年的记忆中占据崇高地位，是她小学同学的父母炸制的，由此小学的那名男同学永远载入李丝可的记忆。凭借这种米饺，她得以确定自己童年美食的滋味。现在食堂的一日三餐，饮食粗劣，简直可鄙！没有简单而精致的食物，人何以称为人？麦当劳的快餐文化让一整代人丧失了中国人的味觉，还将子孙后代长期地丧失下去。林清旋要大家警惕文化快餐的侵蚀，让在座的各位尽量保留中国传统文化的血脉。

林清旋的讲座似乎心不在焉，讲话时断时续，只是讲到具体作品时，才神采飞扬，像新锐学者的派头。他一眼望去，现在的女生毕竟开放了许多，穿着色彩很鲜艳的衣裙，大多化了一点淡妆，前卫的女孩还穿着吊带背心。眼前春色可谓是一览无余，林清旋的眼睛有点晃，颇有些心虚。他发现了端坐在下面听讲座的李丝可，偶尔用一丝目光扫射过来，带着宽容的不确定。他有四十岁，看上去像三十岁，神情还带有青春期的某种迷蒙和困惑，她喜欢这种眼神。他的讲座不是很精彩，女生们还是很有耐心地听完了，报以不算热烈的掌声。

讲座结束之后，李丝可依然像往常一样悄悄地离开教室。几个外国文学所的女生围在林清旋的身边，叽叽喳喳地下了楼。到了学院的门口，她们和林清旋说再见，林清旋也和她们说再见。李丝可听出了他声音中的孤独，李丝可的背影透出无限的同情。她并没有回头去看他。在她的想象中，林清旋打了一辆富康车，钻到车厢的时候，他回味清晨学院里飘过的黑衣的影子。他愿意和黑衣的影子保持一种暧昧而单纯的交流。

北方的热是一种燥热，它很难让一个南方人出汗，却让人出火。李丝可在寝室里用凉毛巾擦身体，她整天觉得自己的皮肤在冒火，有一簇簇小小的火苗在皮肤下暗暗地燃烧。李丝可身材娇小玲珑，像一条无声的银鱼。她的臀部在光线中划出圆润的弧度，随即就消失在粉红色的睡裙中。她用湿毛巾擦完了之后，皮肤照例会紧绷得难受，她坐在床上，细心地往身上涂一种植物精华素，她微微侧着身体，伸开两只腿，在大腿和臀部细细地揉搓，接着是胸部颇为瞩目的双乳，她有一丝不确定的羞赧，最终双乳的美占了上风，她非常坚定地在上面涂上厚厚的一层，非常快意地抹开。接下来是后背和两条胳膊，她的胳膊较短，很难抹到后背的某些部位，只好草草了事。寝室里弥散着一种野生花草的气味，一时间，空气里呈现出轻微的震动，像童年时在溪水中被游鱼碰到了脚尖的轻痒。李丝可有时到浴室里去洗，到了浴室，李丝可太娇小，往往会被身材高挑的女孩比下去，很难一眼发现站在莲蓬头下的李丝可，她的身体没有在寝室里那样触目。浴室里的水温吞吞的，也没法痛痛快快地出汗。再没有了大汗淋漓的快意，只有温温吞吞地熬着。李丝可无法不怀念南方的湿热，甚至梅雨天的霉味。

十四

六月的清晨在酷热和噪音中又一次醒来，不知道活着究竟是为了什么。

李丝可有清晨打水的习惯，在清晨六点钟的时候，惯于晚睡晚起的博士生们大多还在被窝里，写自己的博士论文呢。只有在别人深沉的睡眠中，她才能感觉到一种彻底的放松。她拎着灌满了水的暖瓶，无精打采地走着。这时，她发现自己竟然穿了一双高跟鞋，她在心里嘲笑自己，穿高跟鞋到底美多少？可是她喜欢，她就是不能忍受穿拖鞋的家伙，除非是在家里，或寝室里。她知道这种无人状态下的顾影自怜是可笑的，女人的自怨自艾是自恋的。没有人会为她提水瓶，同样没有人会告诉她该不该穿高跟鞋。她在柔弱无助的自怜中更加楚楚动人。她大可以在无人的情境中，从容地发泄一下自己的情绪。

李丝可几乎一夜未睡，迷迷糊糊地在燥热中，拎着瓶去开水房。下楼时，一个中年男子忧郁的神情和少女灿烂的微笑不期而遇，一种特别的气息，伴随着垃圾通道的怪味，刺激着平淡的清晨。他和她迷恋这种相视一笑的惊心动魄。他可以想象到她拥挤的学生寝室，照例是女生那种温馨的凌乱，硕大的玩具熊、玩具狗、流氓兔之类的东西，占了三分之一的床，在这样的夏天，她们还会和宠物用目光交流对热的感受。室友睡在她的对面，在熄灯之后，两人会很无聊地说上几句说了无数次的话。然后，在倾听水房的抽水声中，很安心地睡去。

她知道他在狭小的学生宿舍感到非常放松，又回到了学生时代，坐在简陋的书桌前，头顶上是昏暗的日光灯。这些和二十年前一样，那时的灯光却比现在要明亮得多。那时寝室里还住着风流倜傥的同屋，这家伙作为现代文学研究专家，正在哥伦比亚大学做客座教授。他和他在熄灯之后，从来听不到水房的抽水声，在激烈的争辩中，他们都以为明天会有无限的不同。他们开创了学院傍晚锻炼的优良传统，白天对身体进行一个小时的高强度锻炼，晚上对大脑进行六个小时的锻炼。没有女人的男人也可以睡得很安心。

在交际中心的食堂，李丝可总能听到有关林清旋的事。他到学院来是为了突击完成一部翻译著作，据说是国家级课题。今年是"雨果年"，好像是有关雨果的研究论文集。李丝可修的二外刚好是法语，她喜欢法语，法国人优雅浪漫，法国喜剧片轻松愉悦，令人忍俊不禁。下午上完法语课，她来到法语老师的办公室交法语作业，法语老师不在，林清旋刚好坐在办公室的电脑前。李丝可无法不和眼前的林老师说了声你好！林老师也说你好！李丝可说自己来交家庭作业，林老师说就放在那里吧。他和她的默契就在这一刹那土崩瓦解，她是她，一个无趣的学生，他是他，一个无趣的老师。像所有老师和学生的关系一样，沉闷而程式化。李丝可能感觉到彼此的失望和哀伤。她转身走出办公室，没有说再见。

十五

　　学院的晚餐依然很热闹，大锅饭菜无法满足味蕾，却足以果腹。共同进食，缩短了距离，增进了感情，可谓是有益身心的社交方式。食堂是学院的社交场所，不亚于大使馆的宴会厅。午时，蓝今今和娴端坐在餐桌边，娴照例是一两稀饭，两个包子。蓝今今非米饭不食，正在对付着饭盒里的辣子鸡丁。饭厅也算是带风景的房间，蓝今今身高一米五五，自诩法国娇小人种，娇小的结果，排队买饭时，有幸观赏前面一溜的后脑勺，无聊地研究了一段时间，得出的结论很悲观。老而脏的男生的后脑勺，一半已谢顶，或是地方支援中央，几根细长的头发越过光亮的秃顶，或是四周已成不毛之地，仅剩一绿洲，头顶几根黑里杂白的头发依然长势生猛。剩下的一半后脑勺，三分之一有渐秃之势，余下的三分之二，大多乱发丛生，头油和体味飘散在面前，让蓝今今时刻保持一定的距离。

　　偶尔前面出现一长发美男，一长发美女，蓝今今会惊艳一番，向娴频频示意。娴是一个光彩夺目的屏障，在娴的身边，蓝今今充分享受别人眼角余光下的宽松。通常为了体现高知阶层的高素质，学院饭厅里有热闹的气氛，却无大声的喧哗。蓝今今和娴依然坐在第三排左边的第一张桌子，观赏别人的进食动作。不一会儿，如花、燕晓云和李枫如一个个坐下来，围在餐桌边，弄得济济一堂。姐妹们晚餐买好饭菜，第一要找到党组织，站稳根据地，否则会食不甘味。

　　饭后散步依然是娴的老习惯，蓝今今和娴漫步在学院的小操场上，操场属微缩型，麻雀虽小，五脏俱全。半个足球场只有篮球场大小，一个球门前聚集了一帮"重球轻色"的男生，朝六晚五，不聚不散，十一个人在一个球门前追着一只足球，不时还会有一个中性打扮的女生，从众多男生中冲杀过来，凌空一脚，球径直进了球门。篮球场上多是扔球的傻大个，似乎学院的高个都集中在篮球场上。出了篮球场，在研究生院出入的男生，身高和学历成反比，这是研究生院女生公认的定理。

娴和蓝今今仍然按着平日的轨道绕圈，蓝今今又一次说，绕圈散步像两只驴，娴说像两只狗。蓝今今忍不住，又又一次说，放眼望去，篮球场上抱着篮球，上窜下跳的男生像猴子，小足球场上十一个人追求一个球的疯狂，不亚于十一只特立独行的猪。娴第N次平静地说，在动物园里，各种动物分开吃喝拉撒睡，在学院，各种人却要和睦杂居。娴今天穿着淡紫色的网球裙，蓝今今依然狐假虎威地跟着，忝列在美女身边。娴是主菜，姿色平平的蓝今今只能算是调料！蓝今今说，学院里的人，每天除了动物性的吃喝拉撒睡之外，剩下的时间都在进行所谓的精神体操，娴说学习机器就是学习机器，具备机器的一切刻板单调之外，一无是处。她们散步的态度异常严肃，关系到学业的大问题。一个小时的散步，算是锻炼身体的一部分，类似于犯人放风，动物吃饱喝足后的溜达。没有强健的体魄，学习机器也无法正常运转。

记得马克思曾经在大英博物馆有一个固定的座位，他老人家长期坐在那里，脚下磨出两个深深的坑，算是用功的见证。燕晓云和蓝今今每天忙着上自习，也很有希望在学院的教室里留下四个坑。吃过晚饭，燕晓云袅袅婷婷地出现在蓝今今的面前，齐耳的短发颇有五四新青年的气息。她身上弥漫着一种素净的气味，一如斜挎在身上的棉布包。两人六点准时从寝室出发，各自捧着一个茶杯，从宿舍到教学楼上也就二十九步的路程，蓝今今背着一个硕大的旅行背包，据说存放着数十本海德格尔的著作，一颠一颠地跟在燕晓云的身边。燕晓云的嗅觉非常灵敏，对教室四周的气味特别敏感，她比较了很多教室，发现505教室的空气最好，而且没有洗手间的怪味。蓝今今对教室的安静程度别有会心，认准了406教室，离水房楼梯口远，最安静。两人一致认为一楼的教室最差，一股洗手间的怪味充斥楼道，时不时有几只饱学的苍蝇，被知识冲昏了头脑，来回乱撞。二楼的教室固然不错,可惜时常被成双成对的小硕士们占领,在喁喁私语的情境中,大脑难免迷糊,情绪大受影响,最后只好夹起书本,落荒而逃。

十六

周一晚上,蓝今今气急败坏地回到寝室,嘴里说实在太过分了。李丝可说,遇到谈情说爱,受刺激了?蓝今今说,比这个更恶劣。一男生坐在蓝今今小姐的前面,旁若无人,念了一个小时的英语。蓝今今小姐敲了三次桌子,咳嗽了五次,男生浑然不觉,还喝了一杯水,继续学习。蓝今今最终敢怒不敢言,一腔怒火,逃回寝室。蓝今今说,自己今天晚上算是完了。李丝可建议在寝室学习,或是找别的教室。蓝今今说,自己挪地就学不下去。这时,燕晓云穿着睡衣,抱着老公送的粉色流氓兔,晃晃悠悠地走了进来。李丝可说,真奇怪,周一怎么变得跟周末似的。燕晓云说,自己的遭遇实在可怕,505教室,一个三十多岁的老博士,肥胖且臃肿,端坐第一排中间的座位,看书极为投入,长吁短叹,一幅哲人相。大家侧目以对,此君浑然不觉,依然故我。折腾了一个小时,大概是累了,坐着打起了瞌睡,教室里片刻间响起了时断时续的呼噜声。教室里原本有十个人在快乐自习,一个接着一个离开,燕晓云是最后一个离开的同志,那位老兄依旧酣然高卧。李丝可说,诸位实在有涵养,让这家伙在教室里如此存在,真是岂有此理!中国人的忍耐力世界一流。燕晓云说,大家就都忍着,担心说出来,自己显得没有涵养。李丝可说,什么逻辑,这样的涵养要得?有这样涵养的学者做出的学问要得?

蓝今今和燕晓云无话可说,闷坐在床上。李丝可开始笑吟吟地说自己的事。李丝可说,自己吃完饭,在水池边洗饭盆,一瘦小男博士站在一边,突然间,他说起话来了!问李丝可是不是这个学院的学生。李丝可没搭理他,他又问了一遍。李丝可这才发现是问自己。这家伙指着李丝可手中的饭碗,说不要将饭粒倒在水槽里,会堵塞下水道。李丝可看着倒在水槽里的几粒白米饭，不知所措。这个家伙不依不饶，接着问李丝可，"你知道了吗？"李丝可白了他几眼，他仍然坚持问了两遍，"你知道了吗？"看到左右洗碗同学诧异的眼神，李丝可自己也莫名其妙，似乎真的做错了什么事，只好咬着牙根说："我知道了。"李丝可自打高中毕业之后，父母老师就再没有教训过自己，现在却被不相干的人用不成理由的理由教训了一顿。李丝可怒火满腔，又不便在大庭广众之下发作，实在郁闷不已。回到寝室，关上门窗，大喊了几句"想当年桃花马上，威风凛凛，敌血飞溅石榴裙"，叫了几嗓子《穆桂英挂帅》才算出了一口气。蓝今今说，李丝可当时大可和他理论，几粒饭怎么会堵塞下水道？李丝可说看到那家伙的眼神，就不敢和他理论，此人眼神直且狠，显然是偏执狂妄之徒。这家伙大声嚷嚷，弄得众人皆知，难堪的还是自己。燕晓云说，这家伙说不定是想和李丝可说上话。蓝今今说，有这样引起注意的吗？八成是心理变态。蓝今今说，上法语课的女孩中颇有几个美人，下课时，楼道里就挤满了高谈阔论的男博士，这种卖弄还可以理解。没见过用教训女同学的方式引起对方注意的男生，典型的心理变态。

　　李丝可说，自己在寝室里想了数种报复的方法，每一种真的做起来都很解恨，也很变态。比如和这个男生打上一架，当然，为了避免自己的绣拳接触到这个家伙，最好用一根扁担，左右开攻，打得他皮开肉绽，血溅自己的石榴裙。如此一来，最直接的后果就是：自己成为学院一个月的中心话题，整日生活在众目睽睽之下。要一时解气？还是要自由的生存空间？郁闷了一个小时之后，只得坐在书桌前，继续写自己的毕业论文。蓝今今和燕晓云非常同情李丝可的遭遇，一致安慰李丝可，最后想到一个办法，让人高马大的高仓健好好教训这个家伙。李丝可说算了吧，本来没有什么事，一旦较起真来，仿佛真有什么似的，何必庸人自扰？蓝今今和燕晓云同时说，此种涵养要得？有此种涵养的学者做的学问要得？

　　星期六的早上，秋日的阳光，很温柔，抚摩着蓝今今和蓝今今心爱的靠枕。蓝今今躺在床上，像一只穴居的蜗牛。手里捧着西洋油画史，中世纪宗教题材，拉斐尔的圣母安慰着处女的心灵。妇女和孩子圣洁的目光，令人心驰神往。蓝今今翻动着画册，向娴唠叨着灵魂的平静状态，"真的，很安稳很洁净。"

娴正在整理去鲁迅故居调研的资料，一双纤手在键盘上轻舞。她说蓝今今处在信仰匮乏期，该找一个结婚对象了。蓝今今说自己还没有品尝醇酒般的爱情，没有发昏般地爱上某人，怎么能轻言婚嫁？娴说，当一个女孩拼命想发昏的时候，她偏偏不可能发昏。少女时代觉得自己聪明绝顶，才会为爱发狂。尽管，别人认定她糊涂透顶。她自以为是，特立独行。青春的美丽绽放在愚蠢的行径中！女人的美表现在女人式的愚蠢中。现在，蓝今今小姐的智力水平和男人相当，爱上一个男人可没那么容易。

蓝今今说，娴，你是否应了《红楼梦》中的一句话，是翻过跟头的，有这样一套叫天下女人丧气的理论。美丽的女人是愚蠢的，聪明的女人是无爱的，既丑陋又愚笨的女人还能活下去吗？偏偏世上活得最滋润的是蠢女人。无论美丑，在男人眼里，女人往往因为愚蠢而可爱。娴说这是因为男人的聪明有限得很。

娴令蓝今今回顾了一下历史，自己短暂的人生历程平淡无奇。当然，每个人生阶段，免不了有几个暗恋的对象。细想起来，初中高中时，是班上的学习委员班长之类。蓝今今发乎情止乎礼，每天看上对方一眼就很满足。大学研究生时，暗恋的对象升级为年轻有为的学者，经常在听课听讲座时，睁着色眯眯的小眼睛，览尽眼前春色，一厢情愿地觉出讲台上的微笑，有几分暧昧的针对性。在和暗恋对象的毫无瓜葛中，体味到一丝幽静的甜蜜。一年半载听上暗恋对象的几场讲座，也就知足了。何况几个暗恋对象同时存在，没有此位的讲座还可以去看彼位的文章。一开始的心情，就像她妈盼望春节联欢晚会，珍惜一年一次群星荟萃央视的盛况，唯恐错过一次机会。现在已经从绚烂转归平淡，现在的蓝今今，没有谈过情说过爱，却有种阅人无数的感觉，普天下男人不过如此，都是尔尔。

娴建议蓝今今看一些韩剧日剧青春偶像片，增加对男人的好感。现实中的男人长相好的原本就很少，又是俗事缠身，免不了蝇营狗苟，狼狈度日。呈现在世间女子面前的是一副酒肉心肠的臭皮囊。青春偶像多是富家公子，或是风流倜傥的成功人士，最可贵之处在于他们恋爱至上，有的是时间和金钱谈爱情。女人只有相信男人会给自己带来幸福，才会感觉到幸福，才能找到幸福。尼采宣称上帝死了，人类失去了信仰的拐杖。蓝今今宣称好男人死了，女人就失去了幸福的天堂。蓝今今说，自己这样的人是否不正常？娴说蓝今今是过于正常，身心健康，头脑清楚，欲望适度。尤其是对生存的欲望，还停留在启蒙时代理性科学民主的层面，这叫无欲而刚。娴说蓝今今是个古典主义的处女，硕果仅存。一块高纯度的金子，遗憾！竟然没有人发现。

蓝今今喜欢娴和她的冷嘲热讽，这个世界还存在有趣的人和有趣的话。娴要蓝今今进入恋爱季节，否则会变成嫁不出去的老处女。蓝今今说，娴你自己的终身大事什么时候办？娴说她相信爱情，正在等待爱的降临。娴是个既美丽又聪明的女孩，至今形单影只，有点说不过去。和她比较起来，蓝今今只不过是个小家碧玉，中人之姿，无须太悲观。最起码蓝今今没有娴漂亮，嫁不到丈夫情有可原。

十七

星期六的晚上，蓝今今又一次坐在教室里，翻开西方哲学史。现代性的理论让蓝今今两眼散发出理性的光芒，正如五四时代小脚女人对于科学民主的震惊。后结构主义让她目光涣散，瓦解了自己对于世界的清晰判断。在忽冷忽热的练功状态中，蓝今今怀疑自己是否会走火入魔。

蓝今今坐在二十个人的小教室里，面前是多媒体的显示屏幕，下午刚刚举行过关于全球化理论的讲座。空调呼呼地发出现代性的噪音，吐出人造的清凉。她从书中收回视线之后，发现前面坐着体格健壮的高仓健。高仓健穿着篮球背心和大短裤，板寸上的汗珠时隐时现。篮球场上的高仓健很错位地坐在这里，阻挡着她的视线。高仓健的身上散发出运动男生强烈的体味，世俗化的快乐从他的后背一阵阵袭来，蓝今今觉出几分"花气袭人知骤暖"的意思，不禁使劲用鼻子闻了闻。

蓝今今的小手柔软多肉，也是她时常妄自菲薄的原因之一，没有娴如凝脂般的柔荑，实在是一件憾事。想到凝脂就是猪油，蓝今今才会不羡慕娴的双手。她用自己的胖手在A4纸上画了三个圈，分别代表基督教、佛教和道教。她信手在纸上涂抹着，试图进入三个圆圈中的一个。理论芜杂纷乱，面目不清，实在是无法理论。信仰是一个人的事，自己总可以决定。蓝今今要找到真正的信仰，心灵的拐杖。她认真考虑过许多种宗教，佛教经常用地狱吓唬人，蓝今今对大雄宝殿有阴森恐怖的印象，至今无法改观。道教清静无为，无法满足对知识天生的兴趣。基督教的洗礼、礼拜、婚礼仪式，有一种脱离尘世又满足自我的喜悦，似乎可以考虑。中国传统文化洗礼了蓝今今二十几年，她无法再变成假洋鬼子。或许，蓝今今结婚的时候，会选择在教堂举行婚礼。

没有信仰、没有男朋友的女孩，就像没有盐和糖的一盘凉拌菜。蓝今今不知道自己想要什么，不知道从什么地方获取更多的温暖。其实，从根本上讲，蓝今今从来没有感觉到寒冷。她最愿意去的地方是教室，寝室那张破旧的书桌是她的最爱。坐在教室里，蓝今今能找回自己，进入清醒的状态，世界变得清晰有条理。看书时，心口感到很温暖，她能感觉到许多和自己一样的人，在为同样的事苦恼，在为相同的东西振奋。蓝今今至今仍然保留着一些很可笑的想法，看到学院图书馆阅览室的灯光，似乎就看到自己的精神家园，上帝在那里，向她这个二十六岁的处女，频频呼唤。蓝今今知道这是危险的诱惑，让她终生陷入她的蛊惑中，去寻求所谓的真理。可是，环顾四周，巨型的商业广告，汹涌澎湃的车流人流，丝毫不能给自己温暖，甚至愉悦。仅仅为了心中那一丝温暖，蓝今今也像飞蛾扑火般冲向知识的海洋。

教室的空调温度突然变得很低，蓝今今感到很冷。她环顾四周，已经走了七八位老兄，教室里只剩下前面的高仓健，后面坐着一个穿夹克的男生。蓝今今最近和海德格尔亲密接触，每天六点到十点，和他老人家不见不散。读哲学书，最好先看哲学家的传记，再看哲学教授的讲义,最后去啃大块砖头。海德格尔尽管老了点,私生活平淡无奇,可他有深度,就有魅力。越是频繁约会,蓝今今就越是弄不懂老爷子的心思。和老海的亲密接触往往是"接而不密",相互之间无法表达最起码的愿望。老海的深沉被蓝今今的单纯化解于无形,翻到对于荷尔得林的诗性解读,蓝今今实在无法忍受教室里的超低温,看着前面高仓健的皮肤很平静,没有因为冷而起一层小小的鸡皮疙瘩,她很失望。蓝今今拎上自己的水杯,抱着一包书,退出了思想的战场。

她安慰自己,教室实在是太冷了,偶尔九点回宿舍,还是可以原谅的。在灯光昏暗的楼道,蓝今今碰上了两只肌肉发达的膀子,高仓健的声影从身边飘过,那个家伙每天将空调调到15度。

下自习回来,娴问蓝今今和老海的约会如何?"在与此在——我还是不在状态",蓝今今满脸愧疚,看着娴那张美丽的脸蛋,痛苦地意识到:约会失败意味着女性智力层面提升的无望。人,诗意的栖息地。女人又是诗意的发祥地。身为女人的本小姐无法参透栖息地的本真状态。或许是缺乏生活感悟,单纯平面的性格,幼稚简单的生活,就像二十六岁的处女一样令人感到羞愧。康德老爷子经常召开午餐会,了解民生疾苦,理论联系实际。蓝今今躺在床上,决定要轰轰烈烈地体验生活,从第一次恋爱开始?

十八

有时,蓝今今觉得自己的人生是用三顿饭来丈量的。早餐之前是全无创造的酣睡,死亡就是一种大酣睡;午饭之前是听各种课,读各种书,记录各种有用和无用的信息。像她这样,还妄想在古旧的线装书中翻出宋词的现代意蕴。午饭之后是知识阶层的午睡,为自己懒散松弛的生活找一个借口,小睡片刻为了下午更高效地学习和工作。整个下午的时间,在被睡眠腰斩之后,只有两个小时可以利用。四点整是学院公认的锻炼时间,在放松心情的同时,又增进了男女老博士的友谊。在这样一个热闹放松的时间里,学院洋溢着欢快与热闹,蓝今今和娴准时出现在操场上，打羽毛球。高仓健很神秘地约蓝今今到首都体育学院去跑步。蓝今今对此很费解。

看着篮球场上一跃而起，欢蹦乱跳的高仓健，蓝今今似乎闻到了浓重的汗味。不知道这家伙哪根神经出了问题。据说博士生里颇有精神不健全者，蓝今今觉得还是小心一点好。乘着傻大个捡球，蓝今今说，高仓健，有什么话大可在学院里面说，不必换场地。高仓健说想和蓝今今探讨文学问题，要选一个有个性的地方。蓝今今说，谈文学到故宫、颐和园，就是慕田峪、八达岭也比体院的操场强。高仓健说，蓝今今，徒步十公里到达首都体院，再一边跑步一边聊文学，既锻炼身体又增进友谊，是个挺不错的主意。我和你的第一次约会就这样有新意，就尝试一下吧。

到了周末，蓝今今断然拒绝去首都体院搞浪漫，她和娴一起去看电影。蓝今今对娴说，自己不是个重色轻友之辈，让傻大个一个人浪漫去吧。走十公里还叫浪漫约会，真是发神经。娴说傻大个没去跑步，来看电影了。看到他们来了，傻大个向娴招了招手。她们走了过去，高仓健指着自己座位旁边的两张报纸说，这是给二位小姐占的座位。娴拉着蓝今今坐了下来。蓝今今说，高仓健，你真是占位高手，无论时间地点，总能抢占有利地形。

高仓健一言不发，起身坐到蓝今今身边，看起他的法律书，不再理会蓝今今。晚上放的是《燃情岁月》，野性的美与野性的呼唤。蓝今今看电影很投入，考虑男主人公的处境，幻想自己是个纯情的印第安小女孩，同时，不忘记为父子兄弟情谊滴上几滴眼泪。每次淌眼泪，都让眼泪蓄满眼眶，假装揉眼睛，轻轻地擦掉，免得别人笑话自己。二十六岁的人在大庭广众之下这样做，算得上纯情？蓝今今无法控制自己。电影故事总是比现实生活精彩，蓝今今小姐激情的对象宁愿是虚幻的美丽，也不愿是真实的平庸。电影放完了，高仓健说下次一定带一包面巾纸。

接下来的几个周末，高仓健都提前替蓝今今和娴占了座位，蓝今今再也用不着提前一个小时到大教室占位子。娴从高仓健第三次给蓝今今占位开始，就坚持不去，娴说电灯泡需要在别的地方发光。

蓝今今坐在高仓健身边，形单影只，心里酸溜溜的。蓝今今在傻大个面前冒充淑女！任情嬉笑的好时光没有了。等待好电影的心情，被约会好坏的结果弄得支离破碎。没有了单纯看电影的乐趣，为了约会而看电影是对好电影的亵渎。和高仓健坐在一起，有些莫名的沮丧，蓝今今很难真正进入看电影的情绪。高仓健的正襟危坐让她十分紧张，偶尔射过来闪电的一瞥，刺得她心惊胆战，惶恐不已。

每次看完电影，高仓健都邀请蓝今今去小操场散步。他问她诸如苏东坡和苏轼是不是一个人之类的问题。他认为学文学的人，肯定会写作，问蓝今今有没有大作发表？蓝今今说研究文学的人不一定是作家，文学研究和文学写作是两码事。作家写作就像老母鸡下蛋，自己的活儿就是评价蛋的大小。蓝今今稍不留神，露出假淑女的马脚。

看着高仓健一脸的惊讶，蓝今今索性拿出平时的作风，大谈自己和海德格尔的约会。蓝今今说女孩子看哲学书，就有改变性别的强烈愿望，像人选择直立行走一样，重新选择生活方式。她坚持了许多年，一个人解决一个人的诸多问题。女性从来就没有站起来，挺直背走路，怎么可能真正理解大地？高仓健说徐静蕾的形象还不错，蓝今今的气质就像她的气质。蓝今今说自己不愿意别人把她和影星混为一谈。高仓健真会讨女孩欢心，以为说蓝今今像明星，她就乐不可支？用聪明女人的脑子想想，蓝今今像徐静蕾，而不是徐静蕾像蓝今今，如果沾沾自喜，岂不成了高仓健梦中情人的替代品。徐静蕾有徐静蕾的妙处，蓝今今有蓝今今的特色，在精神层面上，二者属可类比的人物吗？

高仓健说女人需要男人的保护，钱锺书说聪明的女人都会偷懒。蓝今今说女人偷懒是有条件的，漂亮女人的慵懒，像高贵的波斯猫，在主人面前用柔软的前爪洗猫脸。男人看美女，身心愉悦，饱眼福养眼。丑女没有偷懒的先天条件，自然不敢偷懒。高仓健说蓝今今有偷懒的权力。蓝今今说男人喜欢美女风情万种地偷懒，爱称她们是可爱的小傻瓜。没有多少思考能力的美女，的确好驾驭。男人最怕聪明的美女，漂亮原本就可以当饭吃，干嘛要有思想。蒲松龄老爷子说，美丽的悍妇是胭脂虎，男人既爱且恨。男人愿意忍受强悍非理性的胭脂虎，也不能忍受和自己一样有思想的美女。

高仓健在月光下，目光真诚，几乎要流下真诚的眼泪，他说要照顾蓝今今，让蓝今今体会到真正的快乐。蓝今今说和高仓健约会之前，她是个快乐的女光棍。高仓健说他就是想和蓝今今待在一起，没有恶意。蓝今今说女人的软弱性和男人在一起就暴露无遗。她自己给自己占位看电影，想坐哪儿就坐哪儿，自己散步，想什么时候散步就什么时候散步。凭什么高仓健要她坐哪儿就坐哪儿？凭什么每次看完电影之后，一定要散步？高仓健说蓝今今可以替他占位，可以决定什么时候散步。蓝今今说，高仓健，你为什么要打扰我？自己为什么竟然忍受被你打扰！蓝今今在月光下，显示出从未有过的激动，她声称和高仓健约会，不知道出于什么动机，但是绝对不是爱情。

高仓健面前，蓝今今的两只眼睛泛着泪光，他能够感觉到蓝今今两颊的温度。高仓健憋足了劲，拉住了蓝今今的手，沿着跑道漫步。高仓健脸上，青春美丽的小疙瘩，在月光下热情洋溢。蓝今今有不祥的预感，最后的防线有可能被傻大个突破。

在第三十九圈的时候，也就是大约在徒步三个小时之后，高仓健停下脚步，紧闭双眼，抱紧了蓝今今的头。当一颗巨大的脑袋向蓝今今压过来时，她赶紧闭上眼睛，免得近距离看到那些美丽的小疙瘩。在三个小时的散步之后，蓝今今两股战战，疲惫无力，一双小肉手也被高仓健攥得几近麻木。高仓健在两个人经常出入的小操场吻了蓝今今！二十六岁的初吻弄得蓝今今半身麻木，麻木的双腿、麻木的左手，加上麻木的嘴唇，这些就是蓝今今可怜的初吻。原来接吻竟然是如此的无味！

蓝今今躺在宿舍的床上，考虑到自己半推半就，结束了单身女光棍的时代，心中还是有几分窃喜。为了体验男女之情？为大龄女子的身份所迫？还是为了弄通老海的大地，蓝今今已经开始献身生活了。

十九

有人照顾的滋味有一丝甜蜜，又有一些类似失贞的忧郁。和一个男人有了默契，就有保持贞操的义务。接受一个男人的照顾，似乎就有理由向他奉献贞操。第一次吻奉献给了高仓健，蓝今今如释重负，这种行为证明她是一个正常的女人，这是最重要的。

蓝今今和高仓健唯一的共同点，是两人都有一个快乐的童年。高仓健和蓝今今津津乐道自己的童年时光，最喜欢回忆童年时代的壮举。回忆过去是最容易打发时间的方式。蓝今今说自己十岁的时候，冥顽不灵，穿着一个大红肚兜在家门口晃悠，晚间乘凉的时候，光着两只细瘦的膀子，两腋生风。高仓健说，那时她一定还拖鼻涕。蓝今今很肯定，自己当时一定拖着两条小白龙，在有月亮的夜晚闪闪发亮。

在蓝今今的叙述中，在小县城里的慵懒岁月里，活动着一个邋里邋遢的调皮小女孩。高仓健的小眼睛透过暗夜的月光，发现一个扎着小辫的女孩，一年四季撑着一张红扑扑的脸蛋，恰如秋天的红苹果。粉嫩的小脸，光洁透明，站在八十年代的机关大院中，盯着邻居男孩打闹，无比羡慕。到了江南的冬天，这只红苹果上生了冻疮，一左一右渐渐溃烂，第二年春天就是名副其实的烂苹果。

高仓健说，十岁的夏天，他去河里游泳，游完之后，发现衣服被人偷走了。回家会被父母责骂，只好光着身子，跑到附近的外公家。外公一家足足有十口人，正在吃晚饭。蓝今今吃惊不已，盯着高仓健怀念的神情，问他，光着身子走路的滋味如何？高仓健迷惘地看着渐渐西去的月亮，很严肃地说，也就是那样，走到了众人面前。

蓝今今说，自己每天早上起得非常早，担心起来迟了，错过好玩的事。蓝今今很难记起自己究竟遇到过什么好玩的事。高仓健说他小时候经常去拾粪，尤其关注家狗野狗的行踪，见到冒着热气的狗屎，就兴奋。

蓝今今终于回忆起一件事，足以和高仓健的裸行媲美。蓝今今目睹了邻居男孩严亮爬树掏鸟窝的壮举之后，和他打赌，说自己能闭着眼睛倒退着走路。在大院的东南角，一帮小男孩围住蓝今今，蓝今今意气风发，她把自己的手帕和严亮的脏手帕系在一起，蒙住自己的双眼，一步步地往后退。快走到终点的时候，退到了一条小水沟里。蓝今今很难过，自己的新鞋子全湿了，沾满了泥土。一帮小男生却很服气，纷纷学着蓝今今的样子倒行。蓝今今提着一双湿鞋子回家，被咪咪（蓝今今可爱的妈）痛打了一顿，得意忘形的疼痛至今难忘。第二天，蓝今今和严亮在大院碰头，得知其他九个小男孩最终也弄湿了自己的鞋子。据说谭许许没有蒙眼睛，就径直跳到了臭水沟中。大家没有交流被痛打的经验，都描述了自己踩湿了鞋子的壮举。

高仓健说，自己小时候害怕打针，一次发烧，看到村里赤脚医生要给他打针，一溜烟跑了个没影。赤脚医生追着他在村里跑了一圈，像追赶猎物一样，抓到他之后，扒下他的裤子，拿起针管就扎。小高仓健一个鹞子翻身，揪住医生的衣角，扯下医生的四粒扣子。蓝今今说她关心的是针扎上了没有。高仓健说自己最后被村里的几条大汉压在自家的大方桌上，裸露着下半身，像一只待宰的猪。赤脚医生称心如意地在他的左臀上扎了一针。

蓝今今和高仓健喜欢回忆过去，这些给平淡的生活带来无比的想象空间。他们还没有熟悉彼此现在的身体，已经非常熟悉彼此的陈年旧账。在虚假的现实面前，唯有不真实的过去显出某种真实。

蓝今今和高仓健在同一个学院，似乎没有真正的交叉点。蓝今今的生活是文学性的玄思妙想，高仓健在吻蓝今今之后，就连苏轼和苏东坡是不是一个人的问题都没有了。高仓健关心每天的午间半小时，股市行情和今日说法。整个就是一个国家机器，呆板固执，只是偶尔还有一些经典的问题。比如他见蓝今今看小说，会很天真地问，那些字我都认识，怎么就写不出小说？这句话让蓝今今乐了足足一个星期。和自己的异类在一起，时常有一些差异性造成的快乐。蓝今今时常会想到高仓健的这句至理名言，加上这种调味品的生活，似乎有某种可取之处。

午睡之后，又到了两点半，蓝今今抱着几本书，走过已经走了无数次的通往教学楼的路。在一个直径不过一百米的学院里，顶着太阳走上十步，就能从宿舍到达有空调的教室。在没有什么谈资的烈日下，夏天显示出了善解人意的脾性。在十步的同行过程中，体验烈日的温度和彼此的沉默，都能够获得某种默契与理解。

这几天，蓝今今极度厌学，看到带文字的东西就头疼，偶尔到教室上自习，也是心不在焉，一点兴致都没有。学习是本分，学习状态是她生活的亢奋点，停止学习就意味着蓝今今生命的停止。按照惯性原理，蓝今今在小憩片刻后，又习惯性地来到教室，204教室坐着三三两两的学生，她刚坐下来不久，法语老师带着一大帮学生涌了进来，说是要借用教室。蓝今今看到娴杏黄色的长裙，带着法国香水味。在一片"笨猪！笨猪！（法语：你好！）"的吆喝声中，蓝今今落荒而逃。

二十

蓝今今回到宿舍，没有室友的宿舍显出某种不真实的荒凉。一直觉得两个人的宿舍太压抑，真的只剩自己，又有一种被抛弃的感觉，尤其是在周一的下午，无所事事地躺在床上。十六岁时爱听的流行歌曲早已成了老歌，二十岁时迷恋的青春偶像，现在中年发福，成功地面目全非，令人痛心不已，唯一保留点美好记忆的发哥，进军好莱坞，改头换面，"重新做人"，再也找不到当年的感觉。蓝今今从不出入儿童不宜场所，三级片仅仅有所耳闻，没有泡过酒吧，当然更没泡过男孩。蓝今今纯洁的生命像一张白纸，她敝帚自珍地守着自己的清白，只是在厌学的日子里，觉出几分纯洁的空虚。一点故事都没有的女孩实在乏味透顶。

蓝今今叉开两条腿躺在床上，盯着爬满常春藤的窗户，绿叶在热风中摇曳，像李枫如被风吹起的墨绿色长裙。蓝今今考虑，自己是否也可以试着穿一条露肩或者露背的连衣裙。蓝今今觉得自己一无是处。没有了书本和所谓的学习，自己似乎什么也抓不住。娴书架上的化妆品发出粉蓝色的光晕，床上的小棕熊睁着两只小眼睛，有一丝坏笑。她很想抱着小棕熊，好好地睡上一觉。蓝今今懒得动，又有点不好意思，娴和小棕熊的亲密经常是蓝今今嘲弄的对象。在一种寂寞的无聊心态中，体验到了极度的自卑感，就像无法提升对于哲学理解时经常体验到的极度的平庸感一样。一个女孩在向人老珠黄的日子迈进时，纯洁不再是骄傲的资本，而是缺乏经验的笑柄。

高仓健频繁出入于蓝今今的宿舍，准备和蓝今今进入实质性的发展阶段。经常是在午饭之前，高仓健会借邀请共进午餐之名，窜进四楼402房间，这时，蓝今今刚刚从教室回宿舍，正在拿饭盒。看到膀大腰圆的高仓健挑帘而立，很温柔的眼睛里满是饥饿的天真，实在忍俊不禁。男人是动物吗？腹中空空的男人，眼神单纯而直接，充满了对于食物的渴望，这种渴望愉悦而天真。这种时候，男人更像孩子，贪吃的孩子。高仓健无视蓝今今审视的目光，挑起门帘，等蓝今今出门。身高一米八零，体重八十公斤的高仓健提溜着蓝今今的大暖壶，在楼道中晃晃悠悠。身高一米五五，体重四十五公斤的蓝今今跟在高仓健的后面，双手紧握着不锈钢饭盒。从前面看，经常只见高仓健，不见蓝今今。

高仓健和蓝今今一前一后，进了饭厅，蓝今今找到自己的队伍之后，高仓健也如影随形。在高仓健坐下来之后，李枫如和娴速度很快地吃完饭，就飘然而去。高仓健招来一帮法学系的哥们，坐在一起胡侃。高仓健说女人的学历和容貌成反比，这是学院男生公认的真理。孔凌军缩着脖子，恨不得脑袋钻进饭盆里，好不容易吃完了西红柿打卤面，饱食后抬起脑袋，说学院无美女，寂寞难耐。杜康书说他见到漂亮的女人就害怕，只要说上三句话，美女就蠢得一塌糊涂。美女让他恐惧。常智一边啃着梨子，说自己习惯和相貌平平的女孩打交道，没有心理压力。蓝今今说着大家和我在一起，挺轻松的，看来本小姐的长相是绝对的平平。高仓健的哥们连忙解释：蓝今今是自己人，自己人自然不在评点范围。

一起共同进食，是学院男女同学关系发展的里程碑。公开亮相，一是说明两个人具有某种确定的关系，二是让有想法的人们，不要再白费力气。在公共空间亮相，就意味着一定的保障。两个星期后，高仓健的哥们从远近左右近距离观察了蓝今今，揣摩了二人的眼神，估测了二人关系的进程，满足了好奇心，主动撤离。蓝今今和高仓健开始了名副其实的二人世界。

在已婚未婚单身男女组合的学院里，单身男女孤枕难眠。同在异乡的已婚男女同病相怜，未婚男女激情难耐，不时偷偷摸摸同室而居。只不过表面上故作正经而已。恋爱中的男女是个异数，恋爱中的人，傻乎乎地暴露在大庭广众之下，表现出幼稚的卿卿我我，还没有吃到肉的滋味，已经被满是肉欲的眼光猜测得面目全非。蓝今今和高仓健坐在饭厅里的时间越来越长，有空调的公共空间是夏天最理想的恋爱场所。高仓健胡子拉碴，眼神黏黏糊糊，出神地盯着还在数饭粒的蓝今今。蓝今今的一双小肉手，已经明显消瘦，直逼李丝可的柔黄。两个人失魂落魄地袒露着自己的情感，有悖于学院一贯含蓄的情感路线，幼稚地和学院主流生活保持了相当的距离。

夏天在对西瓜和空调的依赖中，过得很真实。蓝今今至今都能感受到那个夏天烈日的温度，空调的清凉，还有食堂冰西瓜的冷气与香甜。

对无数个夏天失忆，这个夏天弥补了蓝今今对于青春期的失忆。在人生的这个季节，蓝今今现在已经敢于用人生这个词了，蓝今今觉出语言的多余。她在失语的情感状态中，只认识高仓健的两只大手，这双骨骼粗壮的大手领着她走过了夏天。

二十一

散步时，蓝今今和高仓健的两双手已经无法分开。高仓健嗜球如命，重球轻色仍然是他的一贯作风。如果没有特殊安排，每天早晨六点到八点，下午五点到七点，高仓健准会出现在学院的篮球场上。一双大手和篮球过度亲密，布满了伤痕和老茧。蓝今今的一双小肉手，被一双长满老茧的大手紧紧攥住,按照攥住的松紧度,可以判断高仓健对于蓝今今的感情的深度。在这样一双骨骼粗壮的大手中,蓝今今很惊奇地发现,自己的一双小肉手有成为柔荑的潜力,似乎在逐渐变得修长而柔嫩。高仓健的体味随着初秋的阳光,逐渐散发出某种亲切的香味,和他用的舒肤佳去菌香皂一样,蓝今今觉得很安心。

学院的小操场人满为患,时常会拥挤得转不过身。他们散步的地点改到学院的臭水沟旁边。臭水沟是一条默默无闻的河道,深秋的寒冷有效地遏制了臭味的散发。高仓健拉着蓝今今的手,充满自信地朗诵:"指点江山,激扬文字,粪土当年万户侯。"毛泽东老人家的诗词,高仓健用湖南话念起来,让蓝今今颇有几分遥想领袖的欲望。只是,他老人家有一头秀发,高仓健的板寸无法企及。高仓健的导师最近升任教委官员,醉心于领袖诗词,高仓健因为崇拜导师,也崇拜起领袖诗词。在对领袖诗词的吟诵中,他偶尔会发惊人之论,显示自己对人文学科的众多看法。高仓健说,文史哲源远流长,学文学的人是需要才气和天分的,法律经济不过从国外翻译了点东西,只要知道国外的几种理论,拼拼凑凑就成了一篇观点新颖的文章。

高仓健找了一个文学系的女朋友,文学也跟着成了让他瞧得上的专业。在市场化的逼迫下,学文学的人少有捍卫文学尊严的勇气,可能真的是阮囊羞涩,腰杆就不硬。高仓健跟在大律师的导师后面,风光办案,大把赚钱。高仓健有的是捍卫文学的勇气,蓝今今在不经意中也成了他眼中的才女。宋词中的李清照在后现代该是把头发染成酒红色,穿着露脐的牛仔裤,唱一曲夜来香吧。蓝今今时常缩在自己的米色夹克衫里,心不在焉地听着高仓健的宏论,真切地体验着一个男人手掌的温度,对自己说,这才是真实的。

蓝今今不知道该如何定位自己的才女身份,只能学习学习再学习。高仓健对蓝今今所谓的穷追猛打,就是坐在蓝今今的寝室,四目双双相对,聊聊天而已。蓝今今在接受拥抱时,总觉得很可笑,一只三十岁的老鸟扑向另一只二十六岁的老鸟,皱纹和皱纹贴在一起,温暖的抚慰就有几分悲凉。二十岁的亲吻,肯定会酣畅淋漓,催心动肺。蓝今今为自己没有抓住大好年华,一掷青春,悔得肠子都青了,青春无悔就是青春过就无悔。只有迷迷糊糊的时候,才会轰轰烈烈地爱一场。爱,不但需要激情,更需要年轻的愚蠢。蓝今今用聪明女人的脑袋想了想,实在不难明白这个道理。

北京的秋天可以发生故事,正如江南的春天可以原谅蠢事。

高仓健辗转于篮球场和臭水沟边,试图体验恋爱的滋味。蓝今今穿梭在教室和臭水沟边,想象着所谓伊人在水一方的妙不可言。窗户外的常春藤被秋阳晒出了绚烂的红色,无言地摇曳着,抚摩着学院宿舍楼的南墙。蓝今今坐在电脑旁,依旧敲着自己的毕业论文。

北京的秋天似乎并不像夏天那样真实,带着对于好天气的好心情,从指间一滑而过。

一个西北风呼啸的夜晚之后,清早,蓝今今用小牛角梳梳理自己的短发,窗外常春藤的叶子全落光了。

寒假,娴已经走了,寝室里只剩下蓝今今一个人。高仓健时常待在蓝今今的寝室,无聊地坐在床上,低头翻看他的专业论文。蓝今今坐在自己的电脑前,一个字一个字地敲着毕业论文。蓝今今问,高仓健,你喝水吗?高仓健看着她,一言不发地给蓝今今和自己续了一杯水。到了十一点,蓝今今照常会说,自己要睡觉了。高仓健就怏怏地转过身,替蓝今今关好门,回到楼梯另一头自己的房间。

留守在学院的人已经不多了,已婚男女在传统节日回归家庭,用身体和精神向另一半表示,自己真的有责任、有义务、有感情。未婚男女回家大吃大喝,表明对于老父老母的孝道。还有几对,南下或者北上,完成丑媳妇见公婆或者傻女婿见岳父母的壮举。食堂很冷清。正月初一的傍晚,蓝今今和高仓健很自然地相对而坐,保持着进食动作,偶尔,他递给她一张面巾纸,她往他的饭缸倒一点吃不完的扁豆烧肉,俨然一对恩爱夫妻,大概相敬如宾就是如此。吃完饭,蓝今今洗碗,高仓健打开水,等到他拎着两瓶开水爬上五楼的时候,她已经很舒服地靠在自己的床上,翻看睡前杂志。

高仓健放下暖壶,坐在蓝今今的床前,勇敢地看着蓝今今的脸,这张脸没有一个粉刺,没有一颗痣,乌黑的短发夹在两只近乎透明的耳朵后面，灯光下的蓝今今依然是半年前的纯净。

　　高仓健突然盯着蓝今今的眼睛，极快地吐出一串话：蓝今今，你是否可以改变一下自己太过正常的作息时间？蓝今今说，为什么？高仓健说，我已经受不了，刻板、单调的小怪物。蓝今今说，那你还跟我在一起，干什么？高仓健说，自己也不知道是为什么？我不和你在一起，感到很烦躁，和你在一起，更加烦躁！蓝今今说，无法使自己达到他的要求。蓝今今问高仓健，该如何将恋爱进行到底？高仓健说，我来教你。他一把将蓝今今手中的杂志扔到桌子上，拉灭了灯，压在蓝今今身上。高仓健说，蓝今今，今天让你体会一下什么是亲嘴。他的嘴唇和胡须在蓝今今的嘴唇、眼角和耳边摩挲，黑暗中，热气和喘息声适度地刺激着蓝今今的面部神经，蓝今今觉得自己肯定脸红了。高仓健沉重的身体压在蓝今今身上，竟然有一种重压下的快感。蓝今今紧闭的嘴唇慢慢松开，高仓健乘虚而入，咬住了她的舌头。蓝今今全身顿时松弛下来，在最初的眩晕感过去之后，蓝今今吻住了高仓健。

　　高仓健摸着黑，不厌其烦地亲着蓝今今。蓝今今的手摸着床单，渐渐觉出，半个小时重复同一个动作，十分可笑。她使劲咬住嘴唇，不让自己笑出声。最后，肚子实在颤抖得厉害，还是咯咯笑出了声。高仓健说，不要笑。蓝今今还是笑嘻嘻地拉开了灯。灯一亮，高仓健从蓝今今身上爬起来，抱着自己的脑袋，坐在床边，使劲地拽自己的头发。

　　在宿舍的日光灯下，高仓健很沉默，他在离开宿舍时说，"你他妈的，是不是女的？"高仓健第一次对蓝今今说了粗话，蓝今今感到无比真实。蓝今今的笑脸在灯光下，非常灿烂，白里透红，散发出处女的体香。高仓健恶狠狠的眼光在蓝今今的笑容和体香中，渐渐朦胧迷离。蓝今今极力控制自己仍然想笑的面部肌肉，轻轻地打开门，靠在门框上，说，高仓健，对不起。高仓健脸上的青春美丽疙瘩泛着惨白的光，在蓝今今面前一晃而过。

　　蓝今今关上门，背靠在门上，笑得上气不接下气。最后，蓝今今冲到床上，哈哈大笑起来，足足有五分钟，才平静下来。蓝今今靠在被子上喘气，觉得自己真是他妈的有毛病。

整个寒假，蓝今今在学院再也没见着高仓健。以前高仓健无所不在，现在却消失得无影无踪，令人匪夷所思。以前的种种相遇，或许都是高仓健的精心设计。

二十二

燕晓云记得刚到京城时，从主妇变成学生，一下子难以适应。寝室里简陋的家具配上客居的心情，荒凉得有些无着落。老弟给燕晓云买了一束鲜花，安慰一下她受冷落的心情。初秋的雏菊盛开在宿舍里，时尚的紫罗兰色和紫红色，支撑起一片氤氲的气氛。燕晓云一时无法完成角色转换，还是从家庭主妇的视角看世界，时常在地摊菜市上转悠。这里地处京城西北郊，人烟颇为稠密。邻近的综合市场更是三教九流无所不有。若是有些杂耍卖艺的人，就有一点想象中的小天桥的味道。市场中各色零食小吃干货水果蔬菜，在喧闹声中显出几分生存的活力乃至狰狞面目。鲜花布艺和旧书摊显出京城文化特有的底蕴。中国人自谓：民以食为天。国人每每将这种天性得以舒展放纵的地方弄得肮脏不堪，大有不干不净吃了没病的意思。离此地三百米左右，有大片的高档小区，住着上等的华人和富裕的外国人，他们自然不会光顾中国平民的菜市。不过，偶尔也有几个顺从自己的好奇心，溜出他们的生活之网，来此一游。外国朋友此举弄得菜市的各色人等买者和卖者侧目以视，大有鸠占鹊巢，尔等何为的意思。

学子初来京城，心向往之的是名家大师、学者前辈，学着做些高头文章，混些浪得的虚名，即便是小女子也不乏这样的心思。没承想一下子落入菜市的吆喝声中，因为自己深陷其中的缘故，无法不关注起京城最基层民众的生存状态。上完文学史学法学经济学回来的人，路过集贸市场，眼见着头发油腻、毛发粗大的东北汉子，光着膀子，汗流浃背地做着手擀面，双手在面团之中显出黝黑的本色。心中告诫自己，此面万万不可食用。可是没过几天，忍不住馋虫的侵扰，买了一碗，吃来味道竟然不比饺子馆里眉清目秀的小姐端上来的差。北京秋天的水果可谓价廉物美，十元五斤或五元四斤的叫价，令人忍不住停下来挑上几斤，慢慢品尝。蔬菜除了论斤卖之外，还一堆一堆地卖。在菜市中，经常有大汉大爷大娘大姐一类人物，或捧或抱一大堆绿色植物，横街叫卖，往往吓人一大跳。燕晓云在生活气息很浓厚的市场，时常会发现生存的原动力。饮食男女，是人生的大问题。在脑子里好不容易装进的形而上思维，会在菜市场的吆喝声中，烟消云散。在一堆颜色鲜亮的水果前，她想到的是同样鲜亮的肤色，小女子的世界有时就是眼前一堆堆的水果。钟情于玫瑰香葡萄的味道，在放松品味水果的美妙时刻，燕晓云决不愿意去想宪法中有关人权的理论问题。

据说怀旧是衰老的开始，燕晓云自从独自来京城，就开始无休止地怀念过去。在理智的驱使下，她立志成为一个女学者，在行动上，勤奋刻苦，加上还有一点小聪明，她尝到了读书的快乐和纯洁，智慧也可以给女人带来的乐趣。在读研究生的日子里，燕晓云还没有尝到智慧的痛苦，写文学批评文章的时候，勇敢地拿起各式西方理论，对中国法学进行随心所欲的议论。无知者无畏的状态中，自我感觉特好，感觉自己是个不可多得的法学人才。燕晓云当时最想干的事就是成为一个女学者。复习考博士的一年里，整天坐在书桌前，和外界完全失去了联系，记忆漫长的中国法制史，学问显出它狰狞的面目。中国法制理论三百题，中国哲学三百题，宪法行政法民法……燕晓云就像掉进了一个总也爬不出来的泥潭，无法理清自己的思路。她感觉自己陷入了知识的陷阱，难以自拔。这是一个黑洞，恐怖而诱人。

燕晓云在三十岁的时候，突然感到了智慧的痛苦。就在考完博士的一刹那，她不再想读书，不再想做一个女学者。当录取通知书放在她的手上，她的恐惧远远大于快乐，担心自己献身学术会失去做女人的资格，做一个女人又无法体味何为真正的学术。燕晓云独自一人来到学院，不管是否乐意，都意味着去做学问。据说女人念博士就是一个从葡萄到葡萄干的过程，她不禁两股战战。

女人是天生的软体动物，总是需要一个保护自己的硬壳。家就是女人的贝壳，聪敏的女人隐居在光洁的贝壳内，享受柔软的快乐。燕晓云最喜欢坐在卧室的木地板上，抱着罗密欧（一只定情的玩具狗），沐浴新鲜的阳光。她爱坐在书桌前，看着玻璃杯中刚泡的新茶，悠闲地从枯萎走向新生。石尔仑经常办案到深夜才回家，燕晓云独自守在三室一厅的家中，在静静地等待中，一次次地做着学富五车的梦。

燕晓云是个喜欢做梦的女人，在老公晚归的时刻，总是无数次地假设他迟归的原因，在等待熟悉的脚步声中，石尔仑在老婆心中的分量越来越重。夫妻做长了，激情变成了亲情，老公成了她的亲人，两个不同血缘的人在人生的某一时刻会血脉相连，融为一体。这时的燕晓云就是另一个石尔仑，石尔仑就是另一个燕晓云。老公送她到学院来上学，仔细地为她铺好单人床，买齐了生活用品。他们一起去国家图书馆查资料，坐在公共汽车上，燕晓云靠在石尔仑的肩膀上，迷迷糊糊的，很幸福。就在那个时刻，燕晓云希望公共汽车就这样永远地开下去，没有什么人生路线，没有什么人生目标，就这样漫无目的，只要和老公在一起。

石尔仑不知道燕晓云此刻对他的极度依恋，就像当年燕晓云不知道石尔仑对她的极度依恋。国家图书馆就像一个无声的大商场，人来人往，热闹非凡。他们查完了资料，坐在草坪上，呼吸着北京十月的空气，觉出人生的意义。石尔仑说这才是经济文化中心的空气，这种空气都带着文化的味道。燕晓云说到了北京，就是一只小蚂蚁，还是那种身份不明的蚂蚁，不知道自己要爬向什么地方。石尔仑说只要会坐公交车，就不会迷路。在国家图书馆前面的草坪上，他们拿出自带的面包和矿泉水，吃了一顿简单的午餐。下午石尔仑就要坐火车回家了，石尔仑出门从来不要燕晓云送，这一次离开也不例外。燕晓云站在寝室里面，石尔仑在他脸上轻轻地吻了一下，就悄悄地离开。他们从来没有分开过，燕晓云不知道该说点什么，除了心头的茫然，一无所知。等到燕晓云感觉到自己眼泪的时候，才意识到石尔仑真的不在自己身边了。燕晓云赶紧靠在宿舍的窗前，寻找老公的影子，看到他正走过学院外的马路，迈着沉稳的步子，渐渐消失在人流之中。随着石尔仑的离去，温暖在她身上一点点地消失。燕晓云知道，在她离开家的日子，温暖也会在石尔仑的身上一点点消失。

　　在整夜的失眠状态中，她不知道该如何面对即将开始的单身学习生活，真有"一失足成千古恨"的悔意！早晨七点不到，寝室的电话铃响了起来，老公打电话说他已经到家。燕晓云接了电话，泪水不争气地顺着脸颊淌了下来。石尔仑说老婆你要坚强起来，独自面对生活。石尔仑就像斗争年代的党，谆谆教导她要接受社会斗争的洗礼，做一个坚强的女布尔什维克。燕晓云说老公你坐火车累不累？早餐吃了没有？她会好好做人好好学习，就像你希望的一样。你就洗个澡，好好睡一觉吧。

二十三

　　念到博士阶段的女性要说不想进入社会，那只是女人虚伪和缺乏自信的表现。女博士们素面朝天，注定成不了主流的美女。昔日美国文化中的"大众美女"形象——白种人，苗条，曲线毕露，魅力四射，无多余脂肪肌肉，肌肤柔滑，体格健全，当然还特别年轻。这一形象早已遍及全球。现在都后现代了，满大街的美女。夏天到了，北京城的人都喜欢到王府井看美女，穿着露脐装，染成金色、黄色和酒红色的长发，充分暴露该露的身体部位，昂首挺胸，极度自信地走在宽阔的步行街上。这样的时代，知识女性无法占据五四时代的优势，那时的新女性只要剪短头发，放大小脚，穿一身蓝上衣黑裙子就行了，自信体现在对科学民主的信念上。现在的新新人类和新新美女体现在视觉上，高挑的身材加上靓丽的时装，顷刻间就能大变美女。

　　学院的女博士一整天坐在电脑前，坐在图书馆里，吸收了一天的知识之后，真的能够容光焕发？静坐的工夫练出来了，女人爱热闹的心境却没有了。为了买一件上衣，能够在闹市区闲逛一整天的女同学实在屈指可数。学院的女博士大多清净惯了,到了闹市区就有头疼的毛病,整天躲在所谓的精神家园里写博士论文。李枫如这样的美女,也无法幸免,流失了一部分的美艳。一日三餐,教室、寝室、图书馆,女博士无法不完全或部分地成为学习机器。如果不做一个片面深刻的家伙,就无法改造自己的知识结构,更新自己的思维层面。

从女博士生到女博士的过程,就是从葡萄到葡萄干的过程。二年级的女博士已经是半个葡萄干了。据说学院的男生给女博士起了"UFO"的外号,U(ugly)就是丑陋,F(fat)就是肥胖,O(old)就是年老。其实不排除男生吃不到葡萄说葡萄酸的心理。女博士中实在不乏美人胚子,缺乏的倒是现代的包装手段。整天对着书本的一张脸,肌肉难免僵硬,线条也欠柔和,坐久了,腰肢扭摆起来就不大自然。女博士一双善于发现智慧的双眸,原本也可以巧笑倩兮,美目盼兮。美女的美目非但要大,而且还要有神采,会灵动,时不时会抛几个媚眼,按照中庸的说法,媚眼不能抛得太多,适可而止。可是因为近视的缘故,就缺少流转顾盼的风韵,有时眯起来,像猫一样调整焦距。近距离的关照也是一副茫然若失的表情,大有鲁迅笔下"眼睛间或一轮"的效果。一双双美目都奉献给了整垛整垛的书本,就连照顾老公生孩子的时间都搭进去了,更谈不上顾及男同学的指指点点。

女博士对自己的身份地位大多心知肚明,无法做到美艳惊人,成不了主流的美女。不安心相夫教子,又是失职的主流女人,大家就拼命做学问,做个主流的知识女性吧。其实想做学问是一回事,能不能做成学问又是另外一件事。女人想做成学问的难度不亚于走钢丝的难度,一不小心就有失足成"UFO"的危险。

李枫如经常在燕晓云面前声称,女人学哲学不是把哲学学坏,就是把自己学坏。燕晓云越来越感受到这句话的分量,这真是一句至理名言。在读书会上,燕晓云是个倾听者,偶尔一两次发言也不能引起男同学的重视。即便在高知阶层,女性仍然被视为没有思想能力的软体动物。经济系的韩峥嵘就在自己的论文里让女人滚回到家庭,声称赚钱是男人们的事，与女人无关。杜康书说哲学让女性走开，他无法忍受理性的女人，理性的女人就像一具风干的木乃伊。

燕晓云养了一盆玉心吊兰，长长的柔枝已经从书架的顶端拖到书桌上，新枝条的勃发不再带给她惊喜和愉快，她满意的是抬眼所见的青绿。无聊的时候，躺在床上看小说不再能够消磨时间，她变得像男生一样在运动场上寻求体力上的发泄，打一场网球之后，浑身轻松，晚上精力充沛地看自己的专业书籍。从黑格尔到康德，从伽达默儿到海德格尔、尼采、萨特和福科，在她看来，诸种哲学思潮的变换和流行色的变化相差无几，不就是从不同的角度看世界，怎么看都可以吗？哲学在一步步地解构，先是让上帝从云端坠入尘世，他人变成地狱，人再从存在进入虚无。哲学有时显得特别深奥，有时又像女性流行的内衣外穿一样，令她哑然失笑，就是那么回事。所谓的现实和历史都只是人类的一隅之见。

燕晓云是个追求科学理性民主的女性，在追求理性的过程中，不期然走到了理性的反面。在法理学领域里，理性占有绝对的优势，可是她无法放弃自己对主体性思维的兴趣，觉得女人的思维更加接近主体性。女性本身从属于男性社会，在不自信的主体性状态中，女性没有发言权，更没有人倾听她们的发言。她们在生活中往往以社会旁观者的心态，直觉地把握世界，宽容地理解现象。女性更容易回归到存在的本真状态。燕晓云在读书会上提出自己的观点，第一次引起了男生的注意，当然还有不怀好意的攻击。原来要真正成为理性的女性个体，最重要的是发出自己的声音。

除了一日三餐之外，燕晓云这段时间都在思考自己的主体性和存在，她觉得自己可能真的有一些轻微的偏执，非要弄明白本来谁也无法说清楚的东西。她怀念生活化的日子，在琐碎的一日三餐中，她经常会在晚饭的时候和老公讨论第二天的饭菜，几杯啤酒喝下去，微醺之后的撒娇。每天早上以严肃的态度催促石尔仑穿衣着装，石尔仑偶尔的反抗会激起她真实的愤怒。老公不在身边，无从感觉到生活的真实。就是回到石尔仑的身边，她也怀疑自己是否还具备真实的愤怒和对琐碎生活的真实感受。她觉得自己在向一个未知的方向滑行，天知道自己以后会变成什么样的女人。燕晓云打电话问石尔仑自己是否不大正常，石尔仑问她是不是还想穿新衣服，还想逛街，还想到麦当劳去吃香辣鸡翅？燕晓云说她还是想去。石尔仑说她还很正常，知道大众化消费和享乐的家伙都很正常，最起码，按照现行的标准很正常。

二十四

蓝今今又成了单身贵族，过起清心寡欲的书斋生活。论文写作进入冲刺阶段，娴正月初五就回来了。蓝今今每天大多只睡4个小时，整天对着电脑，绞尽脑汁地做着高头文章，发掘故纸堆中的微言大义。娴面色蜡黄，首如飞蓬，更别提蓝今今这种一贯对自己不大负责任的家伙。蓝今今时常面有菜色，眼光呆且直，在饭厅里，匆匆忙忙，招摇过市；在过道里，横冲直撞，从不抬眼瞧别人。一天，蓝今今端着刚买好的饭，刚从二楼爬到三楼，一个大个子和她擦肩而过。奇怪，蓝今今猛然头皮一麻，等走到三楼半的时候，想起大个子是高仓健！

三月初，娴写完了博士论文。蓝今今每天醒来先要对娴批判一通，"娴，实在是太过分，文学系第一个写完博士论文的人，竟然就睡在我的对面，可恶至极！娴，最好立即从我面前消失。"蓝今今每天一次歇斯底里之后，才能坐在电脑前写东西。娴一言不发地躺在床上，等她发泄完了，继续睡觉，弄得蓝今今没了脾气。

蓝今今一直熬到三月底，论文初稿终于写出来了，蓝今今在电脑上迫不及待地画上了一个大大的句号和感叹号，坚决和论文写作一刀两断。

已经快十一点了，蓝今今和娴还是决定庆祝一下。她们偷偷地去门口小店买了两瓶长城干红、一大包火腿肠、鸡腿、花生米和水果。蓝今今根本不会喝酒，看着娴把干红倒到玻璃杯里，直发愣。娴说，先喝一杯，感情深一口闷。蓝今今说不就是一杯酒吗！一仰脖子，喝下二十五年人生中的第一杯葡萄美酒。干红好像并不甜，寝室的桌面却真的有点倾斜了。娴叹了口气说，又制造了一堆高级垃圾。蓝今今说，别灰心，论文至少有三个人一定要看，一个是自己，一个是导师，另一个就是校对。从现在开始，别再提论文，谁提就是和我过不去。

娴说蓝今今，你瘦了；蓝今今说，娴，你的眼角有皱纹了。娴老气横秋地说了句，青春的小尾巴快揪不住了！娴说，蓝今今，你知道我去普陀岛遇到了谁？蓝今今说，你的事我十之八九都不知道，你这三年，不都欺负我是个处女吗？故作神秘，有什么了不起！娴说蓝今今就是不开窍，要不高仓健怎么会被如花捷足先登？

蓝今今说，高仓健跟自己有什么关系，蓝今今和高仓健没有任何关系。娴说蓝今今对知识真理的热情大大超过了应有的限度，片面深刻造就了片面的蓝今今。蓝今今说自己进不了恋爱状态，娴说是没有遇到可以让蓝今今解下全副武装的家伙，高仓健是个好人，一般情况下，好男人都有些平庸和愚蠢，无法激起女人的好奇心和虚荣心。娴说蓝今今修炼了这么多年，自称金刚不坏之躯，其实也不过是一介平庸的小女子而已。

蓝今今说女人一旦和男人在一起，就变得平庸，男人是社会功利性的动物，男人的女人当然也沾上世俗的品位，不再是水做的，成了半泥半水的混合物。女人不是天生的，是被变成的。娴说蓝今今小姐总算开了窍，知道了女人何以成为女人的秘密。

娴今天晚上有些刹不住车，她说，她到普陀山碰到了杜康书。杜康书不就是那个长发美男吗？半男半女的一副俊俏模样，没想到，李丝可小姐爱上小白脸了。蓝今今咽了一口干红，笑得意气飞扬。蓝今今拒绝了高仓健这种猛男，娴却和哲学系的小白脸纠缠不清。

蓝今今说，娴是不是已经以身相许了，娴说，该干什么的时候就干什么。你早就应该对高仓健以身相许了。娴说，事情还得从高仓健的歌剧票说起，要知后事如何，且去看她的日记。她仍然在不紧不慢地喝着干红，已经下去一瓶了。蓝今今早已甘拜下风，喝起了酽酽的浓茶。

娴在上床睡觉之前，递给蓝今今几张打印的文字，说了句，仅供参考，就睡着了。

二十五

凌晨一点钟，蓝今今翻开了李丝可的几页日记。

10月21日

娴是蓝今今对我的昵称。

手中捏着保利歌剧院的门票，相当于三个月的生活费。我穿着红色的高领毛衣，三年前买的牛仔裤，笨手笨脚地跨进歌剧院。没有手机，无须关机。从来不吃口香糖，也就没有侍者让我吐出来。

坐下来定了定神，热得要命，自己套在湿透的高领毛衣里，像一只落水的猫。怎么就没想到穿一件低领毛衣？低胸黑色薄毛衣，透明的黑丝袜，绿色方格小裙，外加一件白色风衣。放眼望去，似乎除我之外，中国观众都衣着得体入内。只有老外三三两两随意地穿着牛仔裤和T恤，心中稍稍安定了些。

买了一份十块钱的海报，像所有听歌剧的人一样，低头看演员介绍。我没有项链戒指披肩，眼光胆怯，故作镇定地翻阅海报。《纳布科》总算开演了，坐在黑暗中，悄悄地松了口气。音乐声响起，我沉了下去，希伯来人唱着忧郁的歌，"飞吧飞吧，我的回忆，乘着金色的翅膀。"我听出了眼泪，听出了有钱真好。我从保利歌剧院走出来，一路狂奔，总算赶上了最后一班地铁。

地铁轻柔的轰鸣声温暖地袭来，一张张面孔幽灵般地出现。地铁站口空无一人。裙子被风吹起，我做了一个梦露的经典动作，顿时，一扫剧院中的郁闷，美艳飞扬。

从地铁站出来，黑暗的浓度超出了月黑风高的凶险，一个黑影在后面如影随形。我抓紧了自己的皮包，又向公共汽车站狂奔。上车买了票，我的手不停地搓着黄色的车票，担心下车后十分钟的路程。

在人大车站跳下公共汽车，故作镇定地疾步而行。人行道上有几个闲荡的家伙，不怀好意地瞅来瞅去。回头一看，后面的黑影又出现了。扭回头，不敢再看，憋着一口气，拿出五年前百米冲刺的劲头，撒开腿继续狂奔。后面的黑影竟然如鬼魅般随之而来，不远不近地跟在五米之外。想到包里的水果刀，脚下的高跟鞋，还有牙齿，这些都是武器！正在转念头的时候，已经跑到了学院的大门前，终于见到可亲的门卫，伟岸的身躯，小伙子今天特帅！我的胆子壮起来，回过头去寻找黑影。黑影赫然幻化成人形，站在我身后，面带微笑，气喘吁吁。

10月22日

今天，蓝今今说我又高雅了一回，去听歌剧！我惊魂未定，睁着一双发光的眼睛，说自己厚着脸皮要了一张歌剧票，充分享受了高雅文化，被高雅一回之后，痛苦地意识到两个问题。一是自己一路狂奔回研究生院，穷得连打车的钱都没有。二是我明白了有钱是一件无比幸福的事，比读博士强多了。

"哦，my god！"有钱看歌剧真好。穷人的孩子养成这种高雅爱好，简直是一种不幸，因为消费不起。我长这么大，才知道人的嗓音可以如此之动人。古典的娱乐方式，崇高庄严。蓝今今说高知阶层的硕士博士有多少人去过国家音乐厅？研究文史哲的人，有几个经常光顾诗歌朗诵会音乐会？大家在粗茶淡饭的温饱线上，钻着故纸堆。

我深深地叹了一口气，把头埋在一大堆英语书中。

二十六

10月30日

五月的普陀岛飘着飞花般的细雨，伴着时近时远的海浪声，不定向的海风，远远地吹来。庙宇的烟火气弥漫在无形的海天之际，诵经的南无阿弥陀佛呈现出无影的巨大佛字，在淫雨霏霏中缭绕。来岛上的香客，身背黄色香囊，穿着透明的彩色雨衣，无声的虔诚中意志坚定，他们加重了东南一隅的梦幻气息。

我来到岛上，买了一小串佛珠，套在自己的左腕上，扮作年轻好奇的香客，走在寻求信仰的路上。暂时摆脱了和自己纠缠不清的现代文学，摆脱了让我无法继续下去的毕业论文。走在观光的旅途上，我很轻松。

我在全身都感到轻松的快乐中，无声地走在普陀岛的水气烟雾中，不去思考，只去看眼前的飞雨。在一个没有人认识自己的人间幻境，做一回梦，是我许久以来的一个想法。只是在这一刻，我感激生命连同生命中的苦痛。

从来没有见过大海，一到海边，就失去了淑女的风范，尖叫着向大海冲了过去。我无法控制自己积蓄了二十八年的情绪，我终于独自一人和海见了面。学院一年半的枯燥郁闷一扫而光，

站在海边觉得生活真的挺美好。我站在海滩上，海浪时时从我的脚上掠过，五月的海水还有一丝凉意，像一个陌生的世界。突然，有人叫我的名字，我回过头，见到一个陌生的男孩站在我身后，一头齐肩的长发在海风中摇动。我很愕然，实在不认识眼前这个人。他说自己叫杜康书，是学院的博士生。我还是一脸茫然。他说半年前听歌剧回来的路上，他就一直跟在我身后。在普陀岛的千步沙，我遇到了那天晚上跟在我身后的高大阴影。

我记起了自己当时愤怒的眼泪，没有人保护的单身女子的委屈，时时萦绕心头的孤独无助。可是那天晚上的男孩头发很短，是个本分的平头。我说原来是你，你也来普陀岛旅游。心里还是无法对眼前的人产生最起码的信任。

他说他认识燕晓云，大家在同一个读书会，燕晓云是渊苑读书会唯一的女性。我这才相信他是学院的人。他从燕晓云那里知道我一个人到普陀岛旅游，觉得挺有意思，就跟来了。我还是在回忆那个夜晚的高大阴影，海水温柔地浸湿了我的双脚。

杜康书说那天晚上，高仓健硬塞给他一张歌剧院的门票，逼着他去看歌剧，还说邻座蓝今今的人身安全就交给他了。他对高仓健说追

女孩子，要自己去，他无法越俎代庖。高仓健说自己听了一半跑出来，更没面子。他只好硬着头皮去听歌剧。

我说《纳布科》还挺不错的。杜康书说他那天晚上，见到蓝今今没来，我坐在他身边，实在有种意外的惊喜。他说这个年头意外的惊喜实在太少，没想到自己还能碰上。他说我就是那个开学典礼上穿紫色连衣裙的女孩，就是一眼看上去让他无比顺眼的女孩。可是，他在典礼完毕之后，半年时间，却再也没有见到过我。

他说他当时最担心的是舞台上的三匹骏马，从匈牙利空运过来的，随着音乐的节奏，在舞台上很不安分。当然，他也希望有点小小的骚乱，他就可以来个英雄救美。他说自己回到寝室告诉高仓健，蓝今今没有看歌剧，高仓健说他和蓝今今在学院的阶梯教室已经接上了头。还说，今天晚上护送回来的女生叫李丝可。他很感激高仓健，是高仓健告诉他我和蓝今今住一个屋。

我说千步沙上的沙子，可真细腻，飞雨也很不错。杜康书你会游泳吗？如果天晴的话，这样的天气也可以下海。杜康书的眼睛细长明亮，他含着笑意盯着我的长发，拉起我的手，其实是手中的雨伞，将我一步步拉向大海。我尖叫的声音在霏霏的淫雨中模糊不清，只有耳边的海风絮絮低语。杜康书的大手紧紧地拉着我的伞和我，摇摇晃晃地在齐腰深的海水中走着。直到快涨潮了，我们才意犹未尽地离开海水。

我们浑身湿漉漉地回到各自的房间。我洗了一个热水澡，换了一身短袖T恤和休闲裤，躺在房间里不想再出去。我迷迷糊糊地睡了过去，听到有人敲门，才惊醒过来。杜康书穿得整整齐齐，过来约我一起出去吃晚饭。我说自己愿意躺在床上听海风的声音，不出去了。杜康书说他一会儿再回来。

杜康书半个小时之后，带来了两桶方便面、一瓶绍兴黄酒和一袋花生米。杜康书说在旅馆中喝黄酒可以御寒气，他打开酒瓶，我找出自己随身携带的一次性塑料杯，一人倒了一满杯。我说还是先填饱肚子，空腹喝酒会不胜酒力。

我们先吃泡开的方便面，康师傅红烧牛肉面的味道弥漫在小小的标准间里，我非常熟悉这种味道，是一种饥饿时出现的味道，闻到方便面的味道，一种熟悉的安全感让我很安心，坐在对面床上的杜康书显得很亲切，像一个邻家大男孩。我说方便面的香味总是胜过它的味道，每次吃完了都会发誓，下一次自己再也不会去吃，但是当饥饿再次不期而至，方便面的香味就会在嘴角和头脑中同时浮现，又一次拿起一袋方便面，又一次警告自己要用刚开的水，偏偏又没有刚开的水，在三秒钟的犹豫之后，还是用不开的水泡起了方便面。

杜康书说方便面就是因为简单才会食之无味，填肚子就是填肚子，和吃饭是两回事。他说这种绍兴黄酒最适宜阴雨天喝，入口时绵甜爽口，喝下去浑身通泰。他说起来像在念广告词，像一个老酒鬼一样贪馋地喝了一口黄酒。我想起了善饮的李枫如，聚会时拿高脚杯的纤纤细手，平素矜持淑女的燕晓云，喝了酒之后，醉眼蒙眬的娇媚。我想喝酒或许真的有些快乐的地方，我说空腹喝酒的时候，我全然没有想到喝酒究竟是什么，只是像一般人那样说说而已，现在却要在充实的胃中添加酒精，这全然违反了我的原则。

我原本以为自己是个一成不变的家伙，爱吃爱喝的东西就像不爱吃不爱喝的东西一样，一辈子也不会变，没承想，人在不经意中，就会改变得很彻底。

我喝下去一口酒，平生第一口酒，喝下去的感觉很平淡，没有想象中的强烈，看来做个酒鬼也是件很容易的事。喝了三口之后，我的膝盖就软了，平生第一次完全失去控制膝盖的能力，我睁着暖洋洋的双眼，很放松，就像是找到了一个童年的梦，残存的清醒在告诫自己，成为一个酒鬼的潜在可能性。

杜康书在眼前变成两个人，我仍旧笑着咽下一口微甜的绍兴老酒，杜康书问我晕不晕，我说花生米的味道不怎么样，他说凑合着喝酒还行，要喝酒不是吃下酒菜。我说自己的毕业论文写不下去了，找不着结尾。杜康书说他找到了我就找到了开头。我说自己帮书商攒书赚了点钱，就来了这里。长久以来就想一个人出来旅行，很多年了，今天才实现。跟了个旅行团就离开了学院，觉得自己果断了一次。

杜康书说喝黄酒就想到白蛇和许仙，或许老法海还潜伏在普陀岛。我说很喜欢《青蛇》中漫天飞雨的江南，雾里飞花的朦胧中，呆头鹅一般的书生摇头晃脑地吟读。千年修炼的蛇精窥视一切，媚笑溢满了水天人妖之间。杜康书说白蛇法力高超，才会喜欢懦弱的许仙，酷女总是以爱上自己的异类摆酷。

我说《青蛇》中的白蛇还是仙，尽管和人生了孩子。青蛇会嫉妒，会复仇，会引诱，才是真正的女人，我喜欢的是青蛇，可平时总说白蛇和许仙的故事。我说杜康书你知道《青蛇》中哪一段最让女人动心吗？我们上大学时常在寝室里，学青蛇和白蛇的"扭呀扭"，那不仅仅是蛇精学走路，是在学做女人，扭呀扭学好了，就可以谈情说爱，做女人了。杜康书说他还是会爱青蛇这样的女人，许仙算不上男人。

我说他杜康书这种人说不准就是现代许仙，会有现代白娘子看上他。法海修炼成金刚不坏之躯，早已飞升天国，现代白娘子可能会幻化成白领丽人，任凭现代白娘子和现代许仙演绎动人的爱情故事，不会再有断桥出现。

杜康书说追求男人的女人大多是强势性格，专断而好虚荣。他不会娶这样的老婆。我说他凭什么就可以娶老婆，为什么他未来的老婆不可以"娶"他？我说杜康书我要休息一下，他可以先回去了。杜康书说两个小时候再约我出去转转。

两个小时之后，我们走在黑夜中，白日的飞雨让位于温柔的黑夜，雨仍旧是雨，却静止在海涛的气息里，四周一片暗夜的祥和。佛顶的香火氤氲在佛的四周，佛顶山的佛现在也该睡了，我似乎能感受到所谓的天国就在身后。或许黑色丝绒般高贵静穆的佛就在不远处，正在雨夜中打着盹。

我们住的旅馆在普陀岛的半山腰上，沿着山腰往下走，一路只有一两盏路灯，幽暗的石阶上下延伸，白天向上走的时候，感觉自己在向天堂迈进，夜晚向下走，就是回归人间。我们喝了一点酒，带着酒后的微醺，我很放松，跟着杜康书漫步在黑暗之中。海天佛国的夜幕下，我们酒肉穿肠过，佛祖心中留，在神灵眼皮底下，有一丝违规操作的快感，在秘而不宣中，跟着感觉走。

杜康书显出几分激动。隐约看到他摆头的动作，和我平时对男人养长发不阳刚的观点截然相反，丝毫感觉不到女人气，却显出某种阳刚的诱惑力。杜康书说上中学时就羡慕鲁彦《听海》中的情节，曾经无比羡慕他是和妻一起去看海，他当时想作者的妻肯定很美，否则就没有这样诗情画意。他说可以将我想象成美丽的妻，和妻在一起听海。我比鲁彦的妻美丽，他很满足，我让他实现了少年时代的梦，我说自己在读那篇文章的时候，嫉妒着鲁彦对其妻的浪漫行为，可从未想过有朝一日真的可以听海。现在还觉得是虚幻的梦，没有圆梦的欣慰。杜康书问我真的从来没有想过？我说从来没有具体想过在何种情境下体味那种朦胧的浪漫情怀，只有一个非常遥远的不确定的想象，自己可能会有一次类似于听海的经历。

二十七

11月1日

上午要去看观音，我问杜康书信观音吗？要不要求子。杜康书一脸严肃，不置可否。他对着远远屹立在南海边的巨型贴金的观音娘娘，双手合十，作虔诚状。

我们跟着导游来到观音洞，听了为什么观音不肯去日本的故事，像其他香客一样，给观音娘娘磕了几个头。站在高大庄严的塑像下，四周香火缭绕，似乎飘飘欲仙。杜康书在我的耳边忽然说，他要是生男孩就生一个足球队，生女孩就只要一个。他说男孩好养，最好养一堆。女孩难养，一个就够受了。尤其是有一个美女女儿。我说男人原本就没有把儿女当一回事，男人自己的人生就很丰富，儿女只是锦上添花的生命延续。

杜康书问我喜欢男孩还是女孩，我说从根本上说，我觉得女性到了一定的知识层面，自己的精神很坚强独立，大多不肯要孩子。孩子对于女性来说就是尘世的牵挂和累赘。我说自己还是想要一个孩子，男孩女孩都行。在人生的第二十八个年头，有趣味的事已经所剩不多，知道自己孩子长什么样，是让我最感兴趣的事。

中午在普陀岛的小餐馆中，我们一同吃海鲜。

看到一斤多重的螃蟹，顷刻间化作盘中美味，觉出某种不可思议的神奇。白嫩的蟹肉，火红的蟹壳，被筷子夹进我的红唇白齿之间，鲜美的味道非常真切。这不是观赏经典外语片，看到男女主角约会时刀叉飞舞眉目传情，不是移情之后，将女主角置换成自己的想象。高大英俊的怀春少年正坐在我对面，东方人的眉眼，西方人的眼神，专注地欣赏着我对付大海蟹的动作。

杜康书说他五岁时，爷爷就带他到舟山吃海鲜，普陀岛的海鲜还算正宗，到了北京，吃的都是死鱼烂虾。他吃海蟹是为了喝啤酒。我说自己是第一次吃如此好吃的海鲜，以前在家乡吃到的海蟹都是苦味的，我还以为海鲜就是苦味的。

杜康书喝着啤酒，说我挺能吃的，虽然看起来弱不禁风。我说瘦子大多能吃敢吃，胖子大多不能吃不敢吃。瘦子还是瘦子，胖子还是胖子。杜康书说红楼梦中林黛玉就不敢多吃螃蟹。我说林黛玉有林黛玉的动人，薛宝钗有薛宝钗的好处。现在宝姐姐林妹妹都没法混了，上海宝贝们才正点。我说杜康书说得太好了，吃着海鲜喝啤酒是真正的享受。杜康书说秋天吃螃蟹喝黄酒，面前再放上几盆怒放的菊花，就会觉得人生不过如此。

我说杜康书你是学什么专业的，怎么有点怪怪的。杜康书很不好意思地说自己是学哲学的。我说据说哲学家不是天才就是疯子，他属于哪一种？杜康书说他属于败家的那一种，他的祖父是个高干，父亲是个企业家，到了他这儿，变成了学哲学的赤贫。我说自己的父母是讲究一日三餐的小知识分子，算个县城的小名流。我考上了硕士博士，尽管连出来旅行的钱都没有，挣了个"进士出身"，也算是光宗耀祖了。我说《红楼梦》中不是有一句话，叫做百足之虫死而不僵。杜康书仗着祖辈父辈的家业，这辈子最起码可以衣食无虞，只是千万不要培养自己的孩子做艺术家，免得孩子成不了艺术家，就要饿肚子。

餐厅里正在放着《泰坦尼克号》的音乐，杜康书说了一个高仓健听高雅音乐的笑话。高仓健为了提高自己的修养,和蓝今今更好地沟通,大清早起来就放瓦格纳的无调音乐,害得杜康书吃不下早餐。杜康书说老兄你听得懂吗?高仓健还委屈地说,还不让人进步吗?

杜康书说念到博士层面,无法不在哲学层面考虑问题,人文科学的经济、法律、文学都在利用最新的哲学成果。我说学术界动不动就是话语、语意场和解构,就连法理也用上了女权主义理论。杜康书说他正在研究村上春树的小说,《挪威的森林》写得多美,村上的小说就是写孤独的,孤独的个人无法与这个社会交流,有着种种障碍,这种障碍被常人视为病态。其实,所谓的正常人又何尝能够真正沟通,只不过自以为相互沟通罢了。

我说村上的小说太苍白了,他是发达资本主义国家里的精神贵族,他从来不为自己基本的生计问题操心,每天必须要冲一个热水澡,喝酒喝咖啡是他的消遣方式,旅行是一种逃避方式。我们现在的生存状况比起他来,可就差远了,连一天冲一个澡都不可能。

我建议将杯中的啤酒喝干。我说村上是逃避型的,我们是直面惨淡人生型的。

二十八

11月2日

今天地陪导游带着我们去游佛顶山,仍然是飞雨蒙蒙,杜康书和我走在队伍的最前面,我从小就喜欢爬山,小时候常常到附近的山上采野草莓。我现在还能感到野草莓那种鲜甜。

杜康书说当年的李丝可,头上扎着红色的丝巾,像童话中的小公主。我说非也非也,是个头发乱蓬蓬的野丫头。人的童年有两种,一种是放任自流的快乐,带着一点野一点脏,呼朋唤友,玩各种流行的游戏,包括每年在爸妈的眼皮底下,溜出来采野草莓。一种是家教严格物质丰富,保养得像高贵的王子与公主,没有匮乏感的童年,当然就少了许多满足的快感。通常不幸拥有这种童年的孩子，长大了看起来都有点蠢。我很感谢自己平民的父母，他们让我很早就知道匮乏感，匮乏之后的满足是如此地快乐。

我们到了佛顶顶佛，我用杜康书的相机给他照了一张，杜康书要我照下佛顶顶佛四个字。我故意没有照两个佛字，只照下了两个顶字。在佛国的地盘上，到处是佛，心诚的人早就求到了佛，何苦要拍一个佛字带回去呢？

杜康书要给我照相，我坚持不要拍照，旅游就是把一切记在自己的脑海里，照片恰恰会破坏美好的想象。一级级的石阶上爬满了青苔，雨水中发出油绿的光，我盯着石阶快速攀爬，一不小心差点滑倒，杜康书刚好逮住这个机会，抓住了我的手。

对于二十八岁的人来说，我在中学念书的时候，男女生交往虽然不再划三八线，可对于我来说，拉手对眼神的事也很少见。被长发男生抓住手，还是第一次，没想到感觉也很平淡。我怀疑自己是不是当代小说看多了，看多了所谓的男欢女爱，把别人的感受移植在自己的身上，似乎也曾经沧海，处乱不惊起来。

杜康书拉着我的手，连同我手上的雨水，在普陀山的飞雨中，情窦初开的少男情怀竟然有些楚楚动人，他没有穿雨衣，白色T恤早已被雨水淋湿了，紧贴在健壮的肌肉上，雨水打湿的长发凌乱地飞舞，倒是有几分落拓中的飘逸。

我说张丹枫说浮萍漂泊本无根，落拓江湖君莫问。其实落拓江湖除去失意之外，更多的是放荡不羁的快意恩仇。我现在就希望自己是个落拓江湖的侠客。

杜康书说江湖无处不在，人出了此江湖就进了彼江湖，还是身不由己。我说学界也是江湖，此江湖虽然没有什么险恶，要想扬名立万同样难。杜康书说女人做学问，有十分的聪明，能做出七分来就算有本事，还有三分聪明浪费在建立自信心上。

我说男人有五分聪明，就能做出七分的事来，有两分的事是外包装，三分的事是人云亦云，只有三分的事实实在在。杜康书说，很好，我是用其人之道还治其人之身。杜康书说站在佛顶听佛音，真是信不信由你。有一种佛自心生的感觉，佛似乎就在不远的天上，睁着大慈大悲的眼睛。

我说在佛的地盘上，还是不要议论佛才好。海天佛国的水气和雾气，营造出佛的境地，人只是偶尔来此一游，摆脱尘界的苦难而已。

我们同登佛顶山，坐在一张石椅上，指点周围的群岛，谈起金庸的武侠小说，杜康书说《天龙八部》中，他最佩服的还是乔峰，他有一份刻骨铭心的爱情，死了也值。其实做什么人真的有那么重要吗？

我说自己原先也想有一个乔峰那样的男人，专一地爱自己。现在觉得段誉更真实，因为真实而可爱。见到漂亮的妹妹，就大献殷勤，又不忘兄弟大义。我说自己最大的爱好是一个人对着电脑看经典外语片，清晰的画面，唯美的音乐，人生就这样在幻想的画面中流逝。上初中二年级时，我曾经和姐姐走了五里路，去看心仪已久的《魂断蓝桥》，那是我自己主动决定的第一次精神消费。很晚了，我们姐妹二人牵着手，走在黑暗的回家的路上，那时玛拉和罗敬家人没有接上头的遗憾深深地伤害了我们，纯爱的优美随着玛拉的死而诞生。我们都相信自己决不会犯和玛拉一样的错误。杜康书问我现在还相信吗？我说自己还是不愿犯和玛拉一样的错误，可是这样做很难，也很蠢，何况也没有一见钟情的罗敬。

杜康书说爱就是一种感觉，说出来就打了折扣。爱如佛家的禅，不可说。

我说自己度过青春期之后，才摆脱对罗敬的期待。罗敬是我心中最初的情人，玛拉死后，我给他设计了种种结局，再次遇到玛拉式的纯情少女，罗敬却无法再度激情澎湃。罗敬继承家业，事业有成，娶了一个门当户对的妻子，每晚坐在宽阔的大餐桌上喝威士忌吃西餐，又倍觉凄凉。

我无法给罗敬找到最后的结局，他在我的心中始终年轻。我却在一天天的寻找中，体验到自己的衰老和疲惫。杜康书说很难理解我的这种小儿女心态，不就是个凄美感伤的爱情故事吗。《泰坦尼克号》也不错。

我说《泰坦尼克号》是一艘巨型的情感战舰,《魂断蓝桥》是一只飘摇的白帆船。战舰外观壮美,适宜被欣赏、被炒作,小小的白帆船在水天之际漂泊,只有亲身经历过,才会在受伤的心中,体验到伤的美轮美奂。

杜康书说渐渐放晴了。中午时分已经烟消云散,传说《射雕英雄传》中的桃花岛就在普陀岛的附近。在地陪导游的指点下,一座小岛隐约呈现眼前,这就是桃花岛。东邪的老巢就在眼前,非但见不到什么怪异,倒是有一种他乡遇故旧的亲切。这是一次没有考证干扰的旅行,我李丝可想怎样想就怎样想。

二十九

论文写完了,就像梦游了一夜,却什么也记不住一样。蓝今今全然不知道自己对宋词中的女性主义倾向胡说八道了些什么,不过,言之有据,言之成理,四平八稳,不疼不痒总还是能做到,这是论文答辩通过的不二法门。

北京,冬日,午后,烤着暖气,晒着温柔的阳光,赖在北京,赖在书斋,有着说不出的舒服。这是蓝今今对北京冬天的真实感情,就凭这,她才死乞白赖地要留在这里。

她靠在暖气片上,啃着苹果,娴带着一股凉气,推开门。娴穿得很职业,黑色的毛料正装,白色的衬衣,外边是棕色的羊绒大衣。娴说自己饿死了,伸手去拿放在暖气片上的饭盒。蓝今今说,洗手去。娴说蓝今今也学会婆婆妈妈了。

娴边吃饭,边向蓝今今汇报上午的面试。她说自己出师不利,原本通知试讲十五分钟,最后只给五分钟,五分钟无论如何也很难看出一个人的实际水准。哎!任你花枝招展,口吐兰花,也抵不上一个有价值的电话。蓝今今小姐还坐得住?

蓝今今说不知道,打电话给有意向的学校,大多都被断然拒绝。剩下的几个,又含糊其词。大约博士毕业,她就会失业,最后的退路就是站在那里等候,进博士后流动站,再读两年博士后。娴说总有读完书的时候,还是先占一个坑吧。

四月一日愚人节,中午在公告栏,看到答辩安排表,知道高仓健上午参加过答辩。高仓健在愚人节答辩,蓝今今估计自己可能还要熬到六一儿童节,导师出国了,八月底才回来。

高仓健和如花在餐厅里共进午餐,高仓健情绪很好地啃着排骨,如花正吸溜吸溜地吃着面条。蓝今今和娴"相敬如宾",坐在他们旁边的餐桌上,一如既往地欣赏着眼前的风景。在水房打水时,蓝今今竟意外地碰到了高仓健,或者说,高仓健有意地找到了蓝今今。高仓健说自己通过答辩了,蓝今今说终于从博士生升级为博士了,可喜可贺。高仓健说自己留下来了,去了西北证券。蓝今今说,真不好意思,实在舍不得北京的暖气,自己留校再混两年。高仓健说,好啊!大家又可以一起混了。蓝今今说,都作鸟兽散了,谁还惦记着谁呀。

随着天气的转暖,娴找工作的情绪也越来越高,二人散步基本上取消。蓝今今独自一人漫步,月亮爬上了老柳树,高高挂在天空。她形单影只,背着两只手,举头望月。月光下,扔球的傻大个一个个都走了,蓝今今仍然像一只狗一样,绕着操场转圈。

春天里的蓝今今知道自己不思进取,只想赖在书斋里,混混日子。她已经偷偷申请了哲学系的博士后,至今不敢告诉别人。既然嫁不出去,好歹也做出献身学术的姿势。别人写完论文之后找工作,顺带替老婆找工作,替孩子找学校。她竟然无事可做。博士论文写完之后,第一感受是解脱,解脱之后是无事可干的失落。她时常一个人在学院周围晃来晃去,独自溜达一个小时,颇有些萧瑟的意味。

傍晚,蓝今今失魂落魄地从操场上回来,发现自己的水瓶落在操场边上。她拎着水瓶无聊地爬楼,狭窄的楼道散发出熟悉的气味,一楼到三楼都没有遇到人,真奇怪。四楼的灯突然灭了,楼梯一下子在面前消失,蓝今今一脚踩下去,脑子里一片空白。随着水瓶的爆裂声,她摔下了半层台阶。蓝今今没有发出任何声音,眼泪汹涌澎湃地夺眶而出,她感觉到被开水烫着的脚火烧火燎。

三十

　　黑暗中，一束手电筒的光照了过来，有人走近蓝今今，把她扶了起来。黑暗的楼道响起了高仓健的声音。他身后站着打着手电筒的如花。高仓健抱起坐在地上流泪的蓝今今，走在手电的光束中，穿过楼道的黑暗，直奔医院。如花看着高仓健从楼梯口消失，默默地回到宿舍。不一会儿，电来了，估计刚才是哪位仁兄仁妹在烧电炉。

　　如花清扫水瓶渣，将破碎的水瓶扔到水房的垃圾箱中。她在水房的镜子前面站了一会儿，看着自己的一双眼睛，发现没有一点感情色彩。如花爬到五楼，和李丝可一起收拾蓝今今的换洗衣服。如花在蓝今今的衣橱里发现了一副运动护膝，深蓝色，高仓健最喜欢的颜色。护膝放在一只淡粉色的小纸盒中，上面有一个小小的卡片：送给猛男，今今。如花将纸盒单独放到自己的包里。

　　蓝今今在高仓健的怀抱中，一时语塞，不知道他是从哪里冒出来的。细想一下，如花的寝室在三楼，正对着楼梯口，他一准是在如花寝室。蓝今今更加语塞，不知如何是好，只好更加涕泗滂沱。高仓健说蓝今今小姐最拿手的是笑，不是哭。蓝今今还是哭。高仓健说我可没带面巾纸。蓝今今仍然不说话，看着自己的脚，哽咽得不行。高仓健说疼得厉害？蓝今今点了点头。

　　蓝今今坚决不住院，敷完药就要回来。护士上完药，蓝今今就光着左脚要自己走，高仓健说蓝今今你站住，不由分说，一下子抱起蓝今今，说，有点像电影镜头，别嫌酸。蓝今今，你瘦了。蓝今今扭过头，免得看到高仓健脸上冷峻的小疙瘩，一闭上眼睛，眼泪又流了下来。

　　如花和李丝可赶到了医院，目睹了二人你侬我侬的局面。如花已经叫了一辆出租车，在出租车上，蓝今今坐在如花和高仓健两个人中间，一言不发。如花和高仓健若无其事地聊着分配的事，李丝可坐在副驾驶的位子上说，蓝今今要休息，少说几句。

　　回到寝室，李丝可说，今今，明天我就要去电视台实习，让燕晓云替你买饭打水。蓝今今说自己累了，要好好休息，高仓健垫付的医药费明天再给。高仓健说不着急，就和如花一起走了。蓝今今坐在床上，抱着自己的小猫抱枕说，李丝可，我这副可怜相怎么就给高仓健碰上了。李丝可说，脚还疼不疼？脚不疼心疼了吧？小姑娘好好睡一觉，明天会阳光灿烂。

第二天中午，刚过十一点，高仓健就拎着饭盒进来，说燕晓云回家看老公了，他来给蓝今今尽点义务，反正以前也干过，熟门熟路。

蓝今今端起饭盒，看着高仓健，举起勺子往自己嘴里送，饭包在小巧的嘴里，嘴却咧开了，怎么也合不上，这口饭无论如何是咽不下去。眼泪不争气地流了下来，像一个伤心的孩子。高仓健说，看到我不高兴了，那我就立刻消失。高仓健拿起水瓶，哼着歌走了。蓝今今抽噎了几下，擦干眼泪，一口一口地吃饭。刚刚吃完，高仓健已经打水回来，左手还捧着半个西瓜。

蓝今今吃着切成一小片一小片的西瓜，认真地看着高仓健，说你是一个挺不错的男人。高仓健说蓝今今小姐终于给了我一个公正的评价。其实，你哭的时候和笑的时候一样，挺有魅力。蓝今今说高仓健先生终于给了我一个合理的评价。其实，你的小疙瘩冷漠的时候和热情的时候一样，很生猛。

高仓健从打印室搬回蓝今今的论文，一本本仔细检查，惟恐出错，很快就发现后记上竟然有两个错字。文学系的博士竟然犯这种低级错误，是可忍，孰不可忍。他把蓝今今的论文拿到B大，用激光打印出了二十份，装上了自己挑选的乌金的封面，象征着宋词的意境。

蓝今今无法推却高仓健的一腔热情，只好听之任之。导师还在国外，只好按照导师的指示联系答辩的老师，答辩季节，要找一个专业对口的博导可没那么容易，这些博导经常飞来飞去，蓝今今的论文就很荣幸地被两位教授带在飞机上阅读。从天上揪一个博导来接电话，实在不容易。蓝今今守着电话给这些导师打电话，打探众位教授的行踪，见缝插针安排自己的答辩日期。所幸，六一儿童节众位都有空闲，蓝今今在一个快乐的日子里答辩。

高仓健包揽了所有和跑腿有关的事务，帮蓝今今将七本论文分别送给七位住在北京东西南北中的教授，同时，向七位答辩委员解释了蓝今今为何没有亲自来送论文，顺带将蓝今今烫伤的严重程度夸大了一倍，时间也提前到论文完稿之前。在同情理解和关怀的目光中，高仓健自己也觉得蓝今今实在是太不容易了。

回到蓝今今的宿舍前，高仓健都要买一个大西瓜，安慰一下无法走路的蓝今今，尽管十斤重的西瓜，他一般吃掉五分之四。

高仓健吃过西瓜，拎起蓝今今的暖瓶，去打水。打完水，抱起蓝今今的脏衣服，冲进男生水房，洗衣服。蓝今今感到很不好意思，竟然让这样一个大男人给自己洗内衣，或许谈恋爱都以牺牲个人隐私为代价吧。蓝今今觉得自己太缺乏经验，或许高仓健的这种表现才是恋爱中的正常行为。

三十一

六一儿童节，蓝今今终于可以答辩了。她坐在答辩席上，无法给各位导师鞠躬，满脸抱歉的微笑。

答辩主席高老的髋骨摔坏了，只能站不能坐，原本已经不打算亲临答辩会，考虑到蓝今今远在国外的导师的重托，还是乘地铁站到了学院。蓝今今坐在那里，看到满头白发的高老颤颤巍巍，拄着拐杖，身旁的高仓健神情严肃，很惭愧地向高老问好。

高老说程教授和林教授不能来，有紧急的会议，不过，张雷已经守在中文系的门口。今天是返校日，在学院的过道里，蓝今今的师弟张雷很容易逮住了两个博士生导师，可巧，蓝今今的论文两位年轻的先生都还读过。高老连声说，凑够了。一群人才坐下来，听站着的高老宣布：蓝今今论文答辩正式开始。

论文答辩进行了三个小时，蓝今今的论文被大卸八块，攻击得体无完肤。蓝今今的小脸一忽儿红，一忽儿白，变幻不定。回答完最后的提问，蓝今今被告之可以暂时回避，导师暂行讨论，她松口气，已经是一副豁出去的神情，大不了自己过不了。

半个小时之后，高仓健和张雷笑眯眯地告诉蓝今今，论文被评了优秀。蓝今今从心底里感激诸位先生，吃晚餐时，诚心诚意地敬了各位先生的酒。

一个月之后，高仓健和蓝今今又在臭水沟边散步，夏天的臭水沟散发出难闻的气味，蓝今今的小肉手又被高仓健握在手中，那种感觉就像是刚刚哭过的孩子，得了糖果，在那里一抽一抽地吸气。蓝今今沉浸在高仓健的体味中，亲吻就像无边的细雨，融进夏天的树荫里。

高仓健和蓝今今在宿舍里相拥的时候，高仓健有一种回家的慵懒和亲切。女人和女人的感觉是如此地具有差异性，身边的蓝今今变成了和自己睡在一起的女人。黑暗中，高仓健已经有些记不清如花的睡态，他回想起如花，总是躺在黑暗中，男生宿舍肮脏凌乱，如花的身体有一种陌生感，令他对她一无所知。高仓健看到黑暗中的如花，光着身子从床上坐起来，摸索着拿出一根烟。黑暗中，如花找不着打火机，高仓健从书桌上摸到了白云宾馆的火柴，给如花点燃了一根烟。如花拍了拍高仓健的光膀子，兄弟，好好睡一觉。白云宾馆的气息同样十分遥远，电话中潮湿的女声有些模糊，赫然出现在高仓健房间的时装美女，的确是尤物。高仓健无法排解自己，在朦胧的梦中，抱紧了睡在身边的蓝今今。他想象着自己正穿上泳衣，纵身跳入宾馆前面的游泳池，在跳下去的一刹那，他忽然醒悟到，白云宾馆的男性顾客都可能会接到同样的电话。他一个猛子扎进冰凉的水中，畅游也算是一种逃避。

在清晨的阳光中，床单上血迹斑斑。高仓健有一种无名的冲动。高仓健很温柔地抓住蓝今今的小肉手，说，我们结婚吧。蓝今今醒来，看到床单上的血迹，一言不发。她抽掉床单，塞到床下面的面盆里。蓝今今在高仓健面前暴露了自己的没有经验，感到无比羞愧。她低着头说，随你的便。高仓健很冲动，说，今今，我真的很爱你，以后我会做一个好老公。

蓝今今抬起头，目光有几分羞怯，语言干净纯粹：喜新厌旧很正常，有经验的人生总比无经历的空白强。

她从高仓健的胳膊底下挣脱出来，晕乎乎地回到了宿舍。蓝今今身上洒满了清晨的阳光，她走在黑暗的喜悦中。如花挑帘而立，说，为了小小姑娘的幸福，我这招趁人之危，还挺管用的。蓝今今，你要是再不幡然悔悟，我真的要和高仓健进行到底了。

蓝今今领了结婚证，一个人在学院的小操场上转了一圈，对自己说，原来结婚挺简单的，把自己嫁出去并不难。燕晓云正袅袅婷婷地走来，暗香浮动，是一个典型的小妇人。蓝今今捏了捏自己的脸蛋，想象着高仓健脸上热情洋溢的青春痘，自己是否会变成一个经典的小妇人。燕晓云向蓝今今抱怨自己的嘴角又上火了，细碎的皱纹在眼角弥漫。蓝今今很快意地摸着自己光洁的额头，高兴地说自己拿结婚证了。

在高仓健的宿舍，如花从自己的包里，拿出了一个粉色的盒子，交给高仓健。如花坚决不吃蓝今今递过来的喜糖。

三十二

毕业典礼已经举行，大家穿着宽大的学位服，和学院的各个角落亲密合影，留下了珍贵的记忆。散伙饭也吃了，就等着七月十日作鸟兽散。杜康书留在哲学所，娴准备出国，李枫如去了高校，燕晓云回到老公身边做学问。高仓健给燕晓云的临别赠言是：女人做学问不行。燕晓云说，我做学问算是自娱自乐不行吗？杜康书说，做学问需要圈子，女人一介入这个圈子，就有各种与色彩有关的流言，流言，你懂吗？不是张爱玲的《流言》，是真正的流言蜚语。你也可以选择另一条路，一个人真的做学问，多少年之后，得到学术界的认可。

漫长的青春期快结束了，如花被迫去了国家公务机关。如花穿着小吊带背心在学院四处溜达，在教室晃悠，在教室端坐，任凭自己的前后左右洒满了仰慕的眼神，这些，都将逝去。在毕业晚会的舞曲中，如花和高仓健漫步轻舞。只有四个人的舞池中，如花仍能够感觉到往日无数仰慕者的眼神。

载《小说界》2006年4期

帝乙归妹

千年的时光从来时的路上看过来，不过白驹过隙。身着宽大冕服的王站在一堆篝火前，眼前的地上铺满了蓍草。蓍草在黄色的沙土上轻舞飞扬，落向命定的未知时空。

铺排的蓍草有一丝莫名的兴奋，急切地从沙土上弹起来，飞向薄雾轻笼的沼泽方向。王双手合十，静静地凝视着眼前的篝火，若有所思。明日是自己的大婚，爻辞上说：帝乙归妹，月几望，吉。明日的大婚无疑是吉利的，帝乙的女儿如很美貌，如果没有看到过那个叫枫的女人，如会很完美。王盯着眼前龟甲上的裂纹，有着一点点犹疑。

一片沼泽的东南面，屹立着商王帝乙的宫殿，气势轩昂的宫殿，上栋下宇，铺排在沼泽的青气中，月夜的清辉，氤氲成一支远古的歌谣，轻轻飘荡在这片雨水丰茂的帝国。

帝乙的女儿如席地而坐，眼前是明日即将披在身上的嫁衣，嫁衣上绣着红色的玄鸟，振翅而飞的姿态像即将远去的嫁女。如没有见过那个即将成为自己的王和夫君的人，妹妹枫倒是见过这个男子，据说生得相貌堂堂，一派明君气象。如眷念生养自己的这片泽国，清辉的气象中，昊天和月夜滋养着通灵的女儿身，自由任性。兄弟姐妹们开心玩乐，在沼泽边的丛林和小山丘上纵情欢乐。就在几天前，父王帝乙告诉如，生养如十五年的商地，只不过是她投生到世间短暂的停留地，明天到达的地方，才是她作为女人永久的归属。

如轻轻地挂好嫁衣，月光移到了西窗，投向枫的门前。如径直到了枫的床前，枫的眼睛盯着西窗的明夜，竟然没有一丝睡意。如告诉枫，她喜欢泽国的风光，不愿意去那个干燥无趣的地方。枫坐了起来，拉着如的手，轻轻地说："如果我十五岁，我愿意穿上红色的嫁衣，像玄鸟一样飞去，如归般投入王的怀抱。"

在一瞬的回眸中，半年前的时光凝固在溪畔的山谷。王从帝乙的宫殿出来，帝乙答应将自己的大女儿嫁给王，他刚刚完成求亲的使命。王没有带随从，他必须一个人翻过眼前绵延的丘陵，回到干爽的国度。

沿着山谷流下的溪水透明如镜，一只纯白的肥兔跳跃在溪边的草地上，轻灵之极。那只纯白的肥兔后面跟着另一只纯白的肥兔，一前一后顺着溪流嬉戏。王饶有兴趣地看着两只肥兔，一时间竟然忘记了腰中的弓箭，跟随着两只兔子，来到了山谷的深处。一只肥兔蹲下来，轻轻地挠着细巧的下巴，那一刻，王拿起了弓箭，在抬起手臂的一瞬，他看到了枫。一个十二三岁的女孩，站在清冽的溪水边，梳洗自己如墨的黑发，黑发的波纹，激荡着王宽阔的胸膛。

大婚应验了爻辞的说法，帝乙送归的女孩大气端庄，足可以母仪天下。王拉着如的手，低头凝视着眼神清幽的嫁女，告诉她："这就是家。"

如静默的身影印刻在干爽的空气中，迎面传来玄鸟轻轻的啸鸣声，婉转低回，游荡在平原地带，久久不肯离去。如的手悄悄地按在嘴唇上，吹出了一个明丽的清啸，和着这声清啸，玄鸟的身影即刻出现在平原的地平线上，投入夕阳的深处。王和夫人的寝宫顷刻安宁下来。

王对于如的归来，很满意。

大婚的仪式在自己的宫殿里完成得很圆满。进入月夜的如，亦真亦幻，像一个真实的梦。大婚的第一夜，王睡得是前所未有地深沉。第二天，阳光洒在婚床上的时候，王睁开了眼睛，眼睛里是如俯身看着他的一双美目。

咸其拇

　　大婚的篝火一直燃烧了七天，氓每天都要为此准备足够的枯树枝。王告诉氓，七日来复，篝火必须烧满七日，才可以熄灭。氓很困惑，大婚就是连续烧七天七夜的篝火，用掉足足储备了一年的干柴？

　　大婚第三天的晚上，王带着夫人和大家宴饮，篝火的周围坐满了王的子民，直至月上柳梢，醉醺醺的人们渐渐散去，氓和夫人扶着王回到寝宫，将烂醉的王放在那张巨大的婚床上。夫人端庄高贵地向氓道声："晚安。"氓转过身的一瞬，王搂住了月光中的夫人。

　　从第四个夜晚开始，王又像从前一样滴酒不沾，整日坐在他的占卜室中，摆弄那堆龟甲和蓍草。夫人脱下精美的嫁衣，穿上了周地的衣裳，亲切温和，像是已经和王生活了一万年。和以前略有不同，夫人会在月上柳梢的时分，给王送去一碗亲手熬制的汤，据说是商地帝乙宫的秘制。王在如的目光中喝下汤，然后拉着夫人的手，并肩站在王的宫殿前，低头私语，抬头望月。而往日，陪伴王的人是氓。

　　烧完了七日的篝火，氓感到无所事事。王似乎已经忘却了他，这个往日的玩伴和仆役。氓是流落到周地的孤儿，一路流浪着，向着太阳升起的地方一路乞食。一天，他遇到了在林中狩猎的王，十二岁的王已经强悍勇敢，正从一只鹿身上拔出锋利的箭。氓什么也没有说，只是跟着王，一直跟到眼前的宫殿，做了王的跟班。王原本希望氓能够像他一样精于王国的生产和占卜，而氓仅仅对于跟随王有兴趣，对于其他的任何事情，氓都漫不经心。

　　三年后，王彻底放弃了对氓的教导，仅仅把他看成一个仆役，一个跟随自己的影子。

　　第八个白日，氓向王告辞。王问他去何处，氓说继续自己三年前的流浪。王一言未发，点了点头。

　　氓走了，王为他占了一卦：童蒙吉。氓此去应是大有所获。

　　十年之后，氓衣衫褴褛地奔波在回王国的路上，只是，他的身后跟着一个飘渺的影子，远远的，跟在氓的身后，若即若离。

在通向王国的驿道上，行进着一队娶亲的队伍，迎亲的队伍很热闹，新郎褐和小伙子们骑着白色的马儿在驿道上飞奔，跟在后面的族老们胡子修饰得很漂亮，喜气充盈着整个队列。氓很想知道新娘的样子，他只见过一个新娘：如，王的新娘。氓悄悄地跟着队伍，一步步接近王的国度。

快到王国的领地了，氓感受到干爽怡人的气息，王和夫人巨大的身影投射在东边的天空，状若神明。

一座低矮的茅草屋，倚靠在一片竹林边，茅屋的竹门上挂满了粉色的贝壳，一位族老站在门前等候着迎亲队伍。骑着白马的少年褐停下来，向门前的族老深深地鞠了一躬。老者作揖还礼之后，却不打开竹门。跟随少年的几个青壮拿来一束布帛，老者接受了布帛仍然不开门。这时茏，迎亲队伍中的族老走了过来，顺带牵着一头壮硕的白猪。看到摇头摆尾的大白猪，老者笑着捋了捋胡须，打开了竹门。

半月前，褐偷偷跑到王的国度来狩猎。褐将一支锐利的石箭射向一头黄狐，黄狐狡猾地回眸一笑，消失在葱茏的灌木中。此刻，清晨的阳光中，传来少女的歌声，歌声洒向平原的寂静，却向这边的山林聚拢，褐一听到这种声音，立刻驻足不前，他的脚拇指激动得发抖，无法迈开脚步。

自此，褐开始寻找这种让自己脚拇指激动得发抖的歌声，歌声就在王的山林里。他是个优秀的猎手，他有猎人的耐心，等待着那个歌声的再次出现。每天太阳刚刚升起的时候，他躲在七彩的阳光后面倾心聆听。终于，有一天，他看到一个女孩从一片竹林中走出来，轻盈地投向一片野地，寻找着荇菜。在第七个阳光充足的早晨，褐激动得难以自制，冲向那片野地，表白了自己的心意。

采摘荇菜的女孩叫丝，丝穿着粗布的衣裳，灵秀的眼神投射到褐懵懂的心，像一把锐利的匕首。丝告诉褐，他将要用彩礼来迎娶自己。

氓急切地等待着竹门打开的一刹那，竹门徐徐打开，里面走出了穿着新嫁衣的丝，粗布的新嫁衣一片明艳的桃红，霎时，天边和眼前洒满了漂浮的粉色桃花,新嫁娘面色也是桃红的,投向新郎褐娇羞地一瞥。氓,低下头,看到自己光着的脚趾不停地发抖,像中了邪一般。过了半晌,氓抬起头,跟随自己的枫,已然靠在竹门前,目不转睛地盯着丝胸前的一枚贝壳,贝壳是罕有的紫色,透着美玉的光泽。丝不禁也低头看了一眼紫色的贝壳,那是在野地欢爱之后,褐从胸口掏出来送给她的定情物。

氓目送丝骑上褐的白马,绝尘而去。丝的族老吹着周地特有的笛子,笛声幽咽缠绵,让人潸然泪下。迎亲的队伍伴随着西下的落日,缓缓离开王的国度。一时的喧闹复归平寂,茅舍中,丝的父亲母亲向着落日的方向祈祷,他们听到载着丝远去的马蹄声。

氓站在王国的驿道上,不知何去何从。看到丝的那一刻,氓突然明白,自己十年来颠沛流离,即是寻找如丝这样的新娘,自己奔波不息,是为了迎娶这样一个桃花般的女人。氓觉得自己没有面目回到王的身边,自己依然一无所获,像十三年前那个流浪汉。

残阳如血,笛声游荡在氓的五脏六腑,他颓然无助,坐在山岗的野地上。枫离开娶亲队伍之后,一直跟着氓,枫悄悄地坐在氓的身边,伸出细长的柔荑,抚摸着氓那张英俊的脸。柔荑轻柔低诉,枫的面目一如粉色的桃花般灿烂明艳,氓轻轻舔着枫柔软的手指,一种安稳的气息延伸到氓的四肢百骸。

系遁,有疾厉

如远嫁之后,帝乙的宫殿失去了大半的欢乐,枫再也找不到一个可以整日厮守悠游的人。她在山林和溪谷间游荡,拒绝日益浓厚的孤独,以及对于王无望的遥想。转眼间,餐风饮露的枫突然美艳夺人,帝乙发现枫已经十五岁了,到了待嫁的年龄。枫的任性刁蛮随风而散,她的美貌也远播四夷。帝乙的宫殿外日益热闹,远道而来的求亲者络绎不绝。

一个夏天的清晨,枫照例踩着即将落下的月辉,来到沼泽的边缘，在青气中摆动起曼妙的身体。马蹄声从驿道上传来，顷刻间，眼前出现了一队强悍的兵士，一个壮硕的武士跳下战马，向帝乙的寝宫疾奔。就在那个下午，帝乙决定将枫嫁出去，平复商国东南面的危机，枫将会成为东夷王的夫人。

枫从山谷深处的溪水边沐浴归来，母亲告诉她，她即将远嫁，为了商国的子民，她和如一样必须嫁给邻国的一个王。枫默默地听着母亲低沉的声调，一言未发。良久，她告诉母亲，她不想嫁。母亲说，自己就只剩下枫一个女儿，何况自己当年即是这样嫁到商国。

枫蜷缩在自己的房间里，已经三天没有出门了，门前是帝乙安排的武士，扛着作战的武器来回逡巡。

入夜时分，枫从后窗逃了出来。她躲着明丽的月华，沿着山间的溪流疾行，拿出多年在丛林中游荡的习气，向着月亮和太阳升起的地方，一路狂奔。她一连奔跑了两天两夜，终于翻过了连绵的丘陵，走出了帝乙的国度，来到王的平原地带。枫实在太累了，她倒在野地的荇菜上。

枫醒来的时候，闻到了食物烤熟的香味，睁开眼睛，东边的昊日升起在平原的地平线上，红彤彤的日，一个男子，长发散乱，衣衫褴褛。男子盘膝而坐，在燃起的篝火旁烤一只兔子，烤熟的兔肉散发出诱人的香味。男子告诉枫自己是氓，听到氓的口音，枫感到无比亲切与熟悉，那是和王一样的声音，甚至于比王的嗓音更加浑厚动人。枫接过氓递来的兔肉，大口吃起来，从未有过的香甜，甚至比得上擅长烹饪的如的水准。

枫自此跟着氓在王的国度游荡，她很惊诧，帝乙没有派武士来找自己，而在王的国度，竟然没有一个人来过问她的底细。她显然不明白，那是因为她跟着氓的缘故。氓曾经是王的贴身侍卫，身边最得宠的人。他陪着王巡视过国度的每一寸土地，擅长辞令的氓，每到一处都留下自己英气逼人的身影，国度里的世家大族曾经对他寄予厚望，无数的女孩也因此春梦连连。几年后，氓却选择了远离王的游荡，在无数叹息的眼神中，没有人能够明白氓的所作所为。氓是王封的贵族，在王的国度是自由的。氓却自知，自己身份低微，他的身体里没有一丝一毫周族的血脉。

氓看到清俊的枫，熟睡的脸一片未谙世事的纯净。枫是穿着弟弟垒的衣服逃出来的，因此氓把他看成了多年前的自己，一个任性潦倒的小流浪汉。氓一味地让枫跟在自己身后，就像他当年跟在王的身后一般，这种跟随不需要任何理由。

离开了王，氓曾经在周地的四周游历，他到过枫的故乡商国，待了一段时间，商国潮湿清新的气息让人留恋，随着如的离开，商国的国运也日益衰败。他去了西地国，彪悍勇猛的西地子民经常去邻近的商国抢亲，因为沼泽的清韵，商国盛产美女，在西地通向商国的驿道上，他曾经多次遇到过哭泣的新娘，新娘漫天的眼泪中，新郎面露喜色。他甚至去了枫惧怕的东夷国，那是一个有大水的地方，东夷国的子民爱吃水里的动物，还有着一味神奇的调料，放在食物里，食物的味道便会鲜美异常。

最终，他还是想念王的国度，想念平原野地上纵马飞奔的感觉。十年之后的一个傍晚，氓又回到了王的领地，像一个故人一样寻找十年前的景物。

枫从未离开过帝乙宫殿，十五年来，在宫殿方圆三里的山林里任情嬉戏。这是她第一次的远离，却是一辈子对于商国的遗弃。

在王的国度，枫很快意。她拉着氓，走在秋日的原野上，秋天的农田依然丰茂，白日里，农人在大人君子的农田里劳作。枫指着一个农人问氓，他为什么要在这里？氓惊愕于枫的无知，无以应对。半晌，氓告诉枫，任何一个国度的农夫都整日在田地里劳作，否则，大人君子们就会鞭打他们。等到晌午时分，枫看到农人停止了劳作，在田间垄头吃上几口干粮，从瓦罐中倒出一碗水，一饮而尽。枫问氓："你为什么可以不劳作？"氓告诉枫，他是大人君子，有自己的封地。尽管他穿得很破烂，居无定所，但是，枫难道没有看到他佩的宝剑吗？

日落时分，王的田野里行走着荷锄而归的农夫，唱着忧伤的曲调，回到自己的茅屋。氓和枫穿梭在这样的田野和农人之间，向着王的宫殿方向一路漫游。

入夜，突然下起了瓢泼大雨，眼见着露宿野地是不可能了，两人向着一排茅舍跑去。茅舍的门打开了，一个面貌慈祥的族老让枫和珉进了屋。枫跟着一个老妇去了后面的内室，转眼间换上了周地的衣裳，珉此刻才发现，枫不是小流浪汉，竟然酷似十年前的如。枫有着一丝难得的羞涩，向珉浅浅一笑。屋内的塘火已经点燃，珉坐在塘火边，老妇帮着枫一起，在火边烤被雨淋湿的衣服。

族老坐在一边，递给珉一壶米酒，告诉珉，十年前珉和王一起来过这里，而昨天，他们刚刚嫁出了自己的女儿。珉谢过族老，轻轻地抿了一口酒。族老说："好遯，君子吉，小人否。你是大人君子啊，这样悠游度日，洁身自好，也是好的。但是王的农人和奴隶也似大人这般，王便没有粮食，也就没有军队可以称霸一方了。据说邻近的商国已经被东夷打得一蹶不振，不知道会不会影响周国？"

枫和老妇在一旁闲话家常，老妇看着珉，告诉枫，这是个好男人，自己的女儿等了他十年，女儿说即便做他的奴隶也心甘情愿。枫说："他是什么人？"老妇说："大人君子。"老妇烤好了珉的衣服，交给了枫，说早点歇息吧。族老和老妇去了别室，留下枫和珉坐在塘火边。珉举着米酒，问枫要不要来一点？枫问珉："老婆婆为什么不带我去女眷住的地方？"珉轻轻一笑，"老婆婆把你当成我的奴隶啦！"

飞鸟以凶

白日的昊天清明无限，珉抵制不住对王的想念，终于和枫来到了王的宫殿。上栋下宇的宫殿显然又翻修过多次，气势比先前更加轩然。王依然端坐在他的占卜室里，根据爻辞来指示国人的生产，宫殿和王国内外渲染了十年前所没有的喧闹和欣然。王见到立在占卜室外面的珉，一个精壮的男人，露出嘉许的笑容。王依然威严神武，只是唇边多了丛生的胡须，显示出十年光阴的漫长。

王发现了珉身边的枫，一阵遥远的心痛从天边射来，王有一丝颤动。片刻后,王向枫投向嘉许的一笑。王告诉氓,留在王国繁衍生息吧。氓和枫准备告辞的时候,王突然转向枫:"你的姐姐如很是想念你,赶紧去看看她吧。"

枫看到阳光下的如,沾染了王的气息,竟然干爽威严,具备了夫人的风仪。枫按照王国的礼节给姐姐下跪,如满脸笑意,问枫:"精灵古怪的枫何时变得如此循规蹈矩?"如的眼泪伴着这句话一起滚落在宫殿的泥地上,眼泪极快地融入干燥的泥土中。枫告诉姐姐,父王帝乙和母亲都安健如初,只是想念远嫁的如,每每会在端午的月夜暗自神伤。当然,如每年在端午送回的丰厚礼物也让商国的国君无限释怀。

在王的调教下,经过十年的光阴,如越发成长得母仪天下。枫悄悄地叹了口气,想要退出姐姐的寝宫。如拉着枫的手,说今天不要走,和姐姐好好叙叙。

月夜下的宫殿飘渺空灵,竟然有一丝泽国的气息。如的气息浸染了王国的干爽,氤氲着晶莹圆润的气场。循着一股晶莹的气息,枫和如来到孩子们的房间,像王勤于政事一样,如勤于生产,房间睡着五个孩子,最大的十岁,最小的才两岁。枫惊诧于细弱的姐姐何以如此顽强,生出了众多的子女,周地人丁果然兴旺。

如满足的眼神透过月光,投射到过去十年的光阴中,一次次临盆的呻吟在寝宫的上方盘旋。枫悄声地告诉如,商地最近十年的种种,琐事最后,枫说自己是从父母安排的大婚中逃离出来的,自己实在不愿意嫁给东夷的王。

枫的眼泪隔了十年的光阴,终于掉落在姐姐的面前。如轻轻搂着成年美貌的妹妹,心有所动。

入夜,氓轻车熟路跑到王的仓库,他抱来大捆的干柴。在十年前住过的岩洞前,氓点燃了一堆明亮的篝火,篝火边,氓和衣而卧,一如十年中的每一个夜晚。午夜梦回,身边少了枫的气息,氓有着一丝不安,夜雾聚拢在黑暗的篝火旁,氓在熟悉的王国里沉沉睡去,十年的游荡终结于一次酣畅的睡眠。

清早,岩洞前灰雀的鸣叫依旧婉转,呦呦的鹿鸣声,应和着溪流清洞，氓似乎回到了十年前。他睁开眼睛，枫坐在他身边，巧笑倩兮。枫换上周地特有的麻衫，绛红色的衣衫随风飘动，一双美目流盼之间，投射到氓的心里，生下了永久的根。

氓坐起来，拉着枫的手，说我们成亲吧。

妇丧其茀，勿逐，七日得。

氓的田地早已荒芜，农奴们跑得不知所踪。氓在田地里垦荒，枫学着在岩洞前烧火做饭。氓告诉枫，他要给她造一座上栋下宇的房子。王派来一队兵士，带来木料和茅草，随后又差遣了二十个精壮的奴隶，给氓盖房子。七日之后，房子盖好，如又差人送来了家用的各式杂物，以及一张宽大的婚床。

氓和枫坐在自己的屋子里，漂泊的思绪竟荡然无存，剩下的是心满意足。两人相互凝望着年轻的身体，发出沉沉的叹息。氓说，终于告别了岩洞。枫说，原来上栋下宇的屋子这样迷人。氓和枫紧紧相依在宽大的婚床上，昊日正在大地上飞速运行，屋外骄阳无限。

王派遣的二十个奴隶留在了氓的领地，氓又开始了对王的跟随。

十年，光阴似乎没有留下太大的痕迹。

到了周地，枫和如一样，勤于生产。隔一年的秋天，在氓狩猎归来的某个夜晚，都会听到清晰响亮的婴儿哭啼声，氓的眉宇间洋溢着阳刚的喜悦，他知道枫又给自己生下了一个儿子。氓归家第一次听到婴儿的啼哭声，他刚好猎到了一头麋，他给这个儿子取名狩麋，氓归家第二次听到婴儿的啼哭声，他刚好猎到了一头鹿，他给这个儿子取名狩鹿。接下来，枫拒绝给孩子取这样的名字，于是，他们的第三个孩子出生之后，氓来到王的占卜室外，请求王赐名。王给这个孩子占了一卦，取名硕。

氓的目光消融了枫的任性刁蛮，她的美艳却日甚一日，在朴拙的周地，枫的美貌变得分外招摇。枫仍然追随着氓在野地的狩猎，像一个无畏的兵士。枫时常勇敢地冲到丛林，像男子一样和野兽厮杀。随着尖细的嚎叫声，枫的脸沾上了兽血，冰雪般的肌肤更加美艳。

在氓追随王的日子里，枫带上几个奴隶，在领地附近的丛林里出没，寻找可以捕获的猎物。一日，因为追逐一只英俊的雄鹿，枫跑出了领地，精疲力竭，最终坐在一块陌生的野地里休息。中午时分，倦意一阵阵涌来，枫睡了过去。

枫醒来的时候，昊日已快落下，她的身边跪着自己带出来的两个女奴。枫骑上马，在陌生的原野上疾驰。女奴告诉枫，她们策马奔来的时候，一个佩带宝剑的男子跪在她的身边，当她们快到的时候，这个男子骑上一匹黑马，很快地向北方跑去。枫的衣衫完好，只是头上昨天新盘上的假发没有了。

枫心里很懊恼，隔了几日，枫去了如的宫殿。她请求如，帮自己找到假发，假发是氓帮自己做了整整两天才做好的。如让王给枫占一卦。王果然给枫占了一卦：妇丧其茀，勿逐，七日得。

王的占卜室除了王没有人能够进入，枫的假发就放在一片龟甲的上面。那个午后，氓因为惦记着枫，已经从近道回自己的领地了。王策马疾驰在回宫的路上，远远的，看到熟睡的枫，面容娇嫩如花。他放下王的身份，跪在枫的面前，十年来，隐匿在深处的丝缕情绪，膨胀在空无人烟的野地。他伸出手，渴望摸一摸枫丝质的脸，手停在半空，却伸向了那高耸的发髻，轻轻摘取了枫头上精致的假发髻。

王在枫的女奴到来之前，骑上马疾驰而过。

随着孩子的增多，氓对婴儿的啼哭声丧失了兴趣，枫如花的容颜在岁月的消磨中，日渐隐退，隐隐的暮气躲藏在氓的眉宇间。他按捺不住心头的蠢蠢欲动，思绪又一次奔向遥远的地方。

月光如水的夜晚，氓拉着枫的手，一如十年前的眼神，直视着枫的一双美目。他告诉枫，又一个十年过去了，自己流浪的习气故态复萌，他要远行。枫习惯了氓的背影，对于突如其来的对视，一时有些难以适应。她回过头，看着睡在旁边木床上的五个孩子，垂下了眼帘。

清早，薄雾轻笼着溪涧，屋外的草地上，欢乐的露珠灵异地在草丛间跃动。氓站在上栋下宇的屋前，和枫告别。氓跨上他的那匹白马，准备开始自己的第二次流浪，就在那一刻，王国的上空响起了冲天的牛角号声，号声从王的宫殿方向传来。氓一惊，他告诉枫，看护好孩子，王告诉子民，国将有难。

枫看着氓远去的身影，竟然轻轻松了一口气。

丰其沛，日中见沬

枫独自一人在溪水边浣洗周地特有的麻衫，溪水中的女子端庄娴静，像一个真正的夫人。头上新盘的发髻精巧细致，自从那次狩猎丢失发髻之后，枫郁闷了很久，王的占卜并不灵验，七日之后，发髻依然杳无音信。氓为了安慰枫，用枫剪下来的头发重新做了一个美丽的发髻，帮助枫戴在头上。枫露出了久违的笑容，灿烂的眼神让氓心花怒放。

看着倒影中的发髻，枫忧心如焚。她来到王的宫殿，如正焦急地等着王的消息。

氓跟着王一起出征了，此次作战的对象是东夷，氓熟悉附近邻国的山川地理，是王最重要的军师。王平日的田猎显然不仅仅是为了多获禽兽，打仗的时候派上了用场。在俘虏日渐增多的时候，战争接近了尾声。军士们抓了很多俘虏，运回来的俘虏充塞了驿道。可是，枫依然没有看见那匹灿然的白马，以及骑在马上的氓。

那是一个黄昏，在东夷的王宫前，氓遇到了东夷的王。东夷王高大魁梧、威严刚强，东夷的军队早已被王的大军击溃，士卒所剩无几。东夷王向氓发起挑战，他告诉氓，他为了夺回帝乙的女儿发动了这场战争，尽管东夷国已国将不国，他还是要以男人的名义向氓发起挑战。氓喝退手下的士卒，骑着白马来到东夷王的面前。

氓原本无须和东夷王拼命，因为东夷王已被氓带领的五千人团团围住。氓和东夷王的决斗持续了三天三夜。最后，东夷王和氓互相将宝剑插入对方的身体，就在最后的一刻，东夷王对氓说：你本不该如此。氓看着东夷王眼前殷红的桃花，面露微笑：对于一个钟情于流浪的人来说，死可能是最好的解脱。

王目睹了东夷王和氓的决斗，在最后的时刻，王说："你们是真正的男人。"

当凄厉的牛角号声再次响起的时候，王宣告了这次战争的结束。

枫带着五个孩子来到驿道边，寻找胜利归来的氓。王的高头大马出现在枫的视线中，却不见了氓。枫跟着凯旋的军队，来到王的宫殿前，在王的占卜室前，王告诉枫，氓已经战死在东夷。

王从怀里拿出一个发髻，递给枫，王告诉枫："氓最终找到了发髻。"

载《作品》2011 年 2 期

青铜鼠人

下文为人物的简要介绍。

高楠：中国女孩，康州白橡树小学四年级，熟悉马尔都克语言和历史。

瑞瑞安：美国女孩，康州白橡树小学四年级，熟悉植物和园艺知识。

玫瑰：美国女孩，康州白橡树小学四年级，熟悉星象和科学常识。

迪父：迪哥与迪迪之父

迪哥：葛雷德十五世，鼠人王国前任国王，绿宝石的地下守护者。

迪迪：葛雷德十六世，迪哥的孪生兄弟，鼠人王国的守护者。

迪逊：洞穴酒吧经理，迪哥的老师，鼠人王国的守护者。

米尔：小镇邮递员，迪迪的好友，鼠人王国的守护者。

路德维克：羽人王国的王子。

戈登武士：羽人王国武士，高楠守护者。平时是一支金色羽毛，飞行时成为金属质地的金色翼羽。

艾曼达武士：羽人王国武士，玫瑰守护者。平时是一支翡翠色羽毛，飞行时成为金属质地的翡翠色翼羽。

斯里夫武士：羽人王国武士，瑞瑞安守护者。平时是一支银色羽毛，飞行时成为金属质地的银色翼羽。

高大椿：旅美访问学者，高楠的父亲。

李小楠：作家，高楠的母亲。
本杰明夫人：瑞瑞安的母亲，Girl Scouts 义务老师。
劳伦夫人：Girl Scouts 老师。
克莱尔先生：熙尔湖守林人。

熙尔湖露营

西哈特福德是个平常的美国小镇，一眨眼，高楠几乎在这里待了一整年。三百多天发生了很多事情，有些事情不是想遇到就能遇到的。高楠恰恰遇到了很多意想不到的事情。特殊经历让一个人成长，美国小镇的生活的确让高楠大开眼界。当然，这些特殊经历是大人们所无法理解的。

熙尔湖露营是所有意外的开始。

五月，Girl Scouts 露营季开始了。露营地址在康涅狄格河边的弗雷德森林。

康州的全称是康涅狄格州，源于印第安语，意为"潮汐河流域"。北美大陆的土著是印第安人，他们过着原住民自由自在的日子，直到白种人乘着五月花号驶过来……

引自维科：康涅狄格河源出新罕布什尔州北部康涅狄格湖，向南沿佛蒙特、新罕布什尔州界，经马萨诸塞州、康涅狄格州，注入长岛海峡。长655公里，流域面积2.9万平方公里。补给靠雪、雨。汛期4～5月。河口平均流量606立方米/秒。急流和瀑布用于发电。

备注：借助潮汐和运河，小海轮可达哈特福德，河船可达霍利奥克。露营的弗雷德森林属于康涅狄格流域，附近有几个幽静的湖泊，其中以熙尔湖最为著名。

这是高楠爸爸用英文打印出来的小纸条上的文字，放在高楠的床头，全英文书写，目的是为了提高高楠的英语阅读水平。

高楠再次强烈感受到：大人真的是一个可怕的物种！

露营的第一天傍晚，女孩子们在小木屋中做晚餐。茉莉是个出色的厨师,她指挥着大家一起做晚饭,女孩子们一起做了很多好吃的。饭后,玫瑰神奇地拿出一个便携式冰激凌机,用草莓汁、冰激凌粉和牛奶给大家做冰激凌当饭后甜点。高楠帮着玫瑰做冰激凌,用瑞瑞安妈妈——本杰明夫人提供的纸模接着柔软冰凉的冰激凌,很好玩。高楠给大家一人分了一支,草莓的香味在小木屋中弥散开来。高楠坐在餐桌前,细细品味亲手做出的草莓冰激凌的味道,心里惦记着好朋友瑞瑞安,她独自一人悄悄去找白尾鹿了。

直到暮色笼罩熙尔湖的时候,瑞瑞安才回到营地小木屋。瑞瑞安显然饿坏了,她拿起一块三明治,咬了一大口,边吃边告诉高楠:"我看到白尾鹿了,也看到持枪猎杀白尾鹿的人。如果持许可证,可以猎杀一到两只的!"

瑞瑞安显然不想多解释,看起来心事重重。瑞瑞安始终一副心不在焉的样子,高楠给她的冰激凌都化了,还放在餐盘里,她始终在低头画一幅线路图。

高楠推了推瑞瑞安的胳膊:"赶紧吃冰激凌,在野营呢,吃上冰激凌也不容易!呃——看在我的面子上,吃一点吧!"

瑞瑞安总算拿起冰激凌,大口吃着。她一边吃一边让高楠看手中的线路图。图上有高大的乔木、小径、湖泊、天鹅、鹿和星星……画得重重叠叠,挺复杂的。高楠看到线路图上有星座,把那张纸拿了过来。她发现线路图上画着上午走过的一段路线。高楠告诉瑞瑞安,线路图上的比例有些不对,星星和芦苇的图标过大,无法准确地显示出路线。高楠拿起笔,帮瑞瑞安修改线路图,画出了一条非常漂亮的线路。瑞瑞安伸出右手,向高楠做了一个胜利的手势,依然沉浸在那张图里面。

十点钟,瑞瑞安妈妈准时把大家赶到睡袋里。高楠很快就睡着了,睡梦中,那些贝壳形的吉利莲巧克力飞向她,她轻轻抓住一块形状漂亮的巧克力,咬下一块,在舌尖细细融化,有一种从舌尖传递到全身的快乐。突然,高楠被睡袋外面轻轻的拍击声惊醒,睁开眼睛,透过小木屋的玻璃窗,她第一眼看到的是天空中的月亮,月光静静地洒在高楠面前。瑞瑞安穿戴整齐,蹲在高楠的睡袋边上,眼睛里闪着星星般的光泽,"高楠,我发现了天鹅蛋!"

高楠和瑞瑞安沿着林中小径前行,湖边的林子里雾气弥漫,高楠看了看自己手腕上的夜光表,刚好是午夜十二点,月亮高高地挂在天上,上弦月像一把射向宇宙的弓。① 月光从丛林的间隙中洒下来,静静地投射在四周。高楠紧紧跟着瑞瑞安,不时能听到小动物匆忙逃窜的脚步声,高楠看了看四周的地形,潮湿的空气里隐隐有着湖水的腥味。瑞瑞安有些胆怯地拉了拉高楠的胳膊,高楠拿出口袋里的微型手电筒,查看瑞瑞安手中的线路图,嘴里轻声念叨:"湖边小径步行十分钟,右拐弯,进入浅滩的芦苇丛。"

　　这时,午夜猫头鹰开始了凄厉的鸣叫,那种声音让她们加快了步子,疾走了大概十分钟,看到月光下静谧的芦苇丛。瑞瑞安小声说:"这里的芦苇丛都生长在浅滩上,没有湿地沼泽,能够从地面上走过去。"

　　月光非常亮,她们俩顺着茂密的芦苇丛往前寻找天鹅蛋,又走了很久,芦苇丛已经消失了,只能深一脚浅一脚地走在沼泽地里。又走了大概十分钟,听到三次猫头鹰的叫声,瑞瑞安发出一声满意的叫声:"天鹅蛋!"

　　高楠和瑞瑞安停住脚步,似乎能听到远处天鹅羽毛轻轻拍打湖面的声音。她们俩看了看彼此的脸,被露水打湿的头发贴在脸上,两个人神情困顿,脸色苍白。突然,高楠和瑞瑞安感受到下半夜的阴冷潮湿,一起打了个寒战。她们慢慢靠近天鹅巢,蹲在天鹅旁边。三颗微微泛着光泽的蛋静静地躺在一个巨大的天鹅巢里。这三颗蛋比一般的天鹅蛋要大,最大的一颗天鹅蛋,直径大约超过二十厘米,有橄榄球大小。

　　瑞瑞安轻声地说:"下午看到的就是这三颗蛋,当时也没有看到天鹅!"

　　高楠盯着那颗最大的蛋,小声问道:"天鹅不是应该一直看守着蛋吗?"

　　三颗天鹅蛋静静地躺在芦苇编织成的窝里,最小的蛋颜色最深,蛋壳上沾滞着泥浆和杂草,表面有着明显的划痕,蛋壳上布满星星点点的瘢痕。中间的蛋是惨淡的白色,蛋壳上裹着一层薄薄的细草。最

---

① 月相变化规律,在书中有着极其重要的作用。

大的天鹅蛋闪着莹莹的天青色,蛋壳已经非常薄,像一层透明的纸,似乎快孵出来小天鹅了。她们俩对视了一下,高楠用手轻轻碰了一下那颗最大的天鹅蛋。高楠的手指刚刚碰到天青色的蛋壳,面前的天鹅巢穴陡然放大。

水晶天鹅图书馆

这是一个巨大的天鹅巢,水晶天鹅巢穴!

她们顷刻间站在天鹅巢穴中,枯枝和芦苇叶编成的天鹅巢穴一下子变成了一座鸟窝形状的水晶宫殿。高楠脚下是蓝色水晶的地面,水晶里面漂浮着冻原天鹅白色的翼羽,翼羽滑翔在地面的水晶里,带着柔软的啸鸣声,整座宫殿不时能听到从地面传来的柔软叫声。高楠和瑞瑞安不约而同地拉起了对方的手。

金色、蓝色和粉色的水晶条横七竖八地搭起一个倒置的鸟巢,这些水晶条看似随意又排列得很有规律,映出神奇的折射光,这种光让人想起非常辽远的地方——宇宙。水晶鸟巢边缘似乎直接连着暗蓝色的天空,最起码看起来是这样。高楠和瑞瑞安抬起头,水晶宫殿正上方的星星组成了一个闪耀着光芒的星座,鸟巢上方的星星触手可及,她们伸出手,想摸一摸,顿时星星又变得很遥远。突然有一个声音穿过翼羽的鸣叫声传了过来:"上面是金牛星座。"

玫瑰穿着睡衣站在她们身后,左手拿着露营的夜光手电筒,右手指着星座上的星星:"那颗灰红色的星星是 α——Aldebaran(毕宿五)①,意思为'跟随者'。那颗蓝色的是 β——El Nath,阿拉伯语'以头抵撞者'。"

---

① α(Aldebaran)星:即毕宿五,是距地球 68 光年处的一颗不规则变星。毕宿五的意思为"跟随者",因为它紧随着昴星团和毕星团上升和下落。它位于黄道内 6°,是古代美索布达米亚人四颗王者之星和"守护者"之一,其余三颗为轩辕十四(狮子座 α 星)、北落师门(南鱼座 α 星)和心大星(天蝎座 α 星)。

"虚拟穹顶？我们似乎进入了距离68光年的宇宙！为什么感觉不到热？"玫瑰拖着露营小屋的木屐，在挂着金牛星座的虚拟穹顶下转悠着。

翼羽飞翔的啸鸣声似乎听不见了。高楠盯着那颗毕宿五，灰红色的星星发出隐忍炽烈的光，不知为什么，有一股无形的力量逼迫着她，她一直盯着那颗神秘的灰红星，无法转移视线。水晶宫殿上方的各色水晶条变成淡淡的灰红色，遥远的乐声从水晶地面响起，那是一种古老的谣曲，缓慢、忧郁而温暖。高楠记得曾经在什么地方听过，她闭上眼睛，使劲去想这首音乐的谱曲。

高楠几乎要想起来了，却被玫瑰的声音打断。玫瑰依然在抬头看星座："虚拟穹顶变了，α星消失，β星不见了，出现了古怪的文字……"

高楠睁开眼睛，发现面前是两扇巨大的白色翼羽大门，在羽毛闭合处似乎还有被风吹动的震颤。

瑞瑞安跑到两扇翼羽前面，用手去推，羽毛大门纹丝不动，瑞瑞安小声说："很硬，冰冷，像金属。"

玫瑰跑到翼羽闭合处，发现在闭合处有一个长方形键盘，上面排着从0到9的阿拉伯数字，看起来像密码输入按钮。玫瑰回头看了看闭着眼睛的高楠，转身问瑞瑞安："按哪几个数字？今天的日期？耶稣诞辰？复活节？不知道啊！"

瑞瑞安推了推高楠，高楠这时终于想起来，翼羽吟唱的是《大海和辛巴达的船》[①]。高楠脑子里浮现出歌曲简谱的唱名，她在暗蓝色数字键盘上按下了613543。

一声微弱的"滴"声后，翼羽大门缓缓打开。

一个巨大的没有边界的空间，无数的木质书架整齐排列着，一眼望不到边，向着暗黑的空中排列着，这是一座没有边界的图书馆。

[①]《大海和辛巴达的船》：交响组曲《舍赫拉查达》的第一乐章，是俄罗斯作曲家里姆斯基·科萨科夫的代表作品之一，取材于著名的阿拉伯民间故事集《天方夜谭》。

银白色的光线从虚拟穹顶上直射下来，穹顶在强光下几乎看不见，仅仅能够感觉到依然流动着光和气流。瑞瑞安走到最前面的书架，随手拿起一本泛黄的书卷，书名叫《中土纪事之羊皮书时代》，封面是成群的土拨鼠嘴里含着泥土，在莽莽苍苍的美洲大陆上奔跑，羊皮书封面的图片色彩饱满。那群土拨鼠在封面上不停地上窜下跳，似乎很想从书里面跑出来。高楠发现脚底下依然是水晶地面，翼羽悠然地在水晶层里飘来飘去。显然，里面的翼羽比大门外面的翼羽要放松。瑞瑞安仔细看了看，这里的翼羽竟然带着淡淡的蓝色，滑翔时也显示出几分轻巧与灵动。

玫瑰在书架间窜来窜去，她脚上的木屐碰到水晶发出很响的敲击声。她兴奋地喊道："这里竟然都是羊皮书，《帕加马》①，哦，还有哥伦布航海图……"

这里所有的书都是羊皮纸制成的，泛黄的页面散发着独特的气味，古老而神秘。然而，整座图书馆一点灰尘都没有，整洁干净得就像新建的智能大厦一样。瑞瑞安发现，时常会有一两根淡蓝色翼羽从水晶地面飞出来，在书架之间巡视，或是停留在某一本破旧的羊皮书上轻轻拂拭，一会儿羊皮书就被修复一新。高楠面前的书架上摊开了数百卷羊皮纸制成的书卷，有点像中国的线装书。这些书里有手绘的古埃及星象图、亚述神庙结构图、埃及法老像……，她突然想到了瑞瑞安妈妈讲的天鹅潮传奇，这里一定有关于天鹅潮的羊皮书。

高楠沿着一排排书架寻找，这座水晶图书馆似乎有着无穷大的容积，进入的翼羽大门关闭之后，她就找不到方向了。无法辨识东南西北，书架上也没有任何标记，怎么找到字母 S 和 O② 开头的书？高楠在书架之间来回翻找，一会儿是 A 开头的书，什么《亚细亚的龙》；一会儿是 Z 开头的，什么《零对于整个世界的意义》……高楠翻看了几十个书架，一无所获，无法找出书籍分类的规律。

---

① 帕加马：是英文"pergamon"的音译，指希腊化时期文化中心之一的帕加马，即今日土耳其的 Bergama。

② S 和 O：S 是指天鹅 swan 的首字母，O 是指兽人 orcish 的首字母。

这时，玫瑰踢踢踏踏地走过来，"嗨，我找到关于天鹅潮传奇的书了！高楠，抬头看虚拟穹顶，专注想着你要找的书……"

高楠抬起头，看不到虚拟穹顶的颜色，她的脑子里努力想象着兽人的样子，亚洲矮种马的下身，奋起奔跑的双蹄，上半身是原始人发达的胸部，面部酷似粗犷敦厚的蒙古人种。兽人最突出的是一双电目，那是一种在黑夜里能够发出蓝光的电目。这时候，虚拟苍穹上显现出兽人的样子，兽人奔跑在苏必利尔湖畔，发出的声音隐隐可闻。穹顶上兽人的皮毛是棕红色的，不是高楠想象的灰色。兽人奔跑着，随着兽人奔跑的足迹，穹顶上有一束光射了下来，光束慢慢移动，高楠跟随着光束在无数的书架间移动着。高楠不知道自己走了多久，只是眼前的书架越来越破烂，羊皮书卷透出霉烂的气息，有时，穹顶上的气流带来轻微的风，风轻轻地吹动着书架顶端的书卷，羊皮纸竟然纷纷化为齑粉，随即飘散到书架的缝隙中，无声地消失在地面。这里已经变成冰土地面，地面泛着昏暗的灰白色。高楠觉得有些冷，射到书架中的光束越来越强，虚拟穹顶又变得暗淡无光，几乎看不见了，只能听到气流奔涌的声音。她看了看四周，自己置身于无数的羊皮纸碎片和粉末之中，光柱停留在靠近穹顶边缘的书架上方。

那是一排黑色的书架，似乎在整个图书馆的边缘地带，这一排书架的边缘连结着虚拟穹顶，看不到任何东西，似乎连接着无边无尽的空旷与虚无。高楠不知道自己走了多久，她停在书架旁边，急切地在这一排书架上翻找着，《海洋物种与回流之间的生物学解释》《欧·亨利的小说艺术》《石油对于人类及兽人的不同用途》《兽人的社交礼仪与社会习俗》……显然是 O 开头的书，还提到了兽人，是自己要找的书架。她不停地在 O 字母开头的书架中寻找着，她的腿已经像灌了铅一样，实在不想走了。她蹲下身，一屁股坐了下来，随手拿起书架最下层的一本书，这是一本不同于其他羊皮书的书卷，颜色泛黄，非常破烂，页面几乎没有完整的，书脊处的牛皮筋也几乎都断裂开了。高楠用手摸了摸书的封面，页面似乎马上就要碎了，封面上赫然写着：兽人时代。一队兽人站在北美大陆上，皮毛闪着棕红色的光泽，手里拿着弓箭，守护在一群群土拨鼠的前面。他们对面是黑压压另一群兽人，黑色的皮毛像一堆堆乌云在北美大陆上翻滚。在封面的右上方，一队冻原天鹅徐徐飞来，隐隐的鸣叫声和兽人奔跑的蹄声交相应和。那队天鹅向着极圈方向飞去，渐渐飞成金牛星座的形状，一只硕大的白天鹅变成了灰红色的毕宿五。

这时一根金色的翼羽从灰色地面中飘出，轻轻落到书本的封面上，翼羽用蘸着黑色墨汁的笔尖写出："时光啊！轮回中的暗星，召回你的跟随者！"

金色的翼羽写完这一行字，黑色从鹅毛管浸染到羽毛部分，像是被污染了一般，瞬间失去金色的光芒，变成了一根黑色的羽毛。接着黑色羽毛极快地枯萎下去，像是突然被碳化了一般，化成黑色的粉末，飘散在空气中，悄悄地融入灰色的地面。

高楠看着消失的翼羽，全身的汗毛倒立，突然感到无比的恐惧。她又低头看了看手里的羊皮书，破旧碎裂的羊皮书被翼羽修复如初，就连断裂的牛皮筋都接起来了。金色翼羽修复了羊皮书之后，则化成了黑色的粉末！

羊皮纸密室

高楠用手指在色彩饱满的羊皮纸上轻轻摩挲，羊皮纸独特的味道扑面而来，一根蓝色的翼羽艰难地从灰色的地面中飘出来，伴随着轻柔的和鸣声轻轻落在高楠的左手里。高楠翻开羊皮书《海洋是如何在兽人手中变成陆地的》，第一页是泛黄的羊皮纸，什么也没有，第二页同样如此，第三页、第四页……羊皮书中竟然什么都没有！高楠把整本羊皮书翻遍了，竟然一个字都没有！

这时候，远远传来踢踢踏踏的木屐声。玫瑰的声音从远处传过来，"高楠！你在图书馆的边缘地带吗？我看到光柱了！"

高楠喊道："我在黑色书架这边，光柱的正下方。"

远远地，高楠听到了另外一个人的脚步声，是瑞瑞安！瑞瑞安的耐克运动鞋和远处水晶地板摩擦发出的声音，这种声音显示出某种亲切的真实。

高楠大声喊道:"瑞瑞安,我在这里!"

瑞瑞安气喘吁吁地跑了过来,看到高楠之后,一下子扑到高楠身上:"我看到了关于老天鹅国王的羊皮书!"

她一屁股坐在地上,又弹簧般弹了起来:"这里的水晶地面怎么没有了?变成了灰色的冻土地面?"

这时,玫瑰裹着她的睡袍出现在黑色书架旁边。她在书架之间来回晃悠,还闭上了眼睛。过了大约五分钟,她神秘地低语:"这里有致幻剂的气味,我看过妈妈做致幻剂实验,一模一样的气味。"

瑞瑞安嘴里轻声念叨着:"兽人时代,除此之外,没有任何文字和图片。"

高楠手中依然拿着那本崭新的羊皮书,左手中蓝色翼羽的颜色变淡了,它有些急切地跳到高楠的右手中,似乎变成一支中世纪的鹅毛笔。

玫瑰盯着高楠手中的蓝色鹅毛笔,突然说:"鹅毛笔管中有蓝色墨水。"

高楠发现翼羽末端甚至有蓝色墨水滴下来,她不由自主地握紧了蓝色鹅毛笔,在泛黄的羊皮书的第一页上写下了:orcish(兽人)。最后一个字母 h 刚刚写完,高楠手中的羊皮书剧烈抖动起来,羊皮书页纷纷挣脱牛皮筋,以几何形状层叠起来,不断在空间延展叠加,等到高楠三个人反应过来的时候,她们已经置身于四周全是羊皮纸的密室中。

"这些都是犊皮纸,最好的羊皮纸,书写最重要的书籍。"那根蓝色翼羽竟然发出了声音,流利的美式英语。空气中弥散着更为浓烈的羊皮纸气味,以及玫瑰所说的致幻剂香味。

蓝色翼羽的颜色更淡了,几乎成为白色的羽毛,声音中带着某种飘忽的欢乐:"跟随者们,欢迎来到羊皮纸时光!"

这根翼羽在空中划了个非常小的"S"形,慢慢变成了白色的粉末,静静地落入灰色冻土地面。

这是高楠看着第二根翼羽在自己面前化为齑粉,她的心莫名其妙很难受，像是失去了一个非常亲近的朋友。玫瑰拽着高楠的胳膊，让她抬头看密室的顶部。密室顶部泛黄的羊皮纸上走着两个灰色的兽人，正是高楠最初想象的颜色——那种惨淡的灰色，一大一小两个兽人，像是父子二人。

瑞瑞安突然大声叫了起来："看！所有的墙面上都出现了兽人……"

她们三个人沿着密室的墙壁，仔细地看羊皮纸上渐渐清晰的画面，墙壁上的画面是流动的，缓缓地向着墙壁里面延伸，画面上的兽人、土拨鼠、驯鹿、天鹅越来越多，他们从羊皮纸墙壁上穿过，走向更深的羊皮纸墙壁里面。似乎，每一面墙都通向一个不同的兽人世界。

第一面墙壁上的羊皮纸颜色最古旧，上面有很多被侵蚀的斑驳黑点，羊皮纸墙壁的背景是一望无际的北美景象。成群的土拨鼠在墙壁上蹦跳着，从白令海峡绵延到五大湖区，每一只土拨鼠身上都背着一个棕红色的布袋子，驯鹿群不时打乱土拨鼠队伍，惹得几只土拨鼠发出恼怒的吱吱声，露出标志性的两颗门牙。棕红色皮毛的普鲁达克兽人则奔驰在北美草原上，来回巡游。

第二面墙壁上飞翔着无数的冻原天鹅，天鹅成群地在冻原地带徘徊，像潮水一样，显然是著名的天鹅潮。一个壮硕的棕红色兽人拉开一张巨型的弓，将一支黑色的箭射向遥远的北方，沿着弓箭飞行的方向，若隐若现地，似乎能看到一只白天鹅的身影。

第三面墙壁上显然是比较近的年代，羊皮纸上的颜色非常饱满。棕红色兽人从远古进入到近代文明社会，他们都穿着好看的衣服，过着平静的生活。这些羊皮纸上的时光似乎被按下快进键，一批批兽人繁衍生息，经历着文明和朝代的更迭。硕大的青铜器皿翻滚在羊皮纸上，有些花纹竟然和中国青铜饕餮纹和蟠虺纹相似。随着羊皮纸的翻滚，高楠看到兽人们开始穿戴华丽的丝绸，在宴会上使用精美的瓷器，一闪而过的，竟然有一只蓝釉白龙纹梅瓶①。

---

① 蓝釉白龙纹梅瓶：元代景德镇窑蓝釉瓷器中的大型器物，造型秀美，蓝釉呈色鲜明纯正，腹部白龙环绕于瓶身，反映了元代景德镇窑的最高烧造水准，国宝级文物。

第四面墙壁上是黑色皮毛的兽人社会,羊皮纸背景竟然是蓝色的地球。地球上的海洋翻滚着巨浪,波涛汹涌的蓝色海洋中出没着无数的帆船,在帆船发射的枪炮声中,帆船越来越靠近美洲大陆,羊皮纸的光圈定格在一个地点:帕里亚湾①。

进入羊皮纸时光

玫瑰的木屐声在冻土地面上敲击着,她在密室中像一只偶蹄类动物,焦虑地窜来窜去,两只手在密室的羊皮纸墙面上摩挲着。玫瑰发现墙面是光滑的,有着独特的羊皮纸气味,致幻剂的气味消失了,光源从哪里来?画面的动力源在哪里?

一会儿,她向高楠和瑞瑞安招了招手:"快过来,看这里有一个……"高楠和瑞瑞安低下头,看到密室的中央,一根羽毛管正艰难地钻出灰暗的冻土地面,摇摇摆摆地站立着,钻出地面的一刹那,光秃秃的羽毛管使劲地抖了抖,被冻土压坏的银色羽毛恢复了翼羽的样子,那根银色翼羽很兴奋地飞了一个小"S"形,悄悄落到瑞瑞安毛衣的 Girl Scouts 勋章上。接着,又是一根鹅毛管从灰色地面钻出来,变成一根漂亮的翡翠色翼羽,轻轻落到玫瑰的木屐上。第三根鹅毛管比前两根要粗,钻出地面的动作也比前两根要稳固,那是一根金色的翼羽,飞了一个优雅的"S"形,稳稳地落在高楠的右手上。

这时,靠近三个人的羊皮纸墙上,无数的土拨鼠蹦蹦跳跳跑了过去,三根翼羽不约而同地滑向那群土拨鼠②。高楠、瑞瑞安和玫瑰被

---

① 帕里亚湾:哥伦布在西班牙国王支持下,先后 4 次出海远航(1492~1493 年,1493~1496 年,1498~1500 年,1502~1504 年),开辟了横渡大西洋到美洲的航路。先后到达巴哈马群岛、古巴、海地、多米尼加、特立尼达等岛。他在帕里亚湾南岸首次登上美洲大陆。

② 土拨鼠:主要分布于北美大草原至加拿大等地区,与松鼠、海狸、花栗鼠等皆属于啮齿目松鼠科。以素食为主,食物大多以蔬菜、苜蓿草、莴苣、苹果、豌豆、玉米及其他蔬果为主。

三根翼羽带着往前滑翔，感觉自己好像飞了起来，跑得非常快。耳边是呼呼的风声，有一种非常湿润的感觉。那种湿润感持续了很久，风非常柔和，阳光照在头发上，散发出金色的香味，她们似乎是要奔向无比湿润的大草原。三个女孩惊异地发现彼此都成了小个子的土拨鼠。高楠的马尾变成了一缕可笑的鬃毛，在土拨鼠肥胖的后脖子上滑稽地翘立着。土拨鼠瑞瑞安最突出的是那双擅长园艺的大爪子，比一般土拨鼠的短爪子足足大上一倍。土拨鼠玫瑰的瞳仁依然是翡翠色，她们短短的肩膀上都立着各自漂亮的翼羽。

她们三个发现自己奔跑在北美草原，紧紧跟着拿着弓箭的普鲁达克兽人，奔突在美洲大陆。普鲁达克兽人棕红色的皮毛在草原上闪着油亮的光泽，成群的土拨鼠奔跑在新大陆上。驯鹿群则像云朵一样飘然而至，往干涸的五大湖中吐入淡水。显然，这是兽人刚刚到北美大陆的远古时代。三只新土拨鼠试图用短短的爪子抓住一点泥土，可是，她们发现爪子仅仅摩挲在羊皮纸墙壁上。

三只由人变成的土拨鼠因为有着翼羽的帮助，跑得非常快。她们追赶上了一对年轻的兽人夫妇，这对夫妇手里抱着一个小兽人，这个兽人在羊皮纸时光中迅速长大，成为一个健壮强悍的部族首领，他在草原上如电闪般飞驰而过，蓝色的双眸澄澈清明。

"凯欧帝，北美大陆的守护者！看，他奔跑的速度，估计时速高达每小时七十公里。"玫瑰几乎喊了起来。

这时，高楠突然意识到，在翼羽的帮助下，她们进入了羊皮纸记录的书籍中。这种书籍的阅读不是文字方式，她们是以全息的方式阅读兽人时代。果然，羊皮纸上随即出现了兽人凯欧帝奔驰到安大略湖，前去保护北美心脏绿宝石。画面上正是瑞瑞安妈妈所描述的远古大火，遥远的火光从北方映射过来，虽然感觉不到热度，那冲天的烈焰几乎照亮了整个极地，草原上的动物狼奔豕突，一片仓皇逃窜，似乎是世界末日。她们躲在一块巨大的石头的阴影里，看着眼前浓烟四起的湖面，巨蟒的怒号和天鹅的惨鸣声不绝于耳。

土拨鼠玫瑰用前爪指着更远处的羊皮纸墙壁，墙壁画面上凯欧帝拿着普鲁达克兽人标志性的铁镞弓弩①，静静地站立着，他身后是烈焰焚烧中的芦苇丛。她们三个乘着翼羽快速赶到那块羊皮纸墙的前面，巨大的羊皮纸上，健硕的兽人凯欧帝像君王一般威严地站立着，他的双蹄下匍匐着一只硕大的白天鹅。

土拨鼠瑞瑞安说："那一定是天鹅老国王！"

只见凯欧帝拉开枫木弓，马鬃制成的弓弦发出嘶嘶的震颤声，铁质箭镞上雕刻着普鲁达克部族的符咒。在弓箭射向北方天空的一瞬间，空中闪现出一行闪着绿色荧光的古怪文字。土拨鼠高楠看到那行古怪的文字，被唤醒了心中最深处的一种熟悉感。这是古老的马尔都克文字，那行字的意思是："跟随者"。她暗暗记下那组文字。弓箭直指极圈方向，老天鹅国王跟随着弓箭，迅疾地飞向极圈，发出长长的哀鸣声。一种大提琴忧伤沉郁的声音回响在羊皮纸时光中。

她们依然乘着翼羽在兽人时代快速前进，老天鹅向极地飞走了。土拨鼠玫瑰用短短的前爪指着更远处的天空，另一只巨大的天鹅从烈焰中振翅高飞，向着西北方向的极地飞去。玫瑰看着飞走的天鹅，喃喃自语："刚刚在水晶图书馆，那本关于天鹅潮的羊皮书中，天鹅国王被关在阴暗的黑色地窖里，现在有两只天鹅飞向不同的北方：正北和西北。哪一本羊皮书上是真实的？"

土拨鼠高楠推了推眼前的另外两只土拨鼠，发现她们是立体的，翼羽也有着三维的形状。而所有在她们面前的兽人、天鹅、巨蟒、草原和大群的土拨鼠都是二维的。

土拨鼠高楠看着土拨鼠玫瑰，两个人几乎同时点了头："我们进入了二维的兽人时代。"

土拨鼠瑞瑞安两只短而宽的前爪不安地挠着，面前的羊皮纸被她刨出了一个洞："我们怎么办？我们为什么会在这里？很显然，羊皮

---

① 弓弩：古代以弓发射的具有锋刃的一种远射兵器。弓由弹性的弓臂和有韧性的弓弦构成；箭包括箭头、箭杆和箭羽，箭头为铜或铁制，杆为竹或木质，羽为雕或鹰的羽毛。在冷兵器时代，弓箭是最可怕的致命武器。英国科技史学家贝尔纳（J. D. Bernral）曾说："弓弦弹出的汪汪粗音可能是弦乐器的起源。"

书想让我们了解某个真相！"

翼羽果然希望三个人继续进入羊皮纸时光。那根金色的翼羽飞了一个非常奇怪的姿势，猛地向土拨鼠高楠的头上飞过来，高楠吓得闭上了眼睛，就在闭上眼睛的一瞬间，土拨鼠高楠发现自己已经飞行在北美草原的上空，她竟然趴在金色翼羽上凌空飞翔，耳边的气流声呼呼作响，是真实的三维空间。她回过头，土拨鼠瑞瑞安和土拨鼠玫瑰各自趴在翼羽上，紧张地抓着翼羽。

瑞瑞安可怜地挥动着左前爪，喊着："高楠……"

土拨鼠高楠在暗蓝色夜空中飞翔，这是从来没有过的经历，大陆上暗影重重，山川河流湖泊都退为深深的背景，每一处似乎都暗藏着无数的秘密与故事。肥胖的土拨鼠高楠艰难地用前爪抓住翼羽上的金色丝毛，担心自己摔下去。翼羽变形放大之后，纤细的绒毛变成了一缕缕纤细却结实的金属丝，鹅毛管自然凹出一个非常舒适的飞行仓，容下土拨鼠肥短的四肢和身体。等到适应高空飞行之后，土拨鼠高楠发现翼羽自己能够很好地飞行，她渐渐松开了紧紧抓住的金属羽毛，在飞行仓里换了一个舒服的姿势。这时候，高楠发现仓前端隐隐约约有闪烁的文字，像电脑屏幕的东西，上面显示着翼羽飞行的航路图，竟然用的是中文！亲爱的汉字！土拨鼠高楠的眼眶一下子充满了眼泪，她用前爪抹了抹眼泪，发现自己已经飞越格陵兰岛屿的上空，进入极圈了。航路图上有一个红点，闪烁着灰红色的光，是高楠似曾相识的颜色，水晶宫殿上的灰红色，那颗低沉隐忍的灰红色大星毕宿五，天鹅星座……眼看着就要到达红点处了，翼羽迅速地下坠、下坠、再下坠，土拨鼠高楠觉得自己的耳膜快要破裂了，终于翼羽开始在湖面上滑翔、滑翔、滑翔，土拨鼠高楠扑通一声，坠入了湖底。接着又有扑通、扑通两声，土拨鼠瑞瑞安和土拨鼠玫瑰也坠入了湖底。

不知道下沉了多久，土拨鼠高楠发现自己已经完全冻僵了，这时候，突然听到柔软的啸鸣声，那种震动耳膜的美妙和弦，一个浑厚的声音在耳边响起："欢迎追随者！"

被拘禁的天鹅王子

土拨鼠高楠睁开眼睛，眼前是空旷的黑色地窖，地窖上方黑水晶横七竖八地搭建成巨大的鸟巢。她身边是另外两只湿淋淋的土拨鼠——瑞瑞安和玫瑰，三只倒霉的土拨鼠站立在地窖的黑色大理石上，冻得颤抖不已。

"尊敬的陛下！"

"尊敬的陛下！"

"尊敬的陛下！"

随着三次清脆的欢呼声，三根翼羽转瞬间飘然坠落在黑色大理石地面上，变成了三位英俊的武士。他们同时拜倒在黑色地面上，顺着他们跪拜的方向，土拨鼠高楠使劲地抻着短短的脖颈，在黑色地窖的半空中，黑水晶搭了一个宝座，一个身穿白袍的青年男子端坐在上面。他面目消瘦，神情忧郁。

"他被绑在宝座上。"土拨鼠瑞瑞安悄悄拉了拉高楠的左前爪。

"他非常英俊，很迷人，像罗伯特·托马斯·帕丁森。"土拨鼠玫瑰喃喃地说。

"他竟然有一对翅膀！"土拨鼠高楠小声叫了起来。

"我是天鹅老国王的儿子！"宝座中的天鹅随即回答道，他的嗓音带着久远的悲伤，低沉的声音在地窖中回荡着。

三位天鹅武士分别挥动着自己手中的宝剑，向宝座上的青年男子致意。宝座上的青年男子示意三位武士抱起三只小土拨鼠。的确，她们实在太矮小了，需要使劲抻着可怜的短脖子才能看清楚宝座上的人。

天鹅王子低下头，仔细地看了看三只小土拨鼠："真没有想到，等到的是三只小东西！我的故事很长，需要点耐心。

"我是那只吞食了绿宝石的天鹅，罪孽深重的羽人王子。我像所有少不更事的年轻人一样，无所事事地游荡在天鹅所能飞到的地方。

我唯一的苦恼就是无法面对我那高大严谨又威严可怕的国王父亲，在他眼里，我是个被女人宠坏了的小子。

这三位是我的贴身侍卫，从小一起长大。当然，我后来才知道，他们也是护卫羽人王国的死士。

我最喜欢熙尔湖的芦苇丛，沟壑纵横的迷宫里面隐藏着各种秘密。秘密对于我来说和游荡一样有趣。熙尔湖最大的秘密就是关于永生的传说，据说那是一道古老的咒语，谁破解了这个咒语就可以获得永生。我对永生没有兴趣，但是，我对古老的咒语充满了向往。那是一种充满狂热的向往，因为我像你一样，对语言充满了莫名的热情。"

英俊的天鹅王子看了土拨鼠高楠一眼。他用身后的翅膀扇了一下，地窖中黑色水晶鸟巢上方竟然出现了虚拟穹顶。土拨鼠高楠、瑞瑞安和玫瑰蹲在三位武士的肩膀上，惊讶地看着头顶上空。

虚拟穹顶上出现了暗蓝色的夜空，熙尔湖上方挂着满天的星星，非常明亮。茂密的芦苇丛疯长着，芦苇长得几乎像枫树一样高大，在远远的湖边，还有几只白尾鹿在静静地喝水。芦苇丛林中，有一个长着一双玉石色翅膀的小男孩穿着白色的长袍，正在丛林小径中急切地寻找着什么。土拨鼠高楠发现小男孩走的路线和她在熙尔湖边寻找天鹅蛋的路线几乎是一致的，高大的芦苇、小径、湖泊、天鹅、鹿和星星……小男孩身后是三个同样大小的孩子，正围在芦苇缝隙中低头看着什么。果然，他们轻声地喊着："路德维克！"

小男孩路德维克转过身，奔向三个小男孩。虚拟苍穹上出现了三颗巨大的天鹅蛋，四个小男孩蹲在天鹅蛋旁边，细细打量着这三颗巨大的蛋。

天鹅王子低沉的声音再次响起："这三颗蛋是羽人宫殿的钥匙！"

虚拟穹顶又亮了起来。三颗天鹅蛋还是有所不同，最大的那颗蛋颜色偏深，青到发涩，不是透明的。最小的那颗蛋壳非常薄，几近透明。小路德维克的手很自然伸向了那颗最小的蛋。

一瞬间，四个小男孩进入了一个堆满陶土块的房间，每一块陶土上都刻满了楔子一样的文字。土拨鼠高楠能够认出陶土上的很多文字，是年代久远的楔形文字。上次中国世博会上，小姨还给她买了一个刻有这种文字的徽章。回到北京之后，研究中亚学的小姨和她一起玩过这种文字的游戏。小男孩进入了陶土块房间，这个房间像她们进入的水晶图书馆一样，似乎是无穷大的。陶土一排接着一排，上方连接着虚拟穹顶，有气流涌动。小男孩不知道走了多久，渐渐有似曾相识的歌谣声响起，是那首《大海和辛巴达的船》。路德维克终于停在一块非常大的陶土碑块旁边，那是一块烧制得非常精美的巨大陶碑，大约有两米多高，一米左右宽度，呈长方体。整个虚拟穹顶上放大了这块陶瓷碑块，高楠看到上面的马尔都克文字记录着北美大陆的创世纪，上面有一句反复出现的话，意思是"跟随者，跟我进入吧！"在陶碑的左右下角分别印刻着两根精美的翼羽。路德维克显然认识这些字。他在这行字上停留了很久。他伸出自己的双手，几秒钟之后，他的两只手掌渐渐变成翼羽形状，接着他把自己的两只翼羽状手掌轻轻地按压到陶土的两根翼羽上。

天鹅王子的声音再次响起："我们不是真正的天鹅，我们是羽人，那些游动在五大湖的天鹅是我们在现世的化身。这块碑是羽人从普鲁达克兽人那里接受的铭文，记录着北美大陆创世的过程，铭文中似乎还暗含着关于后世的隐喻。当我寻找古老咒语的时候，意外发现了翼羽上的秘密。"

路德维克王子的双手幻化成翼羽，他很快消失在陶土碑块里面。接着，虚拟穹顶上又出现了路德维克王子，他站在一个洞穴里，非常像某种动物的地下洞穴，洞穴中央是一棵古怪的树，显然是某种金属做成的树。土拨鼠高楠看到这棵树的时候，惊讶地用短短的前爪捂住了自己的两颗大门牙，太像三星堆①的神树了。路德维克眼前的这棵树因为年代久远已经锈迹斑驳，泛着悠悠的霉绿色。树干笔直，共有三层，每一层三根枝干，全树共有九根枝干。

---

① 三星堆：古遗址位于四川省广汉市西北的鸭子河南岸，距今已有5000至3000年历史。出土了大量珍贵青铜器，如高2.62米的青铜大立人像，宽1.38米的青铜面具，高达3.95米的青铜神树等。

所有的树枝都柔和下垂。枝条的中部伸出短枝，短枝上有镂空花纹的小圆圈和花蕾，花蕾上各有一只昂首翘尾的小鸟，枝头有包裹在一长一短两片镂空树叶内的尖桃形果实。在每层三根枝干中，都有一根分出两条长枝。在树干的一侧有四个横向的短梁，将一个身体倒垂的羽人定在树干上。路德维克王子细细地打量着这棵神树，对着倒垂的羽人看了很久，那是和他几乎一模一样的羽人。他沿着青铜神树向上，在树的最顶端，发现一个小小的龛，龛里面静静地躺着一颗绿色的石头，石头下面垫着三根翼羽，翼羽的颜色分别是金色、翡翠色和银色。他的手伸向那颗绿色的石头，石头在手中像一颗小小的樱桃，泛着绿莹莹的光。小路德维克拿着石头凑近了仔细端详，他要寻找神秘的咒语！

这个时候，一个浑身长着灰色皮毛的小矮人突然出现在洞中，他发现了路德维克，似乎并不吃惊，而是静静地坐到了洞中的地上。路德维克转过身，发现了鼠人葛雷德·迪哥。

鼠人是绿宝石的地下守护者。

路德维克说：“告诉我咒语，就归还绿宝石。”

鼠人葛雷德·迪哥微笑着，露出标志性的两颗大门牙：“亲爱的小王子，永生的咒语是不存在的！”

"你是怎么找到这里的？"迪哥微笑着，看着这个长大的羽人王子。

"自从你离开熙尔湖，我就失去了最好的朋友。父亲又变得难以捉摸。我非常难受，唯一的乐趣就是在芦苇丛中游荡，去寻找你留下的痕迹。"

鼠人葛雷德·迪哥轻轻叹了口气，他站起来，试图摸摸路德维克的头，然而仅仅碰了碰他的腰，"你长得真高。请相信我，把绿宝石还给我回家吧！"

"鼠人葛雷德·迪哥家族的人只要到了一定的时刻就会有人被选中，被选中意味着离开家族和亲人，来到这个暗无天日的地方，守护这颗石头。我不幸被选中！被选中的鼠人都要到羽人王国待上一段时间，在地下守护者离去的时候，及时接替。这就是那只喜欢你的土拨鼠突然消失的原因。而羽人路德维克家族流传着一个古老的预言，有一个王子必将死于绿宝石的隐藏处。你的父亲——那个仁慈的羽人，为了让你远离绿宝石，竟然让人散布了关于咒语和永生的谎言，他希望借此来掩盖真正的魔咒，那种命运的魔咒。

命定的东西就是如此让人绝望，你对绿宝石和永生没有兴趣，恰恰对于咒语充满了狂热，竟然无师自通地学会了马尔都克文字，通过陶碑找到了我，找到了我就意味着找到了绿宝石。"

"我对绿宝石没有任何兴趣！绿宝石上没有我想要的东西。"

"你为什么要寻找根本不存在的咒语？"

"咒语肯定存在，我在陶土书中多次读到有一条关于羽人家族的预言——看到咒语的人就是那个拯救羽人家族的人。我——唯一一个通晓马尔都克文字的羽人，我就是那个被指定来破解魔咒的人。"

"你无法破解魔咒！"

"我可以改变魔咒！"路德维克王子一边说着，一边将绿宝石放到嘴里，然后，极快地吞下。就在他吞下宝石的那一瞬间，洞穴里闪现出一道非常诡异的绿色荧光，羽人路德维克眼前出现了一行神秘的文字，像楔子形状的一行文字。

高楠认出来了，"吞噬者，进入黑暗吧！"

鼠人葛雷德·迪哥惊恐地看着羽人王子，当绿色荧光闪现的时候，他捂上了自己的眼睛。一瞬间，鼠人变成了真正的土拨鼠，在小王子身边急速地转圈，还发出吱吱声。变成土拨鼠的迪哥在路德维克脚下蜷缩着，非常委顿地喘着气。

鼠人迪哥——现在的土拨鼠迪哥痛苦地躺在地上。看着土拨鼠迪哥浑身发抖，路德维克很难过。他弯下腰，拉着迪哥的手："吞食了绿宝石，我就拥有了改变一切的力量。"

迪哥看着路德维克，露出两颗标志性的大门牙："老弟，你什么都无法改变。"

迪哥靠在路德维克的腿边，缓缓地讲起了绿宝石的故事。

在史前时代，拥有绿宝石意味着拥有和上帝一样的能力，还有永生。这个大陆上流传着：谁能吞食绿宝石，谁就能做大陆的王。因为这个缘故，兽人、羽人和鼠人的各个部落发生了史前最大的战乱与纷争。随着绿宝石传言的流布，更多的人加入寻找和争夺绿宝石的战争中，无数人死于这颗不祥的小石头！

兽人、羽人和鼠人的各个部落混战着，鲜血、疾病、饥饿甚至瘟疫在大陆上蔓延，慢慢地，一些人开始怀疑绿宝石是不祥之物，出现了几个视绿宝石为邪恶之源的部落：普鲁达克兽人、路德维克羽人和葛雷德鼠人。这三个部落认定绿宝石给生命带来厄运，给部族带来毁灭，他们联合起来，在伊万达克兽人部族大巫师还未吞食绿宝石之前，打败了伊万达克兽人。他们拿到绿宝石之后，订立了一个盟约，一个永远让绿宝石不出现的盟约。然而，在大陆的传说中，他们竟然成了绿宝石的守护者。在远古的神圣时代，三位拥有神奇力量的部族首领对着这颗绿宝石下了最强大的咒语，让它丧失曾经拥有的力量。因为担心绿宝石落入凶狠残暴之人的手中，兽人部落那位强悍的君王拿起那颗邪恶的绿宝石，他对着这颗小石头下了一个非常致命的咒语：吞食绿宝石的人将会在第一个月圆之夜坠入兽人宫殿的黑暗地窖，在黑色地窖中度过暗无天日的永生——不死不灭，却永远无法走出地窖。

"陶土书上写的，难道是错的？仅仅记载了绿宝石的前史？"

"路德维克，文字记载的东西有时是真的，有时也可能是假的，世事难料……"迪哥越来越虚弱，他抬起头，看着路德维克，"被选中的滋味，有时候也并不好受！"

路德维克盯着迪哥，"你怎么似乎变小了？"

"羊皮纸时光中的生物，都是最终都会成为齑粉。我被选中看管绿宝石，绿宝石消失了，我很快就会死。这是我的命。蒙昧的生物是无法抗衡命运的！"

羽人路德维克看着鼠人迪哥一点点变小，最后变得只有拇指那么大。渐渐地，他在路德维克手掌中化成了灰色的齑粉，静静地飘落在洞穴的地面，融入泥土中。那棵神奇的青铜树也轰然倒塌，洞穴中发出金属片碎裂的声音，青铜碎片在飘落的过程中化为青铜齑粉，无声地落入洞穴中的泥土地面。只有三根翼羽轻轻飘落到路德维克的手掌中，羽毛在昏暗的洞穴中闪烁着一丝光亮。

路德维克盯着眼前空荡荡的洞穴，急切地呼喊着鼠人葛雷德·迪哥。然而，一切都归于寂静，刚才的一切似乎都在做梦，只有手中三根羽毛是真实的。虚拟穹顶上的路德维克颓然地坐在昏暗的洞穴中，手中紧紧捏着那三根翼羽，翼羽在风中震颤着，一丝丝金色、银色和翡翠色的光隐隐闪动。

三只土拨鼠抻着短短的脖子，盯着虚拟穹顶，竟然看呆了！

黑水晶宝座上的羽人王子说："我非常愚蠢！你说得非常正确。这个故事还有一个结尾，你们坐下来听吧！黑暗中发生的事情，即便是虚拟穹顶也无法真正窥探。"

当路德维克静静凝视那座巨大的陶土碑的时候，在一行行古老文字的间隙，还存在着更小的字，这些字每隔五行就出现一次，如果竖着念，意思就会连贯。路德维克读了关于史前绿宝石的误载，但是关于羊皮纸时光中的秘密却在阅读中被他所获知。陶土碑预言中写道：羽人部落的老国王将会被兽人流放，鼠人将会在首领迪哥去世之后永远遁入黑暗的洞穴，而棕红色兽人则会沦为黑色兽人的奴隶。路德维克吞下绿宝石，就是为了能够拯救三个部落，让高大威严的父亲看看自己的能力。

羽人路德维克在宝座上平静地说："我吞下了绿宝石，让所有的预言都成了现实。我的父亲因为我吞食了绿宝石，愧疚自责中甘愿被流放到极地。迪哥其实是羊皮纸时代鼠人部落伟大的王，他因为我吞食绿宝石而化为齑粉，棕红色皮毛兽人部落从此不再眷顾五大湖区，随着黑色兽人部落的强大，他们现在正沦为奴隶。这一切都源自我自以为是的无知。"

虚拟穹顶上出现了刚才的洞穴，羽人路德维克不知道在洞穴中待了多久，从画面上来看，他似乎在一夜间长大了很多，从一个少年变成了一个青年。

"我没有在第一个月圆之夜坠入黑暗地窖，因为熙尔湖的毁灭开始了，战争持续了一个多月，最后是普鲁达克兽人赶来解决了争端。老父亲自罚流放极地，而我被搁置在洞穴里，直到有一天……"羽人王子悲伤的声音在地窖中回响着。

虚拟穹顶上，正值盛年的羽人国王出现在洞穴里，他五官精致如雕刻而出，有一股说不来的威严。在他身后，是一位优雅的女士。他们满脸悲伤，静静地看着陡然间长大的儿子路德维克。"今天是第二个月圆之夜，你注定会进入兽人宫殿的黑暗地窖。我们无法留住你，希望你能够坚韧地等待，等待获得重返羽人世界的机会。"

路德维克的母亲没有说话，只是无限悲伤地看着他们父子。羽人国王走到羽人王子面前，轻轻地抱住了自己的儿子，在他的耳边悄悄地说着什么……这时，国王夫妇身后的翅膀渐渐扇动起来，他们飞起来了，一边飞向洞穴的深处，一边缓缓地向路德维克挥手，洞穴中传来他们的声音："再见了，我们的儿子，你一定要重返羽人王国。"

就在他们消失的一刹那，洞穴中突然陷入黑暗。路德维克不停地下坠，下坠，再下坠……他落到了黑暗地窖的黑色宝座上，一根结实的牛皮绳极快地将他绑定在宝座上。

"陶土碑最大的秘密在于：让我等待跟随者。这么多年来，在阴暗的地窖中，在黑色的宝座上，我生不如死。更让我生不如死的，是对因为无知和自以为是而闯下的祸事的愧疚……父亲走的时候，也让我等待跟随者。没有想到是三只小土拨鼠！"

路德维克露出了疲惫的笑容，"我终于可以解脱了。"

羽人路德维克突然使劲地扇动着他那依然有力的翅膀，渐渐地，他变成了一只真正的天鹅，那是一只巨大的黑天鹅，黑天鹅发出柔软的啸鸣声，在张开喙的一刹那，一颗绿色的宝石径直飞到了土拨鼠高楠的手掌中。绿色的光像一道闪电，割破了牛皮绳，黑天鹅从宝座中振翅起飞。他飞到三只土拨鼠面前，蹲了下来。三只土拨鼠人类爬上了黑天鹅巨大的翅膀上，黑天鹅一边发出柔和的鸣叫声，一边绕着黑暗地窖飞了一个巨大的"S"形。这时黑暗地窖上的黑水晶隐隐发光，无数黑色的翼羽在黑水晶中穿梭飞翔，黑天鹅极快地飞向虚拟穹顶。

鼠人小镇

这是一次真正骑着天鹅的飞行，黑天鹅在黑色水晶中穿行，飞过黑水晶地窖之后，是无边的黑暗，四周有着星星点点的亮光，像是遥远星系的星星。不知道飞行了多久，只有气流和呼呼的风声在耳边，接着渐渐出现了一丝亮光，隐隐闻到熟悉的羊皮纸气味，土拨鼠高楠睁开眼睛，发现四周依然是晦暗不清的虚拟穹顶，穹顶上渐渐出现模糊的影像，影影绰绰地，像是无数的兽人。

土拨鼠玫瑰回头悄声告诉高楠："致幻剂的气味，似乎回到了黑色书架区域。"

瑞瑞安叫道："看穹顶！"

虚拟穹顶上出现了在羊皮纸密室顶部两个兽人，一大一小，这次是在沙漠上，年轻的兽人非常痛苦地躺在地上。黑天鹅路德维克突然发出尖利的叫声，他一头飞向虚拟穹顶的两个兽人影像。三只土拨鼠吓得紧紧闭上了眼睛。

不知道过了多久……

三只土拨鼠从黑天鹅的背上慢慢滑下来，她们被抛入到一个无形的轨道上，急剧下滑。土拨鼠高楠回过头，看到巨大的虚拟穹顶在暗夜中坍塌，黑天鹅路德维克拍着自己的翅膀，优雅地飞了一个"S"形，慢慢地向着正在坍塌的穹顶飞去，就在接触到穹顶的那一刹那，黑天鹅的羽毛纷纷散落，整个身体化成了一片黑色的齑粉，消失在穹顶坍塌的漩涡中……三只土拨鼠看到英俊的路德维克化为黑色齑粉，发出惊恐的叫声。叫声中，她们一下子落到了结实的草地上。三根翼羽跟随着她们飘落在草坪上，羽毛蔫蔫的，十分悲伤。高楠轻轻地拿起那根金色的翼羽，摸了摸，插到自己上衣的口袋里。其他两根翼羽则轻轻地飞到各自主人的手掌中，玫瑰和瑞瑞安也把他们轻轻地放到口袋里。一阵轻微的和鸣声之后，三根翼羽都安静下来，悲伤地躲在口袋里。

暗夜的草地上全是露水，似乎是春天的夜晚。土拨鼠瑞瑞安还看到了一弯金色的月亮，是下弦月。土拨鼠高楠和瑞瑞安转过头，发现草坪的旁边是一栋栋的小房子，房子里黑乎乎的，下半夜的房子沉浸在安静的睡眠中。这些房子多是小小的两层别墅，表面涂成红色、棕红色和褐色，像是童话中的城堡。

长满了苜蓿的草地上发生了轻微的响动，三只土拨鼠很快消失在下弦月的月光中。她们悄悄地爬到居民住宅区，瑞瑞安发现，这里非常像自己居住的小镇，整齐的道路有些破旧，但是非常干净。独栋的小楼之间距离很近，既亲密又不互相干扰。每户小楼的前面都有一个小庭院，种着自己熟悉的花花草草，她凭着空气中的气味就能分辨出来。矮脚爬地柏的松香味，老实的苔藓地被，矮牵牛花在月光中悄悄积攒着花蕾，风中隐隐有着一种铃兰花的气味，风是从遥远的东方吹过来……紧紧地跟着这种气味，她们悄悄地溜进了一栋二层小楼。和想象中的一样，一层是典型的美式客厅，棕色的组合沙发看起来很舒服。只是所有的东西都有点奇怪，都非常小，小到适合土拨鼠爬上去，舒舒服服地坐下。橡木的餐桌椅同样非常小，再往里就是她们要找的目标——厨房。厨房灶台的金属在月光中闪闪发亮，玫瑰已经直奔冰箱了，冰箱也像预料中的小，以至于土拨鼠玫瑰用细瘦的前爪非常轻松地打开了门。冰箱里面竟然什么都没有！玫瑰懊恼地回过头，向另外两只土拨鼠耸了耸肩。瑞瑞安冲到冰箱前，极快地从地上爬到冰箱的冷藏室里，她蹲在冷藏室里，闭上眼睛深深吸了一口气，然后说到："这里面从来都没有放过食物！"高楠已经迅速地爬到二楼卧室，发现里面除了整齐干净的三个卧室之外，没有一个人或者他们期待看到的兽人！高楠心中非常害怕，极快地爬了下来，她小声地喊道："没有一个人！"

三只土拨鼠面面相觑，在厨房里绕着圈子爬来爬去。最后，她们决定到别的房子里看看。她们走在小镇的街道上，小镇的地面长满了杂草，显然很久没有人走动了。小镇一栋栋的房子里似乎没有任何动静，甚至于连睡眠的气息都没有。她们三只土拨鼠手拉手，穿过小镇中心的小广场，夜风中闻到的是田野的生涩气味。她们不得不承认，整个镇子空无一人。

这个镇上唯一的活物——三只饥饿的土拨鼠。

她们三个太饿了,竟然找不到任何食物,太令人失望了,以至于忘了害怕。三只土拨鼠人类嘟嘟囔囔,心怀不满。她们走在小镇的夜晚里,就连瑞瑞安都闻不到铃兰花香味了。

"这就是传说中的鬼镇?"

"人去哪里了?"

"我们怎么回去呢?好后悔摸那颗天鹅蛋!"

三只土拨鼠叽叽喳喳地小声说着话,肚子叽里咕噜的声音甚至盖过了混乱的抱怨。

高楠开始有点后悔,她们是否还能回到露营的小屋呢?

最后,三只土拨鼠决定还是回到最初的那栋房子。毕竟,那里面的东西看起来最新,楼上有三个干净的卧室,她们用起来方便,先好好睡个觉吧。三只土拨鼠人类刚刚进入那栋房子的餐厅,一下子都呆住了。

迪哥!那个洞穴中的迪哥赫然坐在餐桌前,餐桌上放着一个细亚麻布的大口袋。

"哈哈,你们肯定把我当作葛雷德·迪哥,那个葛雷德部落伟大的王——迪哥!我不是他,我才不愿意是他,在黑暗的洞穴里度过余生。你们见过迪哥啦!当然,不见过迪哥,怎么会见到我?我是迪哥平庸的哥哥,迪迪,对了,就是那个贪吃的迪迪。"

三只土拨鼠互相看了看,不知道发生了什么。

"先看看我给你们带来的东西。"迪迪的一双大手伸向那个细亚麻布的大包袱,他的手,也可以说是前爪,非常巨大,十个爪子很尖利,指甲缝里还沾着新鲜的泥土。的确不是迪哥,他的脖子比迪哥更短更肥,整个皮毛闪着油亮的光泽。

"给大家带了点吃的,怎么样?铃兰花的香味还挺管用的,你从东边来的风中准确地分辨出了铃兰香。"迪迪朝着瑞瑞安挤了挤眼睛。

迪迪用沾满泥土的爪子解开包袱,哗啦一下子,把所有的东西倒在餐桌上，全是新鲜的，刚刚从地里摘回来的，充满着野味的食品。迪迪抓起几棵草，放到鼻子底下仔细嗅了嗅，"啊，多么美味的苜蓿！嫩嫩的小麦草，美丽的莎草散发着诱人的清香味。著名的投毒手山艾树的小嫩叶，我的最爱。啊，还有这些饭后甜点……"迪迪又拿出很多又大又红的浆果，看不出是什么的果实。他用那尖尖的爪子捡起一个，放到自己的嘴里，两颗巨大的门齿欢快地嚼着，发出满意的呼噜声。

瑞瑞安小声叫道："你是鼠人，鼠人都是素食者。"

迪迪突然停下咀嚼，瞪起眼睛："素食有问题么？噢，对了，你们是人类，比鼠人更高等的文明生物。哈哈哈，我总算见到了几个像土拨鼠一样的人……"

三只土拨鼠互相打量了一下彼此，地地道道的土拨鼠啊，哪里像个人？土拨鼠玫瑰急切地说："我们真的是人，只不过现在饿了，想吃点东西。"

"是啊，人类都吃食品，我这些东西不能算食品。看看，我那些鼠人同类们，希望像人类一样吃食品的鼠人，他们现在都吃什么？他们按照人类的标准建造了这个小镇，同样的街道、红绿灯、别墅……甚至于用起了煤气灶、烤箱、电冰箱……可是我们鼠人真的不需要这些！要添置这些无用的东西，盖这些无用的房子，所有的鼠人像奴隶一样工作、为鼠人老板工作、为羽人老板工作、为兽人老板工作，甚至为了建造一个现代化的小镇，他们竟然不惜向黑色兽人借贷！他们为了所谓的文明，竟然沦为了伊凡达克兽人的奴隶！"迪迪突然捂着脸哭了起来，呜呜的哭声传得很远。土拨鼠高楠从餐桌的纸巾盒里拿了一张纸巾，递给痛苦不已的迪迪。迪迪边哭边接过纸巾："谢谢你！亲爱的土拨鼠人类！"

土拨鼠玫瑰轻轻地拿起一颗红色的浆果，问道："我可以尝尝吗？"

"当然可以，美丽的人类！你的眼睛真美！"迪迪依然抽噎不已，他捂着自己的胸口，大声地说："只有我逃过了伊凡达克兽人的魔爪！我竟然是那个拯救鼠人部落的人！难道不是像你们三个小东西一样不靠谱！"

土拨鼠高楠从纸巾盒中又抽出一张纸，轻轻地递给迪迪，轻声请求："给我们讲讲迪哥的事情吧，以及什么是跟随者？"

迪迪用餐巾纸使劲擤了擤鼻子，发出粗俗的呼噜声，让土拨鼠玫瑰的鼻子皱得老高。"我是整个鼠人王国唯一没有债务的人，我曾经被迪哥嘲弄为最懒的懒汉。因为我坚持素食，我没有成为伊凡达克人的奴隶！"

迪迪终于停止了抽泣，他专注地盯着三只坐在餐桌对面的土拨鼠人类："你们看起来非常饿，像三只饥饿的土拨鼠，你们一点也没有拯救者的样子。请原谅我的激动和语无伦次，小镇上多少年来没有别人，见到你们，我——我——太激动了！原本以为会看到真正的人类，那种无毛两足的灵长类动物。"

三只土拨鼠惭愧地低下了头。

这时，迪迪用沾着泥的右爪从那个深深的细亚麻布口袋里掏出了几个青苹果，神秘地眨了眨眼睛："这是从伊凡达克兽人领地里拿的，呵呵，趁他们不注意，从树上摘下来，你们人类叫做偷来的。"

一股酸甜的香味在餐厅里弥散开，三只土拨鼠人类的口腔里又一次充满了渴望的唾液淀粉酶。瑞瑞安眼眶都湿润了，她从迪迪手中接过一只泛着光亮的青苹果，啃了一大口，发出满意的叹息声。玫瑰在五只苹果里面捡了一只微微泛红的，用餐巾纸擦了擦，递给了高楠。高楠对着还在那里细细打量自己的迪迪说了声："谢谢！"

迪迪看着她们三个吃青苹果，开心地笑了起来，接着又将右爪伸进深深的大口袋里。这次他拿出的是几块烤焦的面包。迪迪有些羞涩："我用了一点其他鼠人的面粉，甚至使用了烤箱，闻起来怪怪的，自从我那个伟大的弟弟预言你们人类要来，我就开始研究你们的食谱……"

土拨鼠玫瑰拿起一小块烤焦的面包，轻轻掰下一块，用细瘦的爪子送到嘴里，艰难地挤出一个微笑："非常棒！"

"真的吗？使用电或者火的食物果真很不一样？我……"

土拨鼠高楠一边啃着类似于国光的小苹果，一边打断了迪迪对于人类饮食的自言自语,她坚定地说:"请告诉我们,关于迪哥的一切。"

迪迪看着玫瑰手中的焦面包,清了清嗓子,开始回忆关于鼠人王国的往事。

鼠人王子的成人礼

历代葛雷德鼠人都是鼠人王国的国王,最伟大的王都要去熙尔湖,在地窖看守绿宝石,这并不是什么秘密。尽管会成为伟大的鼠人,却没有谁愿意去那个阴暗的洞穴,苦度余生。每一代都会有被选中的人,我的弟弟迪哥,就是被选中的。历代鼠人国王都非常向往人类社会的——呃——呃——呃——那个叫什么?文明,我们向往一切和人类有关的东西。鼠人有土拨鼠的功能,又有一部分人的思维,鼠人开始放弃地里刨食的生活,种植苜蓿和蔬菜,开始了贸易。

迪迪喜欢游荡在草原上,吃上点新鲜的三叶草,晒晒太阳,在地下洞穴的通风口舒服地睡个午觉。很久以前的鼠人都是这样生活的,然而渐渐地,更多的鼠人被国王吸引到建造小镇的狂热中,迪迪这样的鼠人变得让人瞧不起,他几乎找不到愿意和他一起在通风口纳凉的鼠人。

小镇渐渐地繁华起来,充满了人类的气息。他们非常快地从蛮荒时代进入羊皮纸时代。迪哥非常会做生意,甚至他还发明了一种人类特别爱吃的甜食,据说口感非常接近那个叫做什么冰激凌的——一种急速增肥的食品。迪哥那样的人成了富人,迪迪这样的人渐渐成了穷人。鼠人谨小慎微,不敢做大生意,往往只能和兽人们做些小生意。大部分鼠人既不像迪迪,也不像迪哥,他们成为一群整日劳作不息的鼠人。他们最大的愿望就是过上所谓的文明生活,现在的小镇、房屋、家具和电器……这些都是鼠人通过辛苦劳作,一点点挣钱买回来的。

迪迪那只沾满着泥的右爪轻轻地向着屋顶的天花板点了一下,天花板一下子变成了虚拟穹顶。

迪迪说话时带着浓重的口音,他的语气几乎带着深深的哀伤:"这是鼠人的记忆仓,现在的鼠人已经没有多少人使用文字了。以前还有一种像楔子一样的马尔都克文字,现在更是没有人认识了。据说通晓楔形马尔都克文字的人,可以读懂羽人图书馆最深奥的藏书。现在,我们所有的记忆都存储在虚拟穹顶上。"

虚拟穹顶上出现了鼠人小镇,鼠人小镇的集市上摆满了各种商品,鼠人们穿着颜色鲜艳的细亚麻布衣服。手工制品是鼠人最为擅长的,他们那双巨大的前爪可不是白白浪费在刨土上的。鼠人靠着制作手工制品进入羊皮纸时代。两个一模一样的小鼠人跟着一个穿着西装的大鼠人,他们快速地走在集市上。

"爸爸,我可以看看新鲜的俄罗斯蓟吗?据说贝蒂阿姨新近从兽人那里进口了很多。"

"亲爱的迪迪,去洞穴参加成人礼,这比看俄罗斯蓟更重要!"

"迪哥,你的人类甜筒换回了多少兽人币?"

"最近大家都在编织新草帽,那种各色藤条的,据说兽人脚球比赛就要开始了,需要大量的遮阳帽。"

"迪迪,愿意帮我吗?只要帮我操作机器就行。"

迪哥沉浸在自己的生意规划中,他非常想迪迪能够成为他的帮手。

三个鼠人穿梭在小镇中,小镇的街道上似乎没有公共交通,看不见一辆机动车。鼠人走得并不快,他们直立行走的样子非常笨拙,短粗的后肢上面扭动着肥胖的身躯,走起路来有点像企鹅,两颗标志性的门牙显示出和企鹅不一样的喜感。他们父子三人穿着非常正式的黑色礼服,迪父还戴了一顶礼帽,摇摆着行走在繁华的小镇上,不时和其他鞠躬的鼠人挥帽致意。

虚拟穹顶的记忆仓似乎有些不耐烦了,很快地切换到另外一个画面。三个鼠人看起来走了非常久,迪迪已经脱下了礼服外套,拿在手里,只剩下一件小背心。小镇的边缘,远远地,草地上有一个明显的凸起。他们三个向着凸起非常恭谨地鞠了一个躬，接着，他们突然趴下来，以土拨鼠爬行的姿势进入了草地下面。洞穴并不大，里面铺满了干燥的沙棘草，洞穴的墙壁上挂着很多风干的浆果，最里面的洞穴墙壁上是彩色的图画，有一个泥土做成的祭坛，上面放着逝去的历代鼠人国王的牌位。

"父亲，今年的浆果很多，我采的这些都是最好的。"迪迪一进洞，就用那双巨大的前爪摩挲着洞中的浆果。

"这是我们居住的古老地穴，鼠人家族最早的洞穴。"迪父赞许地向着迪迪点了点头，"这件事情做得非常棒！"

大鼠人非常严肃地告诉两个儿子："自从鼠人直立行走以来，洞穴日渐不能满足鼠人的需求，我们从地下转到了地上。一直以来，鼠人家族有一个最隐秘也最伟大的使命——看护绿宝石，我们是真正的绿宝石守护者。我们要守护着绿宝石！"

高楠低头看了看自己胸口的小布袋子，胸口似乎隐隐作痛。

虚拟穹顶上的迪父接着说道："每一代葛雷德家族的鼠人都会有一个被选中，被选中的鼠人，会成为最伟大的鼠人国王，去看守绿宝石。我的哥哥即将进入中微子世界，现在是挑选后来者的时候了。"

"这是鼠人王子洞穴成人礼的真正含义？"迪哥轻轻地问。

迪迪轻声告诉三只土拨鼠，这些牌位都是进入中微子世界的真正国王，小镇上的鼠人国王不过是一个现世的君主而已，现世的存在是为了延续这个隐秘的使命。

"我死了之后，无法成为真正的君王，被选中的不是我！"迪父满脸懊丧。

洞穴中的光线渐渐暗了下来，月亮已经爬到了中天的位置。这时候，洞穴中隐隐响起了一阵遥远的乐曲声，辽阔的忧伤从海面上徐徐传来，是那首《大海和辛巴达的船》。洞穴中的彩色图画亮了起来，隐隐地有着一道非常耀眼的光从遥远的地方射过来，迪迪和迪哥已经匍匐在洞穴的沙棘草上，双手合十地跪在牌位前。那束光扫射着洞穴里面的一切，似乎是旧地重游一般。突然，光线中呈现出一只全息土拨鼠影像，欢快地跳跃在洞穴中。土拨鼠影像蹦跳到洞中风干的浆果上，陶醉地张大了嘴巴。他向着迪迪竖起右爪的尖尖的拇指，又在柔软的沙棘草上打着滚，静静地躺下来，闭上了眼睛。

"回家的感觉真好！"影像土拨鼠的声音非常苍老，像是活了一万年。他接着从草垫上一跃而起，向着两个跪着的土拨鼠跳过去。他先是跳到迪迪的肩膀上，闻了闻，说："嗯，很原始的味道，像是个老古董，谢谢你的浆果。不过……懒散、随意，没有坚定的意志，估计这种货色在地窖中等不到接替者，就会……"影像土拨鼠做了一个自杀的动作，慢慢摇了摇头。"隔着几千年的时光，闻到一股土拨鼠强烈的体味，优雅的羽人无福消受这样的味道。"

他调转头，闻着对面的迪哥，"这是个现世的君主，雄心勃勃，富有魄力，有坚定目标——建成一座人类的小镇。嗯，欲望很强烈，很难成为守护者。"

影像土拨鼠对着站在一旁的迪父，冷冷地质问："你怎么没有培养出一个合格的继承者？"

影像土拨鼠一边从迪迪的肩膀上跳下来，一边说："谢谢！不错的肩膀。"他绕着两只鼠人转着圈，不停地用鼻子闻着，久久地沉吟不语。

"我可以去吗？"迪父喃喃地蠕动着双唇，"我一生中最大的愿望就是做个守护者。"

"亲爱的迪父，你依然没有被选中！"影像土拨鼠冷酷地回答。

影像土拨鼠转着圈，最终停在迪哥身旁，一时间，他满脸洋溢着欢乐，激动地说："原来，你是最后的守护者！"

一道光柱定格在鼠人迪哥身上，迪哥异常惊恐地看着影像土拨鼠，"我对守护者没有任何兴趣，我不要去那个——呃——那个黑暗的地洞……"

"这是你的命运，你将会和羽人王子生活在一起，直到那一天……"影像土拨鼠即刻消失得无影无踪。

两个鼠人孪生兄弟惊愕地坐在洞穴中，盯着祭坛上的牌位。久久地，洞穴中没有任何声音。微风吹过来，排在洞穴壁上的浆果微微颤动。迪父地拍了拍迪哥的脑袋，轻轻地叹了口气。

虚拟穹顶暗了下来。

坐在餐桌前的迪迪静默无言，眼神第一次出现了迷离和忧伤。

玫瑰递给迪迪一只青苹果，细声地问："后来呢？"

迪迪啃了一口苹果，咀嚼的声音充斥着整个餐厅，玫瑰和瑞瑞安几乎要捂上耳朵，迪迪极快地吃完了一个苹果，打着满意的饱嗝。

"迪哥喜欢阳光浴，喷香的烤面包，温暖的泡泡浴……可怜的人。父亲去世后，迪哥做了一段时间的鼠人小镇的王，迪哥他几乎只用了二十年的时间，就最终建成了现在这座小镇，非常具有人类文明气息，甚至兽人都曾经派人拜访过鼠人小镇，尤其对小镇排水系统的设置感兴趣。兽人最苦恼的事情之一，就是城市下水道排水不畅。

迪哥不允许自己的哥哥在野外留宿，我被迫住到了这座屋子里。非常奇怪的是，这所房子里的东西都非常小。现在才明白，屋子的真正主人是你们。亲爱的迪哥早就料到你们会来，哦，可恶的预言和命运。迪哥知道我不会住这所房子，我在这栋房子的地下挖了一个非常地道的土拨鼠洞穴，每天晚上只有在洞穴里，我才能安然入睡。

那一天终于到了！又是一个月圆之夜，我非常讨厌月圆之夜，好像所有的坏事都发生在这样的夜晚。我和迪哥就坐在这个餐桌前。"

虚拟穹顶上出现了餐厅，两个鼠人孪生兄弟坐在餐桌的对面，窗子外面是一轮金色的月亮，特别大，特别圆。高楠想到了中秋节的晚上。两个兄弟坐在一起，餐桌上摆着一个小小的青铜王冠。迪迪的样子邋遢，不过显得非常年轻，眼神青涩。迪哥依然穿着黑色礼服，眼神威严。

迪哥手里拿着那顶小小的王冠，声音低沉："迪迪，你即将成为鼠人小镇的王。"

迪迪非常惶惑地摆着手，急声说道："我——我——成不了小镇的王，我是个懒汉！"

"哎，怎么说呢？你真正要做的是守护这座小镇，等待跟随者！"迪哥显然认同迪迪的话。

"等待跟随者！谁是跟随者？"迪迪一脸茫然。

"我也不知道谁是跟随者。我即将去羽人王国，迪迪，你要保护好自己。"

迪迪两只肮脏的前爪不停地敲击着餐桌，发出焦躁的声响，"那个地方不是你想去的地方，不可以不去吗？"

"我答应了父亲。"迪哥轻轻地拨弄着眼前的青铜王冠，"这顶小小的王冠据说是鼠人洞穴最古老的法器，你留着吧。对于一个被人类现代科技洗脑的鼠人来说，我现在所做的一切，非常荒谬。"

迪哥的眼睛里突然涌上了眼泪，泪水稀里哗啦洒在青铜王冠上，"不知道为什么，我感到非常忧郁，小镇笼罩着不祥，可惜，我却要永远地离开了。"迪哥抽泣着，竟然变成控制不住的哭泣。迪迪递给迪哥一张纸巾，轻声嘟囔着："我答应你，保留这顶可笑的青铜王冠。"

兄弟俩在月光中久久拥抱着，虚拟穹顶上传来翼羽轻声的和鸣。

"我那个伟大的弟弟就这样消失了，消失在我的拥抱中。"他向着瑞瑞安动了动胳膊，"要不要试一试？"

土拨鼠高楠用自己的前爪碰了碰迪迪宽大的右爪。

载《青年文学》2016 年 12 期